——阅读之前 没有真相

午夜文库

杰夫里·迪弗

少女鲁伊系列

杰夫里·迪弗 Jeffery Deaver（1950－ ）

杰夫里·迪弗一九五〇年出生于芝加哥，十一岁时写出了第一本小说，从此笔耕不辍。迪弗毕业于密苏里大学新闻系，后进入福德汉姆法学院研修法律。在法律界实践了一段时间后，他在华尔街一家大律师事务所开始了律师生涯。他兴趣广泛，曾自己写歌唱歌，进行巡演，也曾当过杂志社记者。与此同时，他开始发展自己真正的兴趣：写悬疑小说。一九九〇年起，迪弗成为一名全职作家。

迄今为止，迪弗共获得六次MWA（美国推理小说作家协会）的爱伦·坡奖提名、一次尼禄·沃尔夫奖、一次安东尼奖、三次埃勒里·奎因最佳短篇小说读者奖。迪弗的小说被翻译成三十五种语言，多次登上世界各地的畅销书排行榜。包括名作《人骨拼图》在内，他有三部作品被搬上银幕，同时也为享誉世界的詹姆斯·邦德系列创作了最新官方小说《自由裁决》。

迪弗的作品素以悬念重重、不断反转的情节著称，常常在小说的结尾推翻，或者多次推翻之前的结论，犹如过山车般的阅读体验佐以极为丰富专业的刑侦学知识，令读者大呼过瘾。其最著名的林肯·莱姆系列便是个中翘楚。另外两个以非刑侦专业人员为主角的少女鲁伊系列和采景师约翰·佩勒姆系列也各有特色，同样继承了迪弗小说布局精细、节奏紧张的特点，惊悚悬疑的气氛保持到最后一页仍回味悠长。

除了犯罪侦探小说，作为美食家的他还有意大利美食方面的书行世。

杰夫里·迪弗 重要作品年表

少女鲁伊系列

Manhattan Is My Beat (1988)

Death of a Blue Movie Star (1990)

Hard News (1991)

电影外景采景师约翰·佩勒姆系列

Shallow Graves (1992)

Bloody River Blues (1993)

Hell's Kitchen (2001)

林肯·莱姆系列

The Bone Collector (1997)

The Coffin Dancer (1998)

The Empty Chair (2000)

The Stone Monkey (2002)

The Vanished Man (2003)

The Twelfth Card (2005)

The Cold Moon (2006)

The Broken Window (2008)

The Burning Wire (2010)

The Kill Room (2013)

凯瑟琳·丹斯系列

The Sleeping Doll (2007)

Roadside Crosses (2009)

XO (2012)

詹姆斯·邦德系列

Carte Blanche (2011)

非系列作品

Mistress of Justice (1992)

The Lesson of Her Death (1993)

Praying for Sleep (1994)

A Maiden's Grave (1995)

The Devil's Teardrop (1999)

Speaking In Tongues (2000)

The Blue Nowhere (2001)

Garden of Beasts (2004)

The Bodies Left Behind (2008)

Edge (2010)

The October List (2013)

心跳曼哈顿

Manhattan is My Beat

（美）杰夫里·迪弗 著
兰尼 译

新星出版社 NEW STAR PRESS

在仙境：

无人老去，无人日渐虔敬或伤悲

无人老去，无人习得狡黠或智慧

无人老去，无人口齿刻薄

——威廉·巴特勒·叶芝

第一章

他相信自己很安全。

这是近六个月中的第一次。

有了两个身份及三处住所后，他终于相信自己安全了。

一丝古怪的情绪涌上心头—— 舒适，他最终找到了答案，对，就是舒适。他已经很久没有过这种感觉了。如今他正坐在圣路易斯一家中等旅馆的床上，眺望着河边那奇怪的银色拱门，呼吸着中西部的春天气息。

电视机里在播放一部老片子。他最爱老片子了。片名叫《历劫佳人》[①]，由奥森 · 威尔斯导演，查尔顿 · 赫斯顿在片中饰演了一个墨西哥人。他长得一点儿也不像墨西哥人，不过话说回来，他似乎也不怎么像摩西[②]。

---

① *Touch of Evil*，美国惊悚电影，一九五八年上映。

②查尔顿 · 赫斯顿的代表作是《十诫》，他在片中饰演摩西。

想到这儿，阿诺德·吉特尔曼独自大笑了起来。他把这个笑话告诉了坐在旁边的一个人。这人正阴沉着脸看《枪支弹药》杂志，他瞥了一眼电视屏幕。“墨西哥人？”他问，接着朝屏幕瞪了一会儿，“噢。”他继续看起了杂志。

吉特尔曼往床上一躺。每当脑子里蹦出好笑的念头时他都会很开心，就比如这个对赫斯顿的评价。无聊的想法，毫无意义。他觉得自己得想想园艺活儿，想想怎么油漆草坪上的桌椅，或者考虑带自己的孙子去看场球赛。抑或是考虑一下带着女儿和女婿去他妻子的坟墓——在过去的六个月中，那是他最害怕去的地方。

“那么，”那个阴沉着脸的男人放下杂志，抬头说道，“吃什么？今晚去熟食店吗？”

吉特尔曼自圣诞节以来瘦了三十磅，目前体重已经降至两百零四磅。他说：“好啊，这主意不错。就去熟食店。”

他是真的认为这主意不错，他已经很久没这么期待吃东西了。一份巨型三明治，还有五香熏牛肉。他的口水都快流出来了。芥末、黑麦面包，再加一份腌菜。

“不要，”另一个人说道，他正从卫生间走出来，“比萨。我们去吃比萨。”

总是在看枪械杂志的阴郁男子，以及喊着要吃比萨的男子，他们都是联邦法警。他们俩都很年轻，总是板着面孔，脾气很臭，还总穿着不合身的廉价西装。但吉特尔曼知道，这才是最适合保护自己的人。另外，吉特尔曼自身的苦难经历让他意识到，撇开外表的话，他们俩算是很正派、很聪明的了——至少有那种街头小聪明。这在生活中是非常有价值的。

过去的五个月中，吉特尔曼一直很喜欢他们。而且，他家人不在身边，于是他非正式地“收养”了他们俩。他分别喊他们大儿子和二儿子。当他把这想法告诉他们俩时，他们似乎无法理解，却也显得很开心。他们说，有一件事是肯定的，他们之前保护的全是人渣，而吉特尔曼自己也很清楚，他不是。

看枪械杂志的是大儿子——坚持要去熟食店吃饭的那个——他稍微胖些。二儿子再次嘟哝着要吃比萨。

“想都别想了，我们昨天就吃的比萨。”

无可辩驳。于是就吃五香熏牛肉和卷心菜沙拉。

很好。

“记得要黑麦面包，”吉特尔曼说，“对了，还有腌菜，别忘了要腌菜。”

“他们本来就配腌菜的。”

“那就再加一份腌菜。”

“嘿，想要就加吧，阿尼[①]。”大儿子说。

二儿子开始对着别在胸前的麦克风讲话，上面有一根电线，连到别在皮带上的摩托罗拉对讲机上，旁边还别着一把大手枪。也许他同伴刚才在看的杂志里还有它的详细介绍。他对着队伍里的第三个法警说道：“我是萨尔，我要出来了。”那人这会儿正坐在走廊的电梯旁。

“好的，”一个平静的声音传来，“这就让电梯上来。”

“你要啤酒吗，阿尼？”

“不要。”吉特尔曼坚定地说。

二儿子好奇地看着他。

“来两瓶该死的啤酒。”

---

①阿诺德的昵称。

这位法警露出一丝微笑，这是吉特尔曼能从他刻板的面容上看到的最为幽默的表情。

“好样的。”大儿子说。自从这两位法警跟着他以后，他整个生活都被照亮了，一下子快乐、轻松了许多。

“你不喜欢黑啤，对吧？”他的同伴问道。

“不是太喜欢。”吉特尔曼回答。

“真搞不懂，黑啤是怎么酿制出来的？”大儿子说道。他还在研究那本已经被翻烂的杂志。吉特尔曼看了一眼，那是一把手枪，跟黑啤一样黑，而且看上去比他两个儿子佩戴的枪要危险得多。

“酿制？”吉特尔曼心不在焉地问。他不知道答案。他只了解金钱，以及怎么样才能将它们藏好。他了解电影和赛马，还有他的孙子孙女。他经常喝啤酒，可完全不知道它是怎么做出来的。也许他可以把这作为另一项兴趣爱好——除了之前说的园艺之外。家庭作坊。他五十六岁，就金融和会计行业来说，这个年龄离退休还早着呢——可自从经历了诈骗和贿赂罪的庭审后，他绝对得下岗了。

“安全了。”无线电里传出一个来自走廊的声音。

二儿子消失在了门后。

吉特尔曼继续躺在床上看电影。现在屏幕里是珍妮特·李，他一直对她很着迷。他至今还在气恼着，希区柯克居然在她洗澡的时候把她给杀了[①]。他一向喜欢短发女子。

闻着春天的气息。

想着三明治。

黑麦面包上的熏牛肉。

①电影《精神病患者》中的场景。

还有腌菜。

感到安全。

这些联邦法警干得真漂亮——他想道——使得自己能像现在这样过日子。房间的两边各有一扇通向隔壁的门，目前都用门闩给锁住了，隔壁两间都没人住。事实上，美国政府把这三个房间都租了下来。整个走廊由电梯旁的法警把守。如果有狙击手想要射杀我，那么他能找到的最近狙击点在两英里开外，也就是说在密西西比河对岸。大儿子——《枪支弹药》的忠实订阅者——告诉过他，枪法这么好的人，全宇宙都找不到。

他感到舒适极了。

明天他就上路去加利福尼亚，带着新的身份。他会做几个整形手术，一切都很安全。那些想要杀他的人，最终会将他淡忘。

尽情放松。

他让自己沉醉在摩西和珍妮特·李的电影之中。

这真是一部很棒的电影。开场就是一个人在定时器上设了三分二十秒，接着安到了一枚炸弹上。威尔斯足足拍了三分二十秒，直到炸弹引爆，掀开了整个故事。

说到设置悬念。

说到——

等等……那是什么？

吉特尔曼瞟了一眼窗户，身体稍稍坐了起来。

窗户外面是……是什么？

看起来像是某种小盒子。它就在窗沿上，还连着一根细线，细线一直往上，超出了他的视线。似乎是楼上有人把它从上面吊下来的。

因为这部电影——开场那一幕——他的第一反应认为这是个炸弹。

但现在，当他再往前一看，不，它看起来像是一个照相机，一个微型摄像机。

他立刻翻下床，走到窗边，近距离端详这个小盒子。

是的，就是一个摄像机。

“阿尼，你知道规矩的。”大儿子说道。他很胖，因此会出很多汗。现在他就在出汗，他边擦脸边说：“别靠近窗户。”

“但是……那是什么？”吉特尔曼指着它问。

这位法警把杂志扔到了地上，站起身来走到窗户前。

“是摄像机吗？”吉特尔曼问。

“嗯，看起来很像。对，确实是一台摄像机。”

“这是……但这不是你们的，对吗？”

“不是，”法警皱眉嘀咕道，“我们没在外面安排监控。”

他看了一眼在上方消失的细线，似乎是一直通向楼上的房间。他继续往上看，目光停在了天花板上。

“糟了！”他一边说一边伸手去拿对讲机。

从消音机枪里发出的第一波子弹撕裂了天花板上的石膏，射穿了大儿子的身体。他就像一个跳着舞的木偶，跌到了地上，肢体残破，鲜血淋漓，颤抖着死去。

“不！”吉特尔曼大喊着，“上帝啊，不！”

他飞奔到电话前，一排子弹跟在他身后；楼上的杀手看着摄像机拍下的图像，很清楚吉特尔曼在哪儿。

吉特尔曼将身体紧紧地贴在了墙边。杀手又开了一枪，非常接近了。接着又是两枪，离他有几英寸远。感觉这是在捉弄他。没人能听到枪声，只有石膏和木材破裂的声音。

当他朝卫生间躲闪的时候，更多的子弹打了出来，他的身边布满了房屋碎片。接着射击停止了，他祈祷杀手已经放弃并逃走，结果发现他是去找电话的位置了——这样吉特尔曼就没办法打电话求助了。两发子弹射穿了天花板，打到了米色的电话机上，将它打成了碎片。

“救命啊！”他大喊着，恐惧让他反胃。可是，显然，两边的房间都没人——不久前这还是件让人舒心的事，可现在却变得如此骇人。

恐惧的眼泪在他眼眶中打转……

他转身到墙角，把灯撞翻，让整个屋子暗下来。

更多的子弹射了下来，离他很近，在测试他的位置。楼上的枪手也在看着自己的电视屏幕，就像吉特尔曼几分钟前在看查尔顿·赫斯顿一样。

做点儿什么啊，吉特尔曼冲着自己发火，赶紧的！

他又慢慢地向前移到电视机那儿，推着下面的滚轮支架一直冲到窗边。电视机重重地撞在了窗玻璃上，把它砸碎，并且挡住了摄像机拍摄的镜头。

又有几发子弹打了下来，但是现在枪手什么都看不到了。

“救命啊，”吉特尔曼静静地祈祷着，“请救救我吧。”

他紧贴着墙壁一直走到了门口。他恐慌地颤抖着，在锁链和门闩处乱摸了一气。他肯定杀手就在他正上方，正在瞄准，就要开枪了。

可是什么动静都没有。他快速把门打开，闪进了走廊。他喊着电梯旁的法警——不是他的两个儿子之一，而是一位叫吉布森的警官。“他在不停地射击——楼上有个持枪男子！你——”

吉特尔曼没有说下去。吉布森面朝下躺在了走廊的尽头，头部周围全是血。又是一具木偶——这次是切断了线的。

“噢，不！”他开始上气不接下气，准备掉头往回跑。

他停住了，看着一幕无法回避的景象。

一位很帅的男子，深色皮肤，穿着一套合身的西装，站在走廊中间。他一只手拿着宝丽来相机，另一只手拿着一把装着消音器的手枪。

“你是吉特尔曼，对吗？”男子问道。他的口气十分礼貌，就像仅仅是因为好奇而问的。

吉特尔曼不知道该如何应答。但是男子眯眼一看就点了点头。“嗯，我确信你就是。”

“但是……”吉特尔曼看了一眼自己的房间。

“噢，我的同伴没打算把你结果在房间里，只是在逗你玩呢。我们得把你逼出房间，并确认把你杀掉。”他微微地耸了下肩，对着相机镜头点了点头。“你知道，因为付钱让我们干掉你的人想要最终的证明。”

接着他朝吉特尔曼的胸口连开了三枪。

旅馆的走廊本来有一股来沙尔消毒剂的味道，现在多出了一股火药味。哈尔特把消音器拧下来扔了，接着把瓦尔特手枪放进了口袋里。他瞥了一眼正在成像的宝丽来照片，上面是一个死人。他把照片塞进了刚才放手枪的那个口袋里。

他从腰上取下自己的对讲机——跟那些法警们的不一样，这款要贵多了，配备了三层加密的干扰码——开始对着楼上的伙伴赞恩讲话，那家伙对自动武器已经精通到家了。“他死了，我拍了照，我们走吧。”

“我来了。”赞恩答道。

哈尔特看了一眼手表。如果那个去买饭的法警是步行过去的话——他多半会选择步行，因为这会儿已经是用餐高峰期了——他应该会在六到七分钟之后回来。这些是他走去离旅馆最近的饭店、点单，再走回来的所有时间。他显然没去旅馆内的餐厅，不然他们会叫客房服务的。

哈尔特慢慢往下走了四层楼梯，融入了室外那温暖的春日暮色之中。他注意观察了一下街道，几乎是空无一人。没有警笛声，也没有静静闪烁着的警灯。

他的耳机里有动静。哈尔特的同伴说："我在车里。三十分钟内回到希尔顿。"

"那待会儿见。"

哈尔特钻进他们租来的第二辆车，驶出市中心，来到了宜人的西郊大学城。

他把车停在了一辆红褐色的林肯大陆[1]旁。

一架飞机正从头顶呼啸而过，驶往兰伯特机场。

哈尔特从车里走了出来，坐到了林肯车里。他坐在后排，望着司机，一只手紧紧地抓住口袋里那支没装消音器的手枪。同样坐在后面的还有一个双下巴的肥胖男人，看着大概有六十多岁。他眼睛直盯着前排座位，微微点了点头，意思是：司机没问题，你放心吧。

哈尔特不在乎那男人的眼神，他自始至终都很警惕。不管是在新泽西纽瓦克市犯罪率最高的地区当警察，还是在多米尼加共和国参军，抑或是在扎伊尔和缅甸做雇佣军，他一直没放松过警惕。他相信人都是生于忧患，死于安乐。

对司机有了自己的评价之后，他把握住枪的手从口袋里拿了出来。

①一九三九年的豪华车型，被称为福特汽车公司的传世佳作。

旁边的胖男人操着中西部口音，平静地说："目前新闻里没有任何报道。"

"会有的。"哈尔特向他保证。他都用宝丽来拍下来了。

那男人摇了摇头。"全都是为了钱。杀死一个无辜的人，而这一切居然是为了钱。"他说话的口气就跟真的很不解似的。哈尔特知道宝丽来永远不可能拍出血液的真实颜色，相片上的永远会深一些。

"这些事会困扰到你吗，"那人问哈尔特，"杀掉无辜的人？"

哈尔特什么都没回答。无辜或有罪，过错或宽恕，这些都对他毫无意义。

不过，似乎这男人也不需要答案。

"给。"男人把一个信封递给了他。哈尔特已经收到过无数个这样的信封了，在他看来，这就像一块木头。他没有打开看，直接放进了口袋。没人敢欺骗他。

"另外一个你想做掉的人呢？"哈尔特问。

那人摇摇头。"躲起来了，在曼哈顿的某处。目前还不确定到底在哪儿，但我们很快就会找到的。你对这活儿有兴趣？"

"在纽约？"哈尔特思索着说道，"那代价会大些。那里压力更大，而且更复杂。我们得安排好后援，或许得把它伪装成一场意外，或者至少得找个替罪羊。"

"无所谓啦，"那男人无精打采地说，显然他对哈尔特的周密计划完全不感兴趣，"你要多少钱？"

"翻倍。"哈尔特把手放在胸口的口袋上，里面放着刚收到的钱。

灰色的眉毛往上一扬。"那花费出去的成本都由你出？包括后援还有设备？"

哈尔特迟疑了一会儿，然后说："请后援的话，再加个百分之十？"

“我没问题。”那人说。

他们握手成交，接着哈尔特回到了自己的车里。

他用对讲机联系了赞恩。“我们又有活儿了，这次是在自家后院。”

第二章

鲁伊被喊去拿一盒录影带。以此为起点，她的生活发生了翻天覆地的变化。

她和老板因为这盒录影带争论了半天。托尼是格林尼治村第八街上华盛顿广场音像店的经理，而鲁伊是这里的店员。噢，她居然跟他吵了一架。

她一边倒带，一边啪的一声打开录像机，接着盯着面前这位留着胡子的肥胖男人。“想都别想，没门儿。”她提醒他。当初雇她的时候他们俩是达成协议的，她完全不需要去拿或者送录影带。

“所以，”她说，“你瞧。”

斑驳而又浓密的眉毛下，托尼的眼睛正凝视着她。出于某些原因，他决定要理性地跟她谈论这件事。他解释说弗兰基·格里克和艾迪正忙着检修显示器什么的——尽管她觉得他们俩八成是在想方设法混进帕拉蒂姆剧院去看今晚的演出——所以她得替他们去拿录影带。

“我不知道自己究竟为何必须这么做，托尼。我是说，我完全不明白‘必须’这两个字从哪儿来的。”

就在这一刻，他改变了主意，不再想保持理性。“好了，我告诉你它是怎么来的，鲁伊。因为我他妈的告诉你要这么做——你知道，作为你的老板。再说了，这有什么大不了的？只是去拿一趟而已。”

“这简直就是浪费时间。”

“你整个生命都是在浪费时间，鲁伊。”

“你瞧——”她开始变得不耐烦，继续在那里争论，直到他说：“你这么做很危险，亲爱的。动动你的屁股。就现在。”

她仍旧不依不饶。“这可不在我的工作范围之内。”她天生不会很快屈服，可她发现他站在那里一动不动。在他爆发之前，她识趣地站了起来，说：“噢，你就不能冷静点吗，托尼？”这种火爆又顽皮的处事作风迟早会让她丢掉饭碗的，只是目前还没有罢了。

于是他看着一张收据说：“天哪，你要去的地方离这儿只有几个街区。B 街。那人叫罗伯特·凯利。”

噢，鲁伊心想，是凯利先生？那就不一样了。

她带上收据，拎着之前在百老汇附近一家二手商店买的复古豹纹皮包，推门走了出去。她吸着早春冰冷的空气，说：“好吧，好吧，我这就去。”口气足以告诉托尼，这下他可欠了她一个人情。鲁伊活了二十岁，她很清楚，如果想要按自己的方式去生活，那么她得收集尽可能多的人情债。

鲁伊身高五英尺二英寸，体重一百磅。今天她穿着黑色弹力裤，上身是一件黑色 T 恤，外面套了件白色细条纹的箭牌男式衬衫——她把衬衫袖管剪掉了，因此看上去就像是一件马夹；脚上穿的是黑色齐踝靴，左前臂上套着二十七个各不相同的银色手镯。

她的双唇随着情绪变化时而紧闭时而大张；她的脸蛋很圆；她对自己的鼻子十分满意。朋友们说她有时看上去像独立电影里的某个女演员，可她已不太迷恋当下的女影星了，也不想打扮成她们那样。除非你把奥黛丽·赫本放在市中心，来一个新潮版的《蒂凡尼的早餐》——这才是鲁伊想效仿的，而她在很多方面也是这么做的。

她停了下来，从一家古董商店橱窗旁的镜子中端详自己，那橱窗上面“仅限批发”的字样印得比店名还大。几个月前，她厌倦了自己黑紫色的刺猬头，于是把那可怕的颜色给漂掉了，接着就没再去打理它。如今新头发长了出来，露出了本来的栗色。她盯着镜子，用手指卷了一下头发，接着又轻轻将它们抚平。现在这头发不长也不短，这种没着没落的感觉让她觉得自己更像个无家可归的人。

她继续往东村走去。

鲁伊又低头看了一眼收据。

罗伯特·凯利。

要是托尼一开始就告诉她这客人是谁，她就不会跟他废话了。

罗伯特·凯利，入会时间：五月二日。押金：现金。

罗伯特·凯利。

“我的男朋友。”

她之前在店里就是这么跟弗兰基·格里克和艾迪说的。他们挤着眼，试着弄明白这是什么意思。但她立刻大笑起来，好让它看上去就像是个笑话——省得他们一边坏笑，一边问她和一个七十岁的老头上床是什么感觉。

不过她补充说：“呃，我们确实出去约会过几次。”留下足够的悬念让他们去猜，让事情变得更好玩。

罗伯特·凯利是她的朋友。相比在店里遇到的其他人来说，他更像是一个朋友。而且他是唯一跟她出去玩过的顾客——在她工作了三个月后。托尼规定员工不得与顾客一同外出——对于托尼的这些规矩，她甚至没花半秒钟时间去理会。她在店里遇到的男人，不是长期宅在家，就是那种来格林尼治村泡妞的家伙。

嗨，我叫约翰，弗雷德，斯坦，山姆，叫我萨米好了，我就住这附近，这是阿玛尼的，你会喜欢的，我是时装摄影师，我在摩根－史丹利投资公司上班，我家里有可卡因，嘿，想去我家里干一炮吗?

罗伯特·凯利，押金：现金。他每次来都穿着西装，打着领带。他比她大五十岁。当她主动提出帮他一个小忙——免费录一盘带子时，他低着头，脸都红了，立刻邀请她吃午饭表示感谢。

他们去了圣马克斯街上一家装修成五十年代风格的饮料店，店面是亮绿松石色的，店名就叫“饮料铺”。周围都是纽约大学的学生，他们病态的严肃中带着轻浮。他们俩吃了碳烤芝士三明治，配了一份腌菜，她还点了一杯马提尼。他惊讶地大笑起来，嘀咕说他认为她才十六岁。她把假证件给了服务员，上面写着她已经二十三岁了，而服务员居然相信了。根据权威证件——她俄亥俄州的驾照——鲁伊今年二十岁整①。

午餐一开始他显得很笨拙，但这没关系，鲁伊是个制造话题的高手。渐渐“热身”后，两人聊得十分愉快。他们聊了聊纽约这个城市——尽管出生在中西部，但他真的非常了解纽约。他讲述自己如何

①美国政府规定的最低饮酒年龄为二十一岁。

去地狱厨房[1]的酒吧玩，如何去巴特里公园烧烤，如何与一个“红颜知己”——鲁伊很喜欢这个称呼——去中央公园散步。她希望自己老了之后，也能成为别人的红颜知己。她会——

哦，该死的……

她停在了人行道中间。该死！她伸手摸摸包里，发现自己忘记带那盘帮他录好的录像带了。这对凯利先生来说真是太糟糕了，他一直很期待看这部片子。但更主要的是，这对她来说也是个坏消息——因为她把带子落在店里了。托尼要是发现她私自录了店里的录像带，天哪，他绝对会立马将她扫地出门的。乞求原谅这种事绝对不可能在华盛顿广场音像店里发生。

可她现在也不可能回去把它从柜台下取出来。她可以过两天再送到凯利先生那儿，或者等他下次来店里的时候悄悄塞给他。

托尼会发现这盘带子吗？他会炒了她吗？

如果他真那么做呢？呃，生活的小插曲。这话她经常说，至少，每当她回到纽约失业登记所时都会这么想。她是那儿的常客，甚至还在那里交到了几个最好的朋友。

生活的小插曲。失业时的咒语。她想，也许这就是命运。

只是今天，尽管她态度傲慢，心里却不想被人解雇。对她而言，这是种古怪的念头——她脑海中浮现出种种费神找工作的场景，每当老板挥手让她过去，然后说，“鲁伊，我们来聊聊。”或者是“做出这个决定，对我来说非常艰难……”，这种烦人的事情就会频繁上演。

尽管对于老板们来说，做这样的决定一点儿也不艰难。

---

①正式行政区名为克林顿区，又俗称为西中城，是美国纽约市曼哈顿岛西岸的一个地区。早年是曼哈顿岛上一个著名的贫民窟，主要由爱尔兰裔移民的劳工阶层聚居，以杂乱落后的居住品质、严重的族群冲突与高犯罪率而闻名。

鲁伊比大多数人都经得起失业的打击，她这个人挺有一套的。那么，为什么她现在会担心起失业呢？

她自己也不清楚原因。也许因为周围的气息和氛围……万能的借口。

鲁伊继续往东走，路过纽约大学一带。房产开发商们把这里塞满了宿舍和无聊的煤渣砖公寓，完全看不到一点儿学校的风貌。一位身材魁梧的女士上前递给她一张请愿单，上面写着：救救我们的社区。鲁伊与这位女士擦肩而过。这就是纽约。它总是在变化，就像一条在蜕皮的蛇。如果你最喜欢的地区突然消失，或者变成你不喜欢的样子了，那你总能在别处找到适合自己的。而你要做的，只是坐趟地铁罢了。

她又瞄了一眼凯利先生的住址。东十街三八〇号，房号 2B。

她穿过马路，走过 A 街来到 B 街。字母城，字母汤[①]。如今这片区域变得更加灰暗，更加破旧，更加阴郁。

更叫人感到害怕。

救救我们的社区……

---

①字母城（Alphabet City）是曼哈顿的一个区，毗邻东村，因那里的四条街道分别叫做 ABCD 街而得名。字母汤则是一种比喻的说法，源自美国一种著名的做成字母形状的通心粉，代指大量字母缩略语混合使用的情况。在美国，“字母汤”是对联邦政府的一种戏称，因为联邦政府下属机构均以字母缩略语指代，如 NSA、CIA、FBI、NCIS 等。

第三章

哈尔特不喜欢东村。

三周前，也就是在圣路易斯干掉吉特尔曼后，他们决定抛硬币决定谁负责在目标公寓外监视，他很开心赞恩赢了。

他把车停在了东十街，检查公寓楼外有没有警察的监控。赞恩已经在那里待了有半小时了，说整个街区都没问题。他们之前就得知，目标人物摆脱了看守，从联邦法警提供的住处消失了。不过这已经是旧闻了，说不定局子里的人又逮到他了——那些混球能找到任何他们想要找的人——说不定他们也正在检查这栋楼呢。因此，今早哈尔特专门到这里来仔细侦查道路状况，看看有没有“保镖”出没。结果他什么都没发现。

哈尔特继续检查人行道。街上堆满了垃圾、破旧的书本、杂志，还有家具。车辆都并排停在了狭窄的街上，其中还有几辆搬家公司的面包车。东村的人们似乎总在往外搬，哈尔特都怀疑有没有人会搬进来。他刚到，就巴不得赶紧逃离这个鬼地方。

哈尔特今天穿的是灭虫人的工作服，一身浅蓝色，手里提着一个塑料工具箱。里面装的当然不是什么杀害虫的工具，而是他的瓦尔特自动手枪，配上了兰辛的消音器。另外，箱子里还躺着那个宝丽来相机。这套制服不是在所有地方都能行得通，不过一旦接了在纽约的活儿——这种情况很少，因为他就住在纽约——他知道可以扮成一种人，大家都不会去怀疑他，那就是灭虫人。

“我快到了。”他对着领子上的麦克风说道。关于纽约，还有一点就是，你可以假装在和自己讲话，周围没人会感到奇怪。

正当哈尔特走向东十街三八〇号那栋大楼时，赞恩开着一辆绿色的庞蒂克，停在了一个街区之外，说：“街上没问题。我看到他公寓里有阴影，那个浑蛋在里面。或者有别人在里面。”

这次任务他们的分工是：哈尔特负责结果目标，赞恩负责他们的逃脱。

哈尔特说：“我进去三分钟后，你把车开到后面的巷子里。万一出了什么差错，我们就分开行动。你到我住的地方等我。”

“好的。”

他走进这栋公寓的大厅。这儿真是臭气熏天啊，他心想。一股狗尿的味道，也许还掺杂着人尿味儿。他不禁微微颤抖了一下。哈尔特一年能赚十多万美金，住在离这儿几英里远的联排别墅里。从他家能眺望到哈德逊河，还有新泽西。他甚至不需要请灭虫人来，真是太好了。

哈尔特仔细检查了大厅和走廊。目标人物也许压根儿就不会想到有人会来袭击他，或许哈尔特只要对着门禁对讲机说自己是来喷灭蟑药水的，目标人物就会大方地让他进去了。

但他也可能会跑到楼梯处，用自己的手枪瞄准大厅，然后开枪。

因此哈尔特决定采取悄无声息的办法。他用很薄的钢片把前门撬开，廉价的门锁轻而易举就被打开了。

他踏进门去，将手枪从工具盒中拿了出来。开始向2B号房间走去。

当鲁伊看到罗伯特·凯利先生住的大楼时，她感到很吃惊。

人们首次拜访朋友时，往往会发现他们的住所与自己想象中的大相径庭。从他得体的穿着上，她联想到的是得体的住所。可她现在看到的是贫民窟。砖块斑驳不已，浅灰色的油漆正在剥落，露出了原本校舍的红漆。木质的窗框正在腐烂，锈水从屋顶淌了下来，在台阶和人行道上留下了一大摊污渍。有些住户在破损的窗户上贴了硬纸板、布料，还有发黄的报纸。

当然了，她早就知道东村不是什么高档社区——她之前经常来这里的酒吧，还和朋友到A街的汤普金斯广场花园玩。他们时常会碰见吸毒的人，还有匪帮追随者们，到处都是这些家伙。但是，一想到儒雅的凯利先生，她脑海里就浮现出一栋精致的英伦小镇房子，配有石膏镶边和印花墙纸，外面则是铸铁栅栏和整洁的花园。

就跟她小时候和老爸一起看的电影——《窈窕淑女》里的场景一样。凯利就应该坐在客厅里，就像剧中的雷克斯·哈里森那样，端坐在火炉旁品茶。他会啜上一小口茶（英国电影中茶是经久不衰的），看着一份没有连环画的报纸。

如今她为他感到难过和窘迫，真希望自己没有跑这一趟。

鲁伊走近了一点。台阶旁的花园寸草不生，上面还躺了一张三条腿的椅子。一辆自行车架子用可利泰锁锁在了禁止停车的标志下，上面的轮子、链条和把手都被人偷走了。

她禁不住想：还有哪些人会住在这里面呢？她猜，应该都是些老人，因为附近有很多退休的人。她自己也愿意在纽约度过晚年，不想去什么坦帕或是圣地亚哥。

可他们又是为什么会选择住在这儿呢？她不禁又思索起来。

答案也许有几百万种吧。

生活中的小插曲……

巷子旁的那栋楼显然要好得多，油漆保持完好、干净，还有一扇精美的防盗大门。一位穿着粉色慢跑服和昂贵慢跑鞋的金发女郎正推开大门，跑到巷子里，做起了伸展运动。她很漂亮，看起来极其时髦和专业。

救救我们的社区……

鲁伊继续往前，走到大楼的台阶上。突然她脑海里蹦出一个念头：她拿到那盒录影带后，不用急着回去，可以花上几个小时和凯利先生一起去“探险”。

她可以带他去哈德逊河边走上一大圈。

“让我们去找水怪吧！”她会这么建议。

她有一系列的奇怪想法，等着跟他一起去做。他身上有某种东西，让她觉得他们俩非常相似。他非常……呃，神秘。没有哪个词能形容他——难以形容，是鲁伊对人的最高赞扬。

她走进大楼的入口。她注意到那些污垢和蜘蛛网下面是精致的马赛克瓷砖、黄铜灯具，还有雕刻精美的红木装饰。她想，要是能好好擦洗一遍，再重新粉刷一下，那么这还真是个不错的地方呢……

她按了一下 2B 的门铃。

她觉得，寻找破旧的大楼并将它们改造一新，这一定是个相当好玩的工作。当然，就有人是以这个为生的，还能挣不少钱。甚至像这样的房子，要翻修也得花上好几十万呢。反正要她来弄的话，她会在墙上画神话主题的壁画，在四处装饰毛绒动物玩具，并且在每一间公寓里都做一个神奇花园。她觉得，这种样子的装修应该已经没有市场了吧。

门禁对讲机发出了轻微的爆裂声，接着停顿了一会儿。一个声音传了出来："嗯？"

"凯利先生？"

"你是谁？"一个平静的声音问道。

"我是约翰尼——"她说，试着模仿《闪灵》里杰克·尼科尔森的声音。她和凯利先生曾讨论过恐怖片，他似乎对电影很有见解。他们曾开玩笑说，库布里克的电影即便灯火辉煌，也还是会把人吓得屁滚尿流。

但显然他已经不记得了。"谁？"

他没能理解其中的笑点，这让她很失望。

"我是鲁伊。你认识的——华盛顿广场音像店的。我是过来拿录像带的。"

沉默。

"你还在吗？"她喊了一声。

平静的声音再次出现。"我马上过来。"

"您是凯利先生吗？"那个声音好像不太对劲，也许那人不是他。也许他这会儿家里有客人。

"马上下来。"

"我可以上楼来拿。"

一阵停顿。"在原地等。"那个声音带着命令的口气。

这太奇怪了。他一向都很有礼貌的，可现在听起来完全不是那么回事。一定是这个对讲机的问题。

几分钟过去了。她在入口通道处来回踱步。

她正往外张望时，终于听到从里面传来下楼的声音。

鲁伊走到内门处，透过油腻腻的玻璃往里窥探。她完全看不见里面，只感觉到有个人正慢慢走过来。是凯利先生吗？她不知道。

门被打开了。

她抬头一看。“喔！”口气略显吃惊。

一个黄褐色皮肤的女人走了出来，看上去有五十来岁了。她瞥了一眼鲁伊，在离开前确保门已经关上，这样鲁伊就没办法进去了——这是有陌生人在大厅时，典型的纽约式防范措施。这女人拿着一包空苏打水罐和啤酒罐，走到路边，将它们扔进了一个可回收垃圾桶里。

“凯利先生？”鲁伊朝着对讲机又喊了一遍，“你还好吗？”

没有应答。

那个女人走了回来，仔细打量着鲁伊。“要帮忙吗？”她带着浓重的加勒比口音。

“我是凯利先生的一个朋友。”

“噢。”她的表情立马放松了下来。

“我刚才已经喊过他了，他说马上下来。”

“他住在二楼。”

“我知道。我是过来拿一盒录像带的。五分钟前我们还通过话，他说他马上出来。”

“我刚走过他家，门是开着的，”她说，“我就住在走廊的尽头。”

鲁伊又按了一下门铃，说：“凯利先生？喂？喂？”

还是没人应答。

“我上去看看，”那女人说，“你在这儿等着。”

她消失在了门后面。过了一会儿，鲁伊有点等不及了，她又按了按门铃。依旧没有声音。她试着推了推门，接着她想到也许还有别的入口——或许就在大楼的旁边或者后面。

她走了出去。先走到了人行道上，接着走到旁边的那条巷子里。那位时髦富有的金发女郎还在原地做着伸展运动。鲁伊唯一的运动就是在自己喜欢的世界酒吧、地区酒吧或者焦点酒吧里跳舞。(跳舞是很好的有氧运动，同时她还在男女混用的厕所里不停地推开喝醉的律师或销售，这也是很好的上肢力量锻炼。)

巷子里一个人也没有，也许她——

接着鲁伊听到了尖叫声。

她立刻回头望着凯利先生住的大楼。是一个女人的声音，惊恐万分，正在求助。鲁伊觉得这个声音的口音是——也许正是她刚才遇到的那个……那个认识凯利先生的女人。"来人哪，"那个声音大喊着，"赶紧叫警察来！噢，上帝啊，救命啊！"

鲁伊瞥了一眼那位准备慢跑的女士，发现她也正盯着自己，脸上是同样震惊的表情。

接着，一阵轮胎的长啸声从身后传来。

巷尾处有一辆绿色的汽车拐了进来，直直地对着鲁伊和这位慢跑者，接着全速冲着她们俩开了过来。她们吓得魂飞魄散，僵在了原地。

他想干吗，他想干吗，他到底想干吗？鲁伊疯狂地思索着。

不，不，不……

当汽车离自己还有几英尺时，她猛地向后逃离了巷子。慢跑者也往相反的方向跳了回去，但她的反应没有鲁伊快，因此被车子的后视镜重重地撞了一下。她被甩到了公寓楼的砖墙上，接着重重地摔倒在地。

汽车溜进了第十街，很快就消失在视线中。

鲁伊跑向那位女士，她还活着，但已经没有意识了，鲜血正从额头上一道深而长的伤口里涌出来。鲁伊飞快地冲到街上去找电话亭。她跑了三个街区，找了四个地方，最终才找到一个能用的。

第四章

凯利先生家的门敞开着。

鲁伊站在门口，惊讶地盯着房间里的八个人。大家都一动不动，有的是一个人蹲着，有的是三三两两站着，就像她在大学城进口商店里看到的人体模特一样。

她倚在门框上喘气休息。她从电话亭一路跑回来，还爬了楼梯。这回进门就一点问题也没有了；警察或是医护急救人员已经把大门给楔住了。

她观察着他们：六个男的，两个女的，有的穿着警察的制服，有的穿着西装。

她的目光落在了房里的第九个人身上，她的手开始颤抖。

噢，不……噢，不……

第九个人——就是这间屋子的主人，罗伯特·凯利。他坐在一张破旧的扶手椅上，软塌塌地瘫着，手掌朝上，眼睛也朝上瞪着，就像大都会博物馆里那些怪异宗教油画中的上帝或某些圣人。他全身惨白——除了胸膛，那儿全是红褐色的血渍，非常非常多。

噢，不……

她连呼吸都屏住了，小口地喘着；她还觉得头晕。噢，该死的托尼！居然让她来取录像带，害她看到这种场面。该死的弗兰基·格里克，该死的艾迪！居然假装去修什么该死的显示器，实际上却是在想方设法溜去看免费演出……

她的眼睛里闪着泪花。该死的。

但鲁伊立刻产生了另一个想法。不对，不对，如果这件事注定要发生，那么幸亏在场的是她，而不是他们，至少她是凯利先生的朋友。艾迪或者弗兰基会走进来说："哇哦，太酷了，一场枪杀案。"幸好是她目睹了这一幕，出于对他的尊重。

没人注意到她。两个穿西装的男人把一份资料递给了第三个人，那人点了点头。穿制服的警察们有的蹲着写东西，有的在往血渍上洒白色的粉末，有的在往灯上洒黑色的粉末。

鲁伊研究着警官们的脸，她没办法将视线移开。他们看起来怪怪的，她一开始想不出是哪里怪。他们似乎和平常人没什么两样——对某件事情会感到开心、无聊，或者好奇。接着她意识到，这就是奇怪之处：他们完全没有异于常人的地方。他们的眼神平淡无奇；他们不会被自己看到的东西吓到或者恶心到。

天哪，他们跟华盛顿广场音像店的店员是一样的。

他们看起来和我是一样的，在做我平时做的事情，租电影给客人，一天八小时，一周四天；就是在上班，上这个超级无聊的班。

他们甚至都没注意到，或者说不在乎，有人刚刚被杀了。

她慢慢环顾房间的四周。凯利先生就住这儿？沾满油渍的墙纸奄拉着，橘色的地毯厚重而且粗糙，整个房间弥漫着酸肉的味道。墙上没有任何艺术品，只有几张镶了框的老电影海报，靠在破旧的躺椅旁。地上散落着十几个盒子，似乎他生活中用不到里面的东西。他的衣物和餐具都堆在了纸盒里。他一定是最近才搬到这儿来的，也许就是他成为音像店会员那会儿，也就是一个月前。

她还记得他第一次来华盛顿广场音像店时的情景。

“能拼一下您的名字吗？”鲁伊一边填写申请表，一边问道。

“当然，我会拼，”他不假思索地回答，“我的智商在平均值之上。那么现在你要我拼出来吗？”

她喜欢这样的讲话方式，他们大笑起来。接着她把剩余的信息都记录了下来，罗伯特·凯利，押金：现金。东十街三八〇号楼，房号2B。他想要租一部侦探电影。鲁伊想起了《天罗地网》，于是说出了里面的台词：“我们只要证据，先生，仅仅是证据。”

他又大笑了起来。

没有信用卡。当时她就在想，这绝对是他们俩的一个共同之处。

当时她是怎么说来着？她曾经记得那么清楚，最后怎么都忘记了？

鲁伊的目光又回到了他的身上。一个高大、偏胖、微秃、有尊严的七旬老人。

一切都是上帝赐予我们的，那让耶稣从死里复活的圣灵，也会让你们必死的身体又活过来……

她发觉，最让她不安的是凯利先生躺着不动的样子。一个再也不会动的人。这样的静止，让他神秘的生活变得更加惊心动魄，同时又弥足珍贵。

我听到一个来自天堂的声音：尘归尘，土归土。我期待着转世重生，于是海交出了其中的死人……

她的思绪开始乱飞。她回想起五年前查尔斯父子公司里那些才华横溢的家族成员，让自己的父亲到谢克海茨做陈列模特。鲁伊清楚地记得那天躺在绸缎椅子上的那个男人，那不是她父亲，而是一个陌生人—— 一个漫画人物的现实版。脸上的浓妆、新的服装、光亮的头发，华丽而虚假。他看上去甚至不像死人，只是特别古怪罢了。

凯利先生看起来则真实多了。他不像雕塑，非常真实。死亡此刻也正盯着她，她感觉整个房间都在倾斜，呼吸也变得小心翼翼。在这种苦涩的刺激下，泪水滑落了脸颊。

主与你同在，以主的名义保佑你的灵魂……

尸体旁的一个人注意到了她。他是个穿着西装的矮个子男人，留着大胡子；中分的黑发十分柔顺，显然经过精心的修剪，定型水让它们紧贴着头皮。他的两只眼睛靠得很近，这些都让鲁伊觉得他很愚蠢。

“你是其中一位目击者吗？你是那个打九一一的人吗？”

她点点头。

他发现了鲁伊眼神的聚焦点，于是站到了她和凯利先生的中间。

“我是明内利探员，你认识死者吗？”

“发生了什么？”她口干舌燥，一时发不出声了。于是她又重复了一遍问题。

那位探员看着她，也许正试着猜测她与死者的关系。他说：“这正是我们要弄清楚的。你认识他吗？”

她点点头。她看不到尸体，于是将视线转移到了一个小型金属手提箱上，上面印着“犯罪现场组”几个字。他们选中了这桩案子，不会轻易放手的。

“录像带。我本来是打算来取一盒录像带的。这是我的工作。”

“录像带？什么录像带？”

她指着一个印着 WSV 三个蓝色字母的塑料袋。“那是我们店的，他昨天来租了一部片子，今天我来拿。”

“你有证件吗？”

她把真实的驾照以及员工打折卡递给了明内利，他草草地记下了一些信息。“你在纽约的地址是？”

她告诉了他。他记下地址后，把证件还给了她。他似乎并不认为她有嫌疑，干他们这行的或许很了解什么样的人才是杀人犯。

鲁伊低声说道：“这盒录像带是在我手里租出去的，就是我，在昨天。”她急促地低语着，“我昨天还见到他呢，我……他昨天还好好的。几分钟前我还跟他说话来着。”

“你之前跟他讲过话？”

“我用的门禁对讲机。”

“你确定跟你说话的是他本人吗？”探员问道。

她感到胸口被猛击了一下。回想到那个声音似乎有些不同，也许跟她对话的是那个凶手，这让她双腿发软。“不，我不确定。”

“你辨认得出那个声音吗？”

“不能。但……那个声音不像是凯利先生的。我没往那个方向想过，我不知道——我想也许是吵醒了他什么的。”

“那个声音是什么样的？年轻的，年老的，黑人的，还是拉美裔的？”

她摇着头。“我不知道，我辨别不出来。”

“当时你在外面吗？有没有看到什么？”

“我当时在巷子里，有辆绿色的车想把我们撞倒。”

“我们？”明内利重复道，“你，还有隔壁楼的那个女的？”

“是的。”

“是辆什么样的车？”

“我不知道。”

“深绿色还是浅绿色？”

“深绿。”

“标记呢？”

“什么？”鲁伊问道。

“车牌号，你看到了吗？”

“他想要把我撞倒，那个司机。”

“你的意思是，你没有看到车牌号？”

“我就是这个意思，我没有看到。”

“那么看到是哪个州的没？”探员问。

“没有。”

他叹了口气。“你看到司机了没？”

“没有。当时反光很厉害。”

这时，另一个穿西装的人走了过来，他身上有股苦涩的烟草味。“有进展吗？”

明内利对他说：“事情看起来是这样的，队长。这位女士是过来拿录像带的。她按了门禁对讲机，但我们觉得应答的是凶手。也许是在做掉死者之后。”

做掉死者。鲁伊看着这位探员，对他的冷漠感到怒火中烧。

“胸膛被射了三枪，完全没有反抗性淤伤，所以这一切都发生得极快。他甚至都没试着躲闪。还有，电视机上有一枪。”

“电视机？”

鲁伊跟着他们，将目光移到了电视机上。凶手确实对着电视机射了一枪。右上方黑色的小洞周围是一圈蜘蛛网似的裂痕。她注意到，那是一台很旧、很便宜的电视机。

明内利继续说道："接着这位邻居就走到了走廊上——"他看着自己的记事本，"阿曼达·勒克莱尔，她上楼后发现他死了。"

"没人听到声响？"队长问道。

"没有，甚至没人听到枪响……好，接着，凶手或者他的同伙就坐进巷子里的那辆车里，疾驶过来撞倒了其中一位目击者。"

也差点撞到了我，鲁伊心想。仿佛他们很在乎的样子。

明内利又看了下记事本。"名字叫苏珊·埃德尔曼，就住在隔壁那幢楼里。"他朝着慢跑者做伸展的地方撇了撇头。

"把她给干掉了？"队长问道。

干掉……做掉……这些人压根儿就不懂得尊重别人。

"没有，"明内利说，"但就埃德尔曼现在的状况来看，她近期都没法儿讲话了。"

鲁伊记得那位女士倒在了布满油渍的鹅卵石巷子里，粉色的慢跑服上全是鲜血，也记得刹那间自己泉涌的内疚之情——先前还因为她时髦有钱而瞧不起这位可怜的女士。

"这位年轻女士——"他朝鲁伊点点头，"也看见了那辆车。她说自己没看到更多细节。"

"是吗？"队长问，"你看到那个'佩普'[①]了吗？"

"那个什么？"

"佩普。"

鲁伊摇摇头。"我会说英语，英语是我的母语。"

"那个司机。"

①原文为 perp，是警方对 perpetrator（嫌疑犯）的口头简称。

“没有看到。”

“车里有几个人？”队长继续盘问道。

“我不知道。当时反光很厉害，我之前就告诉过他了。”

“我知道，”队长怀疑地说，“当有些人不想看到任何东西时，反光总是很厉害。不过你不用担心，我们会保护好目击证人的。你会很安全。”

“我不是什么目击证人，我什么也没看见。我只是躲过了一辆想碾过我的车罢了。我没太注意……”

她的目光又停留在了那具尸体上；她发现自己已经挪到了那个慢吞吞的侦探边上。最终她强迫自己看看别处，于是瞥见了明内利。

“那盒录像带。”她说。

“什么？”

“我能把录像带拿走吗？我就是过来把它取回店里去的。”

她看着录像带的封壳，《心跳曼哈顿》。

明内利走到录像机前，按了下弹出键。机器发出咔嗒声，带子退了出来。明内利咨询了一位正走过来的犯罪现场鉴定员：“你觉得呢？她能把录像带拿走吗？”

“我最大的恐惧之一——”这位警官用戴着橡胶手套的手把带子从录像机里取了出来，并仔细检查了一番。

“是什么？”明内利问道。

“如果我租了一盒《黛比上达拉斯去》，结果在还之前被车撞死了。那么我老婆就会收到一张两千美元的黄色录像带租赁账单，而且——”

鲁伊生气地说：“他租的不是什么低俗片子，而且我觉得你不应该开玩笑。”

这位鉴定员清了清嗓子，尴尬地咧嘴笑了笑，但是并没有道歉。

他说："事情是这样的，请看一下电视机。你瞧，他居然把电视机给打爆了，也许这纯属巧合，但我认为咱们应该好好检查一下这盒录像带上的指纹。也许那个嫌疑犯拿起它看过，我们会处理这些的。呃，话说，我可不想把这种沾满指纹粉的录像带放进我自家的录像机里，这鬼玩意儿会把机器都搞坏的。"

鲁伊说："你们不能就这样收走我们店的录像带。"

她关心的不是华盛顿广场音像店的库存，不，她在乎的是警察就要收走她跟凯利先生之间唯一的联系物了。太傻了，她心想。可是她真的很想要那盒录像带。

"事实上，我们可以将它没收。就是这样。"

"不，你们不能。这是我们店的，我要把它拿回去。"

队长被她激怒了，而明内利，虽然也很生气，但依旧试着保持人民公仆的姿态。他说："咱们到楼下去说好吗？不管怎么样，你不该待在上面的。"

鲁伊最后瞥了一眼凯利先生，跟着探员走了出去。走廊上很热，空气中充满了灰尘、霉菌和饭菜的味道。他们走下楼梯。

走到外面后，明内利靠在了一辆没有标志的警车上，对她说："关于那盒录像带——我们得收走，抱歉。要是你的老板想投诉，请让他或者他的律师打给市政府法律处。但是我们必须收走，因为这有可能是证物。"

"为什么？你们认为凶手看了那部电影？"

探员回答道："他也许拿起来看看是否有价值拿走。"

"然后发现没有价值，就开枪打了电视机？"

探员说："也许。"

"太疯狂了。"鲁伊说。

“谋杀本身就很疯狂。”

她又想起凯利先生胸膛上的血迹。

他问：“跟我说实话，你跟他到底有多熟？”

鲁伊好一会儿都没说话，用她那件“衬衫背心”的一角擦了擦眼睛和鼻子。“不算很熟，他是我们店的客人，仅此而已。”

“关于他，你没有要跟我们说的了？”

鲁伊本打算说有，但是马上意识到自己没法儿讲更多的了。她认为自己可以说很多，但那些都不是真的，全是她自己编的：他妻子死于癌症，孩子们都搬到很远的地方去了；他在太平洋战争中立下了卓越战功，接着去服装店找了份工作；他的退休派对酷极了，以至于十年后他还为此津津乐道。几年前他在东村结识了一帮退休老人，他们时常在超市、社保局、蹩脚的药店或是附近街边的咖啡店里遇见。先前他会很胆怯，但慢慢地，他开始邀请大家一起打桥牌，一起去亚特兰大玩老虎机，或者一起存钱去大都会歌剧院看场预演演出。

这些场景在她脑海里完美地呈现了出来，都是她看过十几遍的电影场景。

只是，这些全都不是真的。

她所知道的就是——罗伯特·凯利，押金：现金。退了休还每天西装革履。他时常大笑，非常有礼貌。他有勇气在假期里独自去餐馆吃饭。

还有，他很多地方都跟她很像。

鲁伊对警官说：“没有，我真的对他一无所知。”

探员递给她一张名片。“你真的什么都没看见？”

“是的。”

他相信了。“好吧，要是你想到了什么，记得打电话给我。有时就会这样，过了一两天，人们开始记起一些事情。”

当他转身上楼时，她喊了一声：“嗨。”

他停了下来，回过头。

“你知道吗？要是能找到干这事儿的浑蛋，你就真的做了件大好事。”

“这就是我干这行的原因。”他边说边往上走。

犯罪现场鉴定员跟他擦肩而过，来到了外面，手里拎着那个金属手提箱。鲁伊瞥了他一眼，准备离开那儿，接着她又回过头去。他也看了她一眼，继续朝车里走去。

她对着他说：“噢，还有一件事。告诉你，凯利先生从来不租色情片。出于某些原因——不要问我为什么——他喜欢看关于警察的片子。”

事情到底有多糟糕？

哈尔特一边思考着这个问题，一边匆匆走向地铁站。

今天天气凉爽——同样是春天，上次去密西西比河附近干掉吉特尔曼时，天气闷热又潮湿——他却在不停地出汗。他身上没穿灭虫人的制服——它们被处理掉了，工作结束后的标准流程——但他依然觉得很热。

他反思着刚才发生的事情。部分原因是运气太差，但另一部分原因是他的过失。首先是他决定不要雇本地的后援，因为被害者并没有被联邦法警或是其他人保护着，所以只有他和赞恩两个人，既要负责监视又要负责射杀。虽说这方法在圣路易斯没出岔子，但他确实应该预料到会有无辜者的出现。纽约真他妈是个大城市，更多的人口就意味着更多的局外人。

接着，他认为自己把赞恩太早叫到巷子里了，他完全没动脑子。

所以对于那个不知从哪儿冒出来的姑娘，他们毫无防备。她按响门铃的时候哈尔特正准备开枪。被害者从椅子上站了起来，看到了哈尔特，哈尔特赶忙朝着他开枪。老家伙跌在了遥控器上，电视机的声音开始越来越响，于是哈尔特只能又朝电视机开了一枪。又是一声很大的声响，还让整个公寓弥漫着瓦斯和烟味。

接着那姑娘又按响了门禁对讲机，声音听上去非常担心。过了一会儿，又有另一个女人打电话过来。

简直像大中央车站，上帝啊……

他明白她们会产生怀疑，并且随时都会上楼来看看被害人。

所以哈尔特决定分开行动。他叫赞恩回公寓，自己则乘坐地上公共交通。说时迟，那时快，正当他逃出大楼东边的防火梯时，听到了一声女人的尖叫。赞恩开着车跑了，哈尔特则跳进巷子里，转身便消失了。

十分钟后他们进行了联系，赞恩非常恐慌地告诉他有两个目击者。两个女的，其中一个被庞蒂克撞倒了，但另外一个及时逃走了。

“看到你了吗？”哈尔特问。

“不知道。我之前就把车牌什么的换过了，但我觉得我们最好离开一段时间，避避风头。”

哈尔特想了想。要是没有证据证明目标人物确实死亡的话，圣路易斯的那个中间人是不会给钱的。而哈尔特刚才没时间去拍照，况且，他不想让目击者们活着。

“不，”他告诉赞恩，“我们留在这里。听着，我们现在需要后援了，去找找谁现在在纽约。”

“什么类型的后援？”赞恩问。

“枪法了得的。”

* * *

“嗨，你好啊。”

鲁伊正靠在罗伯特·凯利先生那栋楼前的栅栏上，她转过头去。是之前在门口遇到的、拎着一大包罐头的那个女人。她双臂交叉，摇摇晃晃地站在门廊处，脸颊上眼泪直流。

警察已经把老人的尸体抬走了。明内利回到楼里之后，鲁伊就打算走，但不知出于什么原因，她又决定再留一会儿。

“你叫阿曼达？”

女人用纸巾擦了一下脸，点点头。“是的，你怎么知道？”

“警察提到了你。我叫鲁伊。”

“鲁伊……”她心不在焉地念着。

在这之前，楼里的其他住户都下楼来议论这桩凶杀案，接着就回到自己的房间或者上街去了。

只有两名探员留了下来。明内利临走时还对她说：“再见。”队长则瞟都没瞟她一眼。

阿曼达又开始哭起来。

她没办法让自己停下来。鲁伊也哭了，继续用衣角擦了擦脸。

“你是怎么认识他的？”阿曼达问道。鲁伊觉得她的口音很像女版的鲍勃·马利[①]，低沉而性感。

“我们在音像店认识的。华盛顿广场音像店，他经常在那儿租录像带看。”

阿曼达诧异地看着她，似乎录像机和租片子都是超出她想象的奢侈品。

①鲍勃·马利（Bob Marley，1945—1981），牙买加歌手，雷鬼乐鼻祖。

鲁伊问："那你是怎么认识他的？"

"我们是邻居。他刚搬过来时就碰到了，大概是一个月前吧。我们很快就熟了。罗伯特这人吧，总是会跟你交谈。这儿没人会跟你交谈。他经常问起我的孩子，问我来自哪里。你知道的……现在很难找到真正喜欢听你讲话的人。"

阿门，鲁伊心想。

"他也老爱问关于我的事情，但对自己的事情，他绝口不提。"

"对，是的。他似乎不太愿意谈论自己的过去。"

"我真不敢相信这件事。你觉得呢？为什么有人要做这种事？"

鲁伊耸耸肩。"我猜是毒品。这附近……还会有什么别的缘由吗？"

"我真搞不懂他们为什么要杀他。他不会是任何人的威胁。如果他们想要打劫，把东西抢走就是了，不用管他。为什么非要杀他呢？"

谋杀本身就很疯狂……

"他人这么好，"阿曼达继续说道，语气变得相当柔和，"这么好。每当我和房东或者是移民归化局产生矛盾时，凯利先生总会帮助我。我们才认识一个月，他就帮助我写各种信件。他非常聪明。"更多的泪水流了下来，"我现在该怎么办呀？"

鲁伊伸手揽住了她。

"他帮我解决了租金问题。移民归化局没收了我的支票，薪水支票，我工作，可是他们拿走了我的支票。我也去申请办卡，我试着按正确的方式做事，我没有欺骗任何人或做任何错事，但他们就是不让我拿到钱……可是凯利先生，他借钱给我付租金。我现在该怎么办呀？"

"他们会把你遣送回国吗？"

她耸了耸肩。

鲁伊问道："你的家在哪里？"

"我来自多米尼加共和国。"阿曼达说。接着她又不服气地继续说道，"但现在这儿是我的家，纽约是我的家……"她回头看着这幢大楼，"他们为什么要杀他？外面坏人太多了，那么多坏心肠的人。他们为什么要杀像罗伯特这样的人？"

当然，这个问题谁也回答不了。

"我得走了。"鲁伊说。

阿曼达点点头，拿着已经破烂的纸巾擦了下眼睛。"谢谢。"

鲁伊问："谢我什么？"

"一直等到他们将他带走，跟他道别。你人真好，真的很好。"

第五章

快到下班时间鲁伊才回到了店里。

“整个一下午你他妈的都上哪儿去了？”

“我得理清思绪。”鲁伊对他说。

托尼窃笑了起来。“那一个下午不够用啊。”

“托尼，别废话，拜托了。”

他把背包扔到了柜台上，绕开了举着枪的西尔维斯特·史泰龙纸板人像，开始检查收据。“你不该和警察争论的。上帝啊，那盒录像带……批发价都要一百多美元。”

“我都把那个警官的名字告诉你了，你想要的话，可以去找他。”她反驳道，“这不是我的工作职责，你才是店里的经理。”

“对，可是，你至少应该一结束就回来。整个下午就弗兰基·格里克一个人在店里，他一个人做事的时候就会觉得压力过大。”

她小声嘀咕说：“他自己系个鞋带都压力过大。”

弗兰基是一个有抱负的摇滚明星。他高中就退了学，蓄着长长的卷发，骨瘦如柴。他让鲁伊想起了自己一条粉色裙子上的贵宾犬，那还是上周在百老汇一家叫二手玫瑰的复古服装店买的。这会儿他正在后面的房间里。

“那么，刚才你都上哪儿去了？”托尼固执地问道。

“四处走走，”鲁伊说，“我不太想回来。我是说，他死了，我看到了他，就在我面前。”

“哇哦！你看到子弹孔和所有的东西了吗？”

“噢，上帝啊。别说了，好吗？”

“都跟电影里的一样吗？”

她转过身去，开始用清洁剂擦柜台玻璃。托尼和弗兰基两个人都抽烟，总把玻璃搞得脏兮兮的。

“呃，你应该打个电话过来，我很担心你。”

“担心？嗯，就跟你说的‘我确定’一样？”

“下次记得要打电话来。”

鲁伊感觉他正在让步。看来这周不会失业了。生活里的小插曲……她觉得自己应该争取一下，于是说：“不会再有下一次了。我也不会再去取什么东西了，好吗？这就是规定。”

“嘿，我们这儿一切都很和谐，对吗？华盛顿广场音像店的一家子。”托尼看了一眼正从后屋走出来的弗兰基，那个瘦骨嶙峋的小伙子。

“我想我能把那个显示器修好。”弗兰基说。

“好的，不过那不是你的工作重点。你的工作重点是锁好店门。”

这个高大的男人又把那个很脏的红色尼龙背包甩到了肩上，接着消失在了门外。

弗兰基说：“呃，我刚才听到你跟托尼的谈话了。”

“然后呢？”

“你为什么不编点儿理由呢？关于为什么晚回店里，你可以说你老妈突然生病，或者别的什么。”

鲁伊说：“我为什么要对托尼撒谎？你只对权力比自己大的人撒谎……话说帕拉蒂姆剧院的事进展得怎么样了？”

弗兰基露出一副垂头丧气的样子。“我们只能进去一个人。我们俩抛硬币决定，结果艾迪赢了。天哪，居然还是金发女郎乐队[①]的演出。”

他瞥了一摞刚还回来、等待重新上架的色情录像带，其中似乎有一盒引起了他的兴趣，他把它拿到了一边，说：“那个被杀的老头，是你喜欢的那个，对吧？”

“是的。”

“我有点记不得他是什么样的人了，他酷吗？”

鲁伊靠在柜台上，把玩着手镯。接着往窗外望去，整个城市被奇特的橘色灯光笼罩着。虽说现在已经晚上十一点了，可外面看起来就像是有日偏食的下午。“是的，他很酷。”她在柜台下面搜寻了一番，然后找到了那盒帮凯利先生翻录的非法录像带。她把录像带放在手里反复翻转，说：“而且，他还有点儿与众不同。”

“嗯，比如呢，古怪？”

“不是你口中说的古怪。”

“嗯，那我口中的古怪又是指什么？”

她没有回答。有一个想法进入了她的头脑。“不过他确实有一点古怪之处。不是说他这个人——他是你能想象到的最和善的人。”

①活跃于二十世纪八十年代的著名美国朋克摇滚乐团，成员有四男一女，曲调狂野奔放。

“那究竟什么地方古怪？”

“呃，他入会只有一个月。”

“然后呢？”

“有一部片子他反复借了好几次。”

“好几次？”

柜台上有一个凯普罗牌的小型便携式电脑，鲁伊开始在键盘上敲打了起来。接着她读了一下屏幕所显示的内容。“十八次。”

“哇哦，”弗兰基说，“这可真的很古怪。”

“《心跳曼哈顿》。”鲁伊说道。

“从来没听过这片子。是关于，嗯，一个记者的吗？”

“关于一个巡警[①]。是一部四十年代的警匪片。你知道的，所有人都穿着很大的双排扣布料西装，头发都往后梳得光滑利落。片子里的演员都没什么名气，达纳·米切尔、夏洛特·古德曼、露比·达尔。”

“他们都是谁？”

“你肯定不认识他们，不是当红的新人。总之，这部片子一个月前制作成了录像带。过了这么久才发行一点儿也不奇怪。我看了一下，不是我的菜。不过它是黑白片，这一点我喜欢。我讨厌彩色电影，对我而言，这是政治态度问题。

“不管怎么说，凯利先生在片子发行后的第二天就来了店里。我们店的橱窗上有一张海报，是经销商送来的……啊，就在这儿，在后面……”

①片名《心跳曼哈顿》的英文原文为*Manhattan Is My Beat*，Beat除心跳外，在习语中亦有警察巡区的意思，因此这个名字亦可看成一个警察口中的“曼哈顿是我的巡区”。

弗兰基瞧了一眼。“噢，对，我记得。”

鲁伊继续说道：“他走进来说要租这部电影。他不是会员，因此咨询了入会的事情。接着——你所谓的古怪事情发生了——他问怎么把录像带放进电视里。你相信吗？他居然不知道有录像机这样东西！所以我告诉他，要是没有播放器的话他就得去买一个。我还告诉他音像总汇和疯狂艾迪这两家店在哪儿。呃，他身上的现金不太多，我看得出来，因为他说‘你知道他们接受支票吗？你瞧，我刚搬到这儿，上面没有我的住址……’之类的话。而那会儿我在想，是啊，没错，他们不收支票不是因为上面没有地址，而是因为账户上没钱。因此我介绍他去坚尼街看看，那儿有很多二手货，他也许只要花五十美元就能买到一个录像机了。”

“只能买到索尼的 Beta 吧，我想。”弗兰基冷笑道。

“不，他们有 VHS 的。接着他就走了，我以为他不会再来了。但第二天他又来了，说自己搞到了一台录像机。于是他入了会，租下了这部自己非常感兴趣的片子。后来我发现他人真的很好，我们闲扯了一阵，聊了聊电影……”

“是啊，你的约会对象，”弗兰基评论道，“我记得他。”

“他完全没在调情什么的，他就是在讲话。最后他带着录像带回了家。第二天艾迪去他那儿取了回来。好了，几天后，他打电话来租片子，租了一部我不知道是什么的片子，你猜还租了什么？《心跳曼哈顿》。这样的事循环往复了好几周。”

弗兰基点着头，蓬松的头发上下跳动着。

“天哪，”鲁伊对他说道，“我真为他感到可惜——我完全能想象得到，他把社保支票里的钱全花在了这部愚蠢的电影上。我叫他索性把片子买下来，但你知道托尼这个人，你猜他标价多少？居然要两百美元左右。这简直就是抢劫。所以我告诉凯利先生，我会帮他翻录一盘。”

“天哪，托尼知道了会气疯的！”弗兰基说，他特意将声音放低，好像店里装了窃听器似的。

“是啊，管他呢。”鲁伊说。她又开始回忆凯利先生了。“你应该看看他的眼睛，我想他高兴得都快哭了。总之，那时快中午了，于是他邀请我一起去吃午饭，你知道的，为了感谢我。”

“那么你帮他录了没？”

鲁伊的表情瞬间显得很失落。过了一会儿她说：“对，我录了。但那是几天前才录的，我还没找到机会给他。真希望我已经给他了，他至少能看上一遍——我是指，看上一遍我录的那盒。他说现在自己不能回报我很多东西，但将来有钱了，他一定会记得我。”

“哦，对啊。这种话我以前也听到过。”

“我不知道，他说这话的口吻很怪，就像是在说当他的货船靠岸了，就像是……嘿，你知道童话故事吗？”

“嗯哼……我不知道。你是说像《杰克和仙豆》吗？”

鲁伊转转眼珠子。“我想到的是一则日本的童话故事，是关于一个姓浦岛的渔夫。”

“呃，谁？”弗兰基·格里克的眼睛也离得很近，就像凯利先生公寓里的那个探员，明内利。

“当时有一群孩子正在拿石头扔一只海龟，浦岛从他们手中救下了海龟，并设法将它送回了海里。结果发现这居然是一只魔法海龟，它把他带到了海底的海王宫殿中。”

“他怎么能在海中呼吸呢？”

“他就是能。”

“可是——”

“别担心了，他会在下面呼吸，好吗？总之，海王的女儿给了他很多金银财宝。或许还赐他长生不老，这我不记得了。”

“嘿，不必再衣衫褴褛，”弗兰基说，“从此过上了幸福快乐的日子。”

鲁伊好长时间都没说话。“并不完全是这样，他搞砸了。”

“怎么回事？”弗兰基似乎燃起了兴趣。

“那公主给他的东西中有一只盒子，她关照他无论如何都不能打开这个盒子。”

“为什么不能打开？”

“这不是重点。重点是他去打开了，接着，砰的一声，他在五秒钟之内变成了一个老头。瞧，即便是童话，也是有游戏规则的。你得按规矩办事，但是他没有。你得听神奇海龟和精灵们的话。所以，当凯利先生说发家致富的时候，我就想到了这个。我做了件好事，他要给我一个奖励。”

弗兰基补充道：“只要不去打开那神奇的盒子。”

鲁伊抬起头来。“瞧，这就是我跟凯利先生之间的故事。简直匪夷所思，对吗？”

“你问过他吗，为什么他老是租那部片子？”

“问了。你想听一个令人沮丧的问答吗？他说：‘那部片子？是我生活中最精彩的一部分。’他不愿意说更多的了。我猜这片子是他和妻子在蜜月时看的，或者片子刚上映的那晚他正和某位风情万种的女人幽会，他们在时代广场上的某家旅馆里，窗外就能看到首映式。”

“呃，警察对于这起谋杀案有什么看法？他们说了原因吗？”

“他们一无所知，也不在乎。”

弗兰基翻着一本摇滚杂志，把一个耳环摘了下来，看了看，又把它塞进另外一只耳朵的第三个洞里。他说："那么，你看过那部片子，你觉得它会是某个人一生中最精彩的部分吗？"

"取决于你的生活有多糟糕。"

"嗯，这部片子，"这位年轻人问道，"是讲什么的？"

"是讲三十还是四十年代，发生在华尔街的一桩银行抢劫案。劫匪们在银行劫持了一名人质，接着一名年轻的警察——你知道电影套路的，他爱着隔壁家的女孩玛丽，成了破案的英雄——他走进银行，要求让自己和人质交换，接着就把那劫匪给崩了……但后来发生了他难以抗拒的事情。你瞧，他正爱得火热，却没钱结婚。于是他拿着赃款偷偷溜出了银行。接着他把钱都埋在了某个地方，警察们很快就发现了，于是将他踢出了警界，扔进了监狱。"

"就这样？"

"我想他最后出狱了，但还没来得及去挖钱就被杀了，我没怎么注意看，因为我觉得挺无聊的。"

弗兰基说："嘿，是这样的。听着，"他开始念经销商给的简介，"'《心跳曼哈顿》，一九四七。'噢，这太扯了。你听听。'扣人心弦的剧情，一位理想主义的年轻纽约警察，责任与贪婪的痛苦抉择。'"

鲁伊看了一下钟，下班时间到了，她开始锁门。"我只知道，要是我能拍一部电影，我会杀掉所有说'这部片子扣人心弦'的人。"

弗兰基说："要是我能拍一部电影，人们爱怎么评论就怎么评论，只要，嗯，我能演奏电影原声。嘿，上面说这部电影是根据一起在曼哈顿的真实银行抢劫案改编的，有人卷走了一百万美元，据说目前都没查到下落。"

真的吗？鲁伊对此一无所知。

“太晚了，”她对弗兰基说，“我们走吧。我得——”

突然有人重重地敲响了玻璃门，把他们俩吓了一跳。三个人站在外面——一个男的和一个女的手挽着手，还有一个女的。看起来都是二十几岁。那对情侣穿着黑色T恤和牛仔裤。女的要比男的高一点，留着黄白相间的短发，化着惨白的底妆，深紫色嘴唇。男的则穿着高帮黑色靴子，很瘦，脸很长但棱角分明，颧骨很高，相当帅气。他们俩的脖子上都绕着黄颜色的索尼随身听耳机线，她的线消失在了他的口袋里。他们的打扮颇有下城范儿，显然这算是他们盛装出行的行头了。

另外一个姑娘则胖墩墩的，留着橘色的刺猬头，脑袋有节奏地晃动着——显然是跟着只有她听得到的音乐（她头上没戴任何听音乐的设备）。她的发型和颜色让鲁伊想到了啄木鸟伍迪。

又是一阵敲门声。

弗兰基看了一眼钟。“我该怎么跟他们说？”

“两个字，”鲁伊说，“营业的反义词。”

但是那位黑衣少年像好奇的外星人一样碰了碰店门，向鲁伊微笑了一下，说：“你们怎么能这样对我们？”他掏出双手合在了一起，恳求，乞求，接着吻了一下指尖，直直地看着鲁伊。

弗兰基大喊道：“嘿，我们打烊了。”

鲁伊说：“去开门。”

“什么？”

“去开门。”

“但你之前说——”

“快开门。”

弗兰基照办了。

站在门外的男子说："就一部片子，美女，就一部，之后我们就会从你的生活中消失……"

"不打算还回来吗？"鲁伊说。

"那个啊，当然会还了，"他边说边往店里走，"但是今晚，我们需要点儿消遣活动。哦，太迫切需要了。"

鲁伊对金发女郎说："你准备什么时候把他送回到贝尔维尤[①]去？"

她耸了耸肩。

啄木鸟一言不发，在电影架之间徘徊，一边摇头晃脑一边研究着片子。

"你是会员吗？"鲁伊问。

金发女郎亮出了一张华盛顿广场音像店会员卡。

"三分钟，"鲁伊说，"你们只有三分钟时间。"

男的说："生命中的一小段时间，不觉得吗？"

"还有两分四十五秒，"鲁伊回答道，"而且正在减少。"

这家伙会疯掉吗？鲁伊不得而知。

金发女郎发话了，她问弗兰基："有什么好片吗？"

"呃，我不知道，我是新来的。"

"我们每个人在每个地方都算是新来的，"年轻男子看着鲁伊，意味深长地说道，"每时每刻，每一个三分钟，每一个两分半钟。大卫·鲍伊说的。你喜欢他吗？"

"我超级爱他，"鲁伊说，"他怎么会有两只颜色不同的眼睛呢？"

男子看着她的眼睛，并没有作答。但没关系；她也忘了自己说的是问句。

---

①非常著名的精神病院。

鲁伊找出唇膏，仔细地涂了起来，接着用手指理了下头发。她觉得自己应该表现得更加娇羞一点。最后她看了看手表。“两分钟，已经不到两分钟了。”

他问她：“想去参加派对吗？”

鲁伊看着他的眼睛，棕色，灵动而深邃。她说：“也许吧，在哪儿？”

“你家，亲爱的。”他说。

噢，又来了。

但是他捕捉到了她那细微的表情，于是突然很正经地说：“我是说，这里所有的人。一个派对。酒和饼干。非常纯洁，我发誓。”

鲁伊看着弗兰基，他摇了摇乱蓬蓬的头。“我姐姐随时都可能临盆，我要回家了。”

“求你了。”下城男士说。

为什么不去呢？鲁伊想，她上一次和别人约会时，排水沟旁还堆满了雪呢。

“还有一分钟，”那男的说，“我们的时间所剩无几了。”他又回到了外太空，开始和金发女郎讲话。她看着橙发朋友，说：“我们需要一部电影。快选一部。”

“我吗？”啄木鸟问。

“快点儿。”金发女郎低声说道。

那个男子说：“我们还有一分钟不到了，洪水就要来了，地球将要颤动……”

“你总按这样的方式讲话吗？”鲁伊问。

他微笑了一下。

啄木鸟从架子上取了一部电影下来。“这部怎么样？”

“我可以接受。”金发女郎不情愿地回答道。

弗兰基帮他们办了手续。

那男人说：“啊哈。时间到。我们走。”

第六章

“这是斯坦福·怀特[①] 最好的作品之一。”鲁伊对他们说。

货梯上升时传来了链条摩擦的金属咔嗒声。空气中弥漫着油腻味、霉味还有潮湿的水泥味。一排排正在修建的楼层，或是幽暗荒废的楼层在他们面前缓缓下沉，伴随着阵阵水滴声。这栋楼处于翠贝卡社区——坚尼街下方的三角地带——历史可以追溯到十九世纪。

“斯坦福·怀特？”金发女郎问。

“著名建筑师。”鲁伊说。

神秘男子说：“他是为爱而死的。”

他居然知道这个？鲁伊心想，不简单啊。于是她补充道：“他在麦迪逊广场花园的顶楼被一个情敌所杀。”

---

①斯坦福·怀特（Stanford White，1853—1906），美国著名建筑师，作品包括麦迪逊广场花园、华盛顿广场拱门等，其风格被称为“美国复兴”。一九〇六年，怀特被百万富翁哈里·肯德尔·索与其妻子，也是女演员的伊夫林·内斯比特合力谋杀。由于三位涉案人物均非常知名，该案件被称为“世纪审判”。

金发女郎耸耸肩，似乎在她看来，爱情永远都不值得付出生命。

啄木鸟说："住在这地方，合法吗？"

"什么叫合法？"那男的若有所思地说，"我是说，哪套法律适用这个情况？我们要应付一层又一层的法律，有些法律很有效力，有些则不是。"

"你在说些什么？"鲁伊问他。

他咧嘴一笑，扬起眉毛，叫人捉摸不透。

他的名字叫理查德，这让鲁伊颇为失望。一个反叛青年应该叫让－保罗或弗拉迪米尔。

电梯在顶楼停了下来，大伙儿踏进了一个很小的房间，里面堆积着好几只刻着韩文的盒子、手提箱、坏掉的电视、军绿色的民防饮用水桶，还有十几摞过期的美容杂志。啄木鸟慢慢走到杂志跟前，开始研究封面。"这都有些年头了。"她说。屋里唯一的门上用黑墨水写着斑驳的两个字"厕所"。

"居然没有窗户，你怎么受得了呢？"理查德问。但是鲁伊没有回答，而是消失在了硬纸盒堆成的墙后面。她爬上了屋子中间的一架华丽的金属梯子，并从楼上给出了一声响亮口哨。"哟，跟我来……嗨，你们能想象我要把杂货放上来有多难吗？要是我真去买杂货的话。"

他们三个到楼上后全体惊呆了。他们站在了一个玻璃角楼里，那是楼顶的一个巨大眺望台，侧面高耸，就像一个皇冠。站在这十层高楼上，整个城市在他们身边蔓延开去。帝国大厦，遥远却壮丽，就像是马克斯菲尔德·帕里什① 画中那威严的巨人。更远一点，是优雅的克莱斯勒大厦。往南，最耀眼的是两根白柱似的世贸中心。东面是

①马克斯菲尔德·帕里什（Maxfield Parrish，1870—1966），美国画家，以与众不同的高饱和色调及理想化的新古典主义主题而闻名。

镶着褶边的伍尔沃斯大楼和市政厅。再往东，是一块灯做的巨幅地毯——布鲁克林区和皇后区。对面是稍显暗淡的泽西岛。透过半圆形的玻璃顶，他们能看到低矮的云层，被城市的灯光染成了桃红色。

“我的室友，她出去了，”鲁伊边四处张望边解释道，“她正在某个单身酒吧里玩俄罗斯轮盘游戏。要是这会儿我还没见她边吃冰淇淋边看连续剧的话，那就说明她今晚走运赚了大钱。呃，至少她是这么说的。”

鲁伊脱下夹克衫，挂到了衣架上。这个衣架挂在一个没有灯泡的落地灯架上，上面还有一条鸵鸟毛围巾和一件仿斑马皮的运动外套。她解开靴子，将它们放到地上，紧挨着两个破旧的美旅手提箱。她打开其中一个箱子，翻看着衬衫和内衣，把褶皱都捋平弄顺，再把几件色彩狂放的衣服重新叠了一下。接着她脱掉袜子，将它们扔进了另外一个箱子里。

她对理查德说：“衣橱和脏衣篮。”边说边朝两个箱子扬头示意了一下。

“这地方是你租的？”啄木鸟问。

“我住在这里，但我没付租金。”

“为什么不付？”

“没人来问我要啊。”

理查德问：“那你怎么能住这儿？”

鲁伊耸耸肩。“我找到这地方，就搬了进来，反正没其他人住。”

他说：“它变成了你的。”

“存在与生成……”鲁伊说。这句话是大概一周前，几个男的在音像店里讲话时她无意间听到的。

他扬了扬眉毛。“嘿，你知道黑格尔？”

“哦，当然，”鲁伊说，“我爱电影。”

圆形的空间被一堵煤渣砌的墙一分为二，她把墙壁漆成了天蓝色，上面还有少量白色的云朵。鲁伊这半边的阁楼放着四个旧旅行箱，一台电视，一台录像机，三个摞在一起的床垫，角落里还有好几个枕头。两个书架上装满了书，大部分都是旧的。还有一个比普通尺寸小一半的冰箱。

“你怎么做饭呢？”啄木鸟问。

“你说什么，做饭？”鲁伊用厚重的匈牙利口音回答道。

理查德说：“我觉得这地方很有灵性，你知道的，像一条分水岭。”他往冰箱里一看，里面有一包半融化的冰块，两扎六瓶装的啤酒，以及一只干瘪的苹果。“它没开。”

“它坏了。”

“水电煤气呢？”

鲁伊指了指蜿蜒到楼下的橘色延长线。“楼下有几个建筑工人在施工，让我用他们的电。他们人很好，不是吗？”

啄木鸟问：“要是这儿的主人发现了你，他就会把你赶走，不是吗？”

“那我就去找别的地方住。”

“你真是个存在主义者。”理查德说。

接着金发女郎说：“我想要早点儿开始派对。”

鲁伊把灯全关掉，点上十几根蜡烛。

她又听到了一声火柴的摩擦声，火焰映出扭曲的窗户。点着了的大麻味道流淌在整间屋子里，大伙儿传着抽了起来。还有啤酒。

金发女郎对啄木鸟说：“放电影吧，就是你选的那部。”

鲁伊和理查德坐在了后排的枕头上，看着金发女郎从啄木鸟手中接过录像带并拆开了塑料盒。鲁伊低声问理查德："你们俩算是一对吗？"说着朝金发女郎扬头示意。接着她自己想了一下，又更正道："或者说，你们三个人是一个整体吗？"

理查德深邃的目光盯着金发女郎，看着她屈膝去开录像机和电视机。他说："我不认识红头发的姑娘，但是另一个嘛——我去年在巴黎大学认识了她，当时我正在写一篇关于纺织品设计中的符号解读的论文。"

这不是在开玩笑吧？

"当时我坐在圣日耳曼大道上，看见她正从一辆豪华轿车中出来，当时我就有一种命中注定的强烈感觉。"

"加尔文主义。"鲁伊说，她想起妈妈——一个长老派[①]成员——曾经说过一次。他回头看着她，皱起眉头，一改常态，开始审视她。他说："哦，你是说宿命论吗？呃，那不是真的……"他点点头，似乎想到了什么，接着微笑道，"噢，你的意思就类似于，如果你做了会受到指责，没做也会受到指责……太棒了，太具有洞察力了。"

"我偶尔也会给出一针见血的评论。"这他妈是怎么回事？鲁伊感到不解。但她想，管它呢。从他的表情看来他似乎感到很赞叹，尽管她还没搞明白他和那位金发女郎之间的关系。

鲁伊正打算说点儿俏皮话，关于《卡萨布兰卡》——关于瑞克和伊尔萨在巴黎的那一段——但理查德斜过身子吻了她的嘴唇。

哇哦……

鲁伊缩了一下，看了一眼金发女郎，不知道她会不会找自己打架，但发现她没注意——或者说她完全不在乎。后者正退后，把大麻传给

①西方基督教新教的一个流派，源自十六世纪的苏格兰改革运动，持守加尔文主义，即"救赎预定论"和"救恩独作说"。

正在调电视的啄木鸟。

这是不是太疯狂了？让三个陌生人上我家来。

是的，确实。

接着，她冲动地回吻了理查德。他们一直吻着，直到她感觉到他把手放在了她的胸部上，就坐了回去。“我们慢慢来好吗？我们才认识了半小时。”

“但时间长短是相对而言的。”

她亲了他的脸颊，一个无邪的轻吻。虽然自己注定不可能是一个高挑又性感的情人，但鲁伊对调情这档子事可是相当精通。

“我还要。”他撅着嘴说。

于是她起身又给了他一个吻，哦，天哪，他原来是要啄木鸟手中的大麻。“嗨，亲爱的，这叫各取所需。”那女的深深地吸了一口，把大麻给了他。他抽了一口，又递给鲁伊。

他说：“我们来做个密宗瑜伽的姿势吧。”

鲁伊说：“密宗瑜伽？”

“那个不是跟性有关的吗？”啄木鸟问。

鲁伊朝理查德扮了个生气的鬼脸。

他说：“人们都觉得密宗瑜伽跟性有关。错。是跟呼吸有关，它教会你正确的呼吸方式。”

鲁伊说：“我知道该怎么呼吸，我还很擅长呼吸，因为我一辈子都在干这件事。”

“那我们来摆个姿势？”

她正要拿枕头去打他，他突然摆出一个非常扭曲的坐姿，在她三英尺远的地方开始做深呼吸。“穿着衣服摆，”他说，“我本想补充一下的。”

鲁伊说："你看起来就像是从高处摔到地上后受伤的样子。"

电视屏亮了，版权注意事项出现在了上面。

"坐到我旁边来。"他说。她犹豫了一会儿，还是照办了。他们的膝盖碰到了一起，她感觉到了电的火花，但他们没再靠得更近。

"我们现在干吗？"

"深呼吸，然后看片子。"

"好，"鲁伊问啄木鸟，"你选了什么片子？"

"蕾丝岛情人"几个字出现在了屏幕上。金发女郎醉醺醺地把啄木鸟拉到身边，开始亲吻她的双唇。她俩的双臂相互缠绕，手指开始解开扣子。

鲁伊低声问理查德："噢，你是说我们看她们俩拍的片子？"

理查德耸耸肩。"哪个都可以。"

第二天早上鲁伊醒过来时，理查德正在她的电炉上煮咖啡。

她问："你的朋友都上哪儿去了？"她开始在各种靠垫下专注地找东西，接着她的高露洁牙膏和牙刷出现在了面前。

他往四周张望了一下。"不知道。"

"你找到厕所了吗？"

"在楼下。我喜欢那些塑料小恐龙。我猜是你自己装饰的。"

鲁伊仔细打量着他。现在他看起来与这儿一点也不搭调。他还穿着昨晚那身黑色行头，却站在了明亮的露天阁楼里。

他说："你真正的名字叫什么？你不会真叫鲁伊，对吧？"

"每个人都会问起我的名字。"

"你是怎么告诉他们的？"他问，"真相吗？"

“但什么才是真相？”鲁伊冲着他暧昧地笑。

理查德笑了起来。“你会用假名这件事很有意思。我是指从哲学角度上来说。你知道沃克·珀西是怎么看待取名字这件事的？他不是在探讨姓和名，而是在谈论人们给万物取的名字。他说命名与宇宙的其他事物都不同，是一个特有的行为。你想想看。”

她确实思考了一段时间，接着她说：“一年前，我在第九大道上的一家餐馆工作，那时我叫多瑞丝。上面写着‘切尔西餐厅，嗨，我叫多瑞丝’。”

他不确定地点了点头。“多瑞丝。”

她说：“那么你呢，你是做什么的，理查德？”

“一些事情。”

“噢，我知道了。”她犹豫地说道。

“好吧，我正在写一本小说。”

鲁伊就猜到他是个作家或者是艺术家。“是关于什么的？”

“我不想说太多，现在我正在写很棘手的一段。”

这下更好了。一位神秘男子在写一部神秘小说，而且正处在创作阵痛期。

“我也在写东西。”她说。

“真的吗？”

“写日记。”鲁伊从书架上取下一本厚厚的小册子，上面沾满了水渍和墨渍。一张骑士的照片——从杂志上剪下来的——贴在封面上。“我妈妈将自己活着的每一天都写进了日记里，我这才坚持了几年，而且我只记了生活中所有重要的事情。”她用头示意了书架上另外一沓小册子。

“所有的？”他问。

“几乎是。”

“你会写到我吗？”他问道。他望着那些记事本，似乎很想要窥视一下。

“也许。”鲁伊边说边用手指理了理头发。

他说：“那你……想成为一名女演员，对吗？”

“重猜。你是在说那个叫啄木鸟伍迪的姑娘吧。”

“谁？”

“昨晚你带来的朋友，橘色头发的，就是后来把你女朋友拐走的那位。”

“哦，她不是我女朋友。她绝对不可能是双性恋，我曾挑逗过她——”

“你？”

“我上周在一个派对上认识了她，我们能给别人很好的印象。”

“你——”

他解释道：“我们站在一起很好看，时髦又闪耀。就这样，是一种完全没意义的关系，我甚至都不知道她的名字。”

“这样的话，就很难向你父母介绍她啦。”

“这是不可能的事情。”他端着咖啡走到她跟前，把咖啡放在了床垫旁的地板上。

“巴黎大学又是哪一出？”

“我没去过巴黎大学。”

“我就知道。”

“但我去过巴黎。”

“让－皮埃尔”也是个不错的名字，或者“弗朗索瓦”。对，他看起来就像“弗朗索瓦”。

“理查德”得走了。

鲁伊瞥了眼窗外，从床垫下挖出一副墨镜，戴在了脸上。

“感觉像个明星吗？”理查德问，看了眼那副假的雷朋。

突然太阳出现在了楼的东面，于是整个屋子都被强烈的、毫无遮挡的阳光所笼罩。

“哎哟！”他说，几乎什么都看不见了。

“也许哪天我会去买窗帘的。但我现在买不起，而我的室友也不可能帮忙付钱。”

“你又不用付房租，干吗要找室友啊？”

“呃，她能给我别的东西。不管怎么说，找人合住就是种高难度能力测试，它能让你变得更加坚毅。”

“在我看来，你一点儿也不坚毅。”

“这就是坚毅的特质——不容易被人察觉。不管怎样，我回头要搬出去住几个月。这栋大楼要易主了，我是唯一还住在这里的人，因为我告诉承包商我是原来大楼主人的情妇，他把我甩了，于是他们就让我一直住到翻新这一层为止。那么，你会邀请我出去约会吗？”

“约会？我很久没听过这个词了。感觉就像，我不知道，斯瓦希里语。听着很不习惯。”

确实，她想。真正时髦的人是不会邀请其他时髦的人出去约会的，他们只是一起出去玩。不过，这里面也会有点儿互相许诺的成分。于是她说：“约会，约会，约会。好了，你现在习惯了，可以约我出去了。”

“我们才一起度过了一个晚上——”

“在不同的床上。”鲁伊指出。

“——而你想要出去约会？”

“我想要出去约会。”

“一起吃晚饭怎么样？”他问。

“很好。”

“好。我约了你，我们一起出去。你开心了？”

“这还不算是约会。你得告诉我是什么时候，我是说确切的时间，不是一个月或者一个星期。”

“我会给你打电话。”

“哦，是吗？你是在开玩笑吧？男人的基因里都设置了这句话吗？让我喘口气吧。”

他无助地四处张望。“我身上没带日程本。”

他会给她打电话，他还有日程本。这有点儿可怕，理查德的魅力正在逐渐减退。

“没事儿。”她满不在乎地说。

“好吧，明天怎么样？”他问，“我知道自己明天没什么事。”

现在没刚才那么期待了——小心。“再说吧。”

“你想去哪儿？”他问。

“你可以上这儿来，我来做饭。”

“我以为你从不做饭。”

她说：“我做得不好吃，但至少会做。我们可以把四季酒店留给特殊的日子。”她看了一下手腕，她戴了两只表，但都停掉了，“你的表几点了？”

“八点。”

“该死，我得走了。”鲁伊边说边快速地把 T 恤脱了。

她能感觉到理查德正盯着她纤细的身体，眼睛在上下扫动。她转过身，面朝着他，身上只穿着一条兔八哥的内裤。“嗯，你在盯着看什么？”她把手放在了屁股上。

这个动作让他脸红了。

耶！我得一分！

“很庆幸你没在好莱坞的弗雷德里克[1]买东西。”他说。

很快就恢复了镇定，这家伙很有潜力。

当她忙着穿衣服的时候，理查德问：“你在急什么？你们店要到中午才开呢。”

“噢，我不是去上班，”她说，“我要去趟警察局。”

①美国知名的女性内衣零售商，款式比较性感。

第七章

“鲁伊小姐,”明内利探员说,“我们正在调查这桩案子。”

她看着他那张井井有条的桌子。这会儿——没站在尸体前——他看起来就像个保险代理人。长得很近的眼睛非常显眼;它们在快速地移动着,审视着她。她觉得也许他比之前想象的要聪明些。他名叫维吉尔。她对着姓名牌看了两遍,确保自己能将它读对。

她看了看桌上摊开着的,也就是他正在阅读的文件。“可这不是他的案子。凯利先生的案子,我是说。”

他深吸了口气,又呼了出来。“对,不是他的。”

“哪个是他的?”她咄咄逼人地问,“案子进展得怎么样了?”她用手指了指那堆文件。

那个队长——就是之前在凯利先生公寓里遇到的——像一阵风似的走了进来。他满不在乎地往下瞥了一眼,什么也没说。

“他们想在今天庭审,”他告诉明内利,“关于那起游客谋杀案。”

“他们要今天审理。”明内利疲惫地重复道。

“有线索了吗？”

“没有。”

“市长要来的，你知道。还有《邮报》和《每日新闻》。”

“我知道。”

队长又看了一眼鲁伊，接着就离开了办公室。

“我们都在按步骤做事。”明内利对她说。

“游客是谁？”

“一个从爱荷华州来的家伙，在时代广场被人用刀捅死了。别跟我谈这个事情了。”

她说：“让我把话说清楚了：你们搜寻凶手的进度跟昨天没什么两样？”

明内利的桌上有一朵盛开着的变异花，那是一张熟食店包装纸，以及被它包裹着的一大块玉米松饼。他掰下一大块开始吃起来。“你得给我们一到两天的时间去抓领子。”

“去……”

“逮捕凶手。”

“我只想知道发生了什么。”

“在纽约这个城市，我们每年都要缉拿差不多一千五百个杀人犯。”

“目前有几个人在办凯利先生的案子？”

“主要就是我在处理。但也有其他的探员在核查。你瞧，鲁伊女士……”

“就叫我鲁伊好了。”

“你究竟是对什么感兴趣？”

“他是个好人。”

“你是说死者？”

“你用词真粗俗。凯利先生是个好人，我喜欢他，他不该被杀。”

探员伸手去拿咖啡，喝了几口，把杯子放下。“让我来告诉你案子是怎么处理的。”

“我知道是如何处理的，我看过很多相关的电影。”

“那你肯定不知道案件真正的处理方式。意外死亡——”

“你为什么老要用大而空的词呢？死者，意外死亡。一个人被谋杀了！如果你们用‘谋杀’这样现实点儿的词，就会更努力地去缉拿凶手了。”

“小姐，谋杀只是其中一种可能。凯利先生有可能是被误杀、失手被杀或是自杀的……”

“自杀？”她怀疑地挑了下眉，“这个笑话一点儿也不好笑。”

明内利反驳道：“很多人会把自己的死设计成谋杀的样子。凯利很有可能雇人来这么做，为了骗取保险。”

噢，她从来没想过这一点。于是她问道：“他有保险合同吗？”

明内利迟疑了一会儿，然后说：“没有。”

“我知道了。”

他继续说：“我能接着说下去吗？”

鲁伊耸耸肩。

“我们会盘问每一个住在那栋楼里的人，以及案发时所有在附近街上的人。我们会记下出现在三个街区以内的所有车牌号，并审查它们的拥有者。我们还会查看——凯利先生的私人财产。我们会查找附近是否有他的亲人，是否有朋友突然离开，因为大部分的佩普——”

“等等，你是指罪犯，对吗？”

“对。他们中的很多人都是被害者的亲人、朋友，或者至少是相互认识的。要是幸运的话，我们能得到一份有效的罪犯描述，比如说‘白种人，六英尺高’；‘黑人男子，五尺八英寸，戴着一顶黑色的帽子’。这些就非常有用，明白吗？”他的眼神落在了一个记事本上，“接着我们通过弹道分析知道了枪的型号——”他迟疑了一会儿，“再进行核实。”

她立马将话题引到这个上面。“那你们知道是什么枪了吗？”

明内利瞥了眼松饼，但它救不了他。

“你知道一些事情，”鲁伊坚持道，“我看得出来。一些奇怪的事情，对吗？快点！告诉我。”

“是一把口径九毫米的手枪，装了一个带橡胶隔圈的消音器。是可以买到的，不是自制的，就跟其他的声响抑制器一样。”他似乎并不想告诉她这些，但又迫不得已这么做了，“而那个投射出去的……也就是子弹……是被特氟龙包裹住的。”

“特氟龙？就是涂在壶和锅上的那种？”

“是的，它们能穿过部分防弹背心，是非法的。”

鲁伊点点头。“这就是奇怪的地方？”

“这种子弹非常少见，通常只有职业杀手才会用，也只有专业的人才会买消音器。”

“继续说说，关于你的调查。”

“在进行调查工作时，也许是三四个月后，我们迟早会得到一些线索。比方说，有人被某个家伙敲诈勒索了，而那人的表哥在一个派对上吹嘘自己曾在某次毒品抢劫中把某人给干了，可能因为不喜欢那人看自己的眼神。我们就会把嫌疑犯带进局子里，然后花上大把大把的时间去审讯他，在他的叙述中找漏洞，直到他认罪为止。事情就是这样，案子都是这么破的。但你明白吗？这需要时间，没有哪个案子能隔天就破。”

“只要你们想，就能破。”鲁伊说。在他抓狂之前她问：“所以，你们目前一点儿线索也没有？”

明内利叹了口气。“你想知道我的直觉是什么吗？在他住的那栋楼里，有几个字母城来的孩子想要弄点儿买可卡因的钱，于是就把他给杀了。”

“用这种华丽的子弹？”

“枪是捡来的，或是从布鲁克林区的一个犯罪组织那儿偷来的。这种事经常发生。”

鲁伊眼珠一转。“那些孩子如此迫切地想得到他的钱，以至于把电视机都打爆了？那怎么没打坏录像机呢？况且，嘿，凯利先生身上有钱吗？”

明内利又叹了口气，从那堆文件的中间抽出一份来放在了桌上，接着将它打开。他开始读里面的内容：“零花钱，四十二美元，罪犯们看见你之后也许有点惊慌失措，于是什么也没拿就跑掉了。”

“房间被彻底搜查过了吗？”

“似乎没有。”

鲁伊说：“我想去仔细瞧瞧。”

“那个房间？”探员大笑起来，“不可能。那儿被封锁了，没人能进去。”他端详着她的脸，“听着，我之前见过你这样的表情……你闯进去，就是非法入侵，这属于犯罪。而在检察官面前，我很乐意报上你的大名。”

他又掰了一块松饼下来，看着它，最终还是放回纸上。“你究竟想要什么？”他问。这不是狡辩，纯粹是好奇；他的声音郑重而轻柔。

“你知道吗，录像机里的那盒录像带，他在一个月内反反复复借了十八次。”

“所以呢？”

“难道不奇怪吗？”

“我见过有人跳下布鲁克林大桥，只因他觉得自家的猫咪被撒旦附体了。没有什么会让我觉得奇怪。”

“但是他租的那部片子……你瞧，它是根据一桩真实的犯罪案件改编的，一些抢匪偷了一百万美元，至今下落不明。”

“什么时候？”他边问边皱起眉头，“我从来没听说过这桩案子。”

“它发生在，呃，五十年以前。”

这次轮到明内利转眼珠了。

她把身体向前一倾，热切地说：“但那是个未解之谜！谜案不会让你兴奋吗？”

“不，破解谜案才让我兴奋。”

“嗯，这就是一桩应该被破解的谜案。”

“会被破解的，在适当的时候。好了，我得工作了。”

“其他的目击者怎么说？”鲁伊问，“苏珊·埃德尔曼？就是被车撞到的那个。”

“她还在医院里。”

“她对你说了些什么吗？”

“我们还没有讯问过她。好了，我真的得——”

鲁伊问：“凯利先生的尸体会怎么处理？”

“他似乎没有还活着的亲戚。他姐姐几年前死了。那栋楼里他有个朋友……阿曼达·勒克莱尔？她提出要获得处置尸体的权利。在批准之前，我们暂时把尸体放在了验尸官那儿。所以，目前我只能告诉你这么多了。现在，要是你不介意的话，我得回去工作了。”

鲁伊站了起来，朝门口走去，内心夹杂着愤怒和悲伤。探员说：“小姐？”她的手停在了门把手上。“你看到了凯利先生的遭遇，你也看到了埃德尔曼的遭遇。不管你心里怎么想，我都表示理解。但别试图帮助我们，如今歹徒逍遥法外，现实生活不比电影，人们会受到伤害。”

鲁伊说：“就回答我一个问题，求你了，就一个。”

这小小的办公室里出奇的安静。外面充斥着电脑、打印机和打字机的噪声，还有其他办公室里人们交谈的声音。鲁伊问：“如果凯利先生是个富有的银行家，你们还会是这种不在乎的态度吗？”

明内利好一会儿都一动不动。他看着那块松饼，什么也没说。鲁伊心想：他一定认为我是个眼中钉，肉中刺。虽然从某种程度上说他还是挺喜欢我的，但也不能否认我是眼中钉，肉中刺的事实。

他说：“要是他住在上东城[1]？要是他是某家大型律师事务所的合伙人？那就轮不到我来管这个案子了。即便轮到我了，那也得排在这堆文件的第七位。”

鲁伊朝他桌上扬扬头。“你自己看一下，它现在放在最上面。”

①曼哈顿的一片区域，西到中央公园，东到东河，拥有美国最昂贵的住宅。

第八章

鲁伊按响了阿曼达·勒克莱尔的门铃，但是她不在家，没办法让她进到凯利先生的大楼里。

于是她只能用老方法了，一种明内利探员无意间提到的方法。

非法入侵。

她去了旁边拉丁裔开的杂货铺里，对店员说："请给我两盒尿布，分别装在两个袋子里。"

一副倍儿乐的橡胶手套和两大盒一次性尿布总共花了她二十美元。

"有很多孩子？"女店员问道。

鲁伊看着鼓鼓囊囊的包，说："是啊，都是小祖宗，你知道吗？"

那位女店员并不比鲁伊年长多少，同情地朝鲁伊点了点头。

鲁伊走出杂货铺，朝 B 街走去。这会儿天已经非常热了，一股腐烂垃圾的味道弥漫在街道上。她路过一家美术馆，橱窗里是非常狂野的油画，上面充斥着鲜艳的红黑色彩。经过一家乌克兰餐馆时，她闻到了蒸肉的味道。一家韩国熟食店门口放着一个招牌：热菜，四分之一磅，一点五美元。

字母城……

到达凯利那栋楼后，鲁伊走上混凝土台阶来到大厅里，想起了门禁对讲机里那个男人的声音。是谁呢？她对着网格状的麦克风打起了哆嗦。

她又按了一下阿曼达的门号，但是没人应答，于是她开始四处张望。街上只有一个人，一个三十几岁的帅哥，就像马丁·斯科塞斯电影里的帅气罪犯。他穿着某种制服——像那种抄煤气表和电表的人。他坐在对面的门阶上，读着一份小报，标题是关于那个在时代广场被刀砍死的游客，就是明内利探员打算和队长讲的那个案子。鲁伊转过身，把包放下，打开其中一盒尿布，往黑色T恤里塞了起来，最后她扣上白衬衫的扣子。她现在看起来像是个怀孕十三个月的孕妇。

接着她把包拿了起来，笨拙地把它们夹在了手臂下，然后打开了她硕大的豹纹女包，愁容满面地望着面前的这个黑洞。她把手伸进钥匙、笔、化妆品、糖果、纸巾、小刀、避孕套盒子、废纸、信件、音乐磁带和一罐奶酪的大杂烩里。她起码摸了有五分钟，终于听到楼梯上有动静了，有人下来了，一个年轻小伙。

鲁伊抬头看着他，装出一脸尴尬的样子，还特意让一包尿布滑到了地上。

一定得演个笨手笨脚的人，她一直在心里告诫自己；她在这方面已经身经百战了。她捡起那包尿布，又故意让包掉到了地上。

"需要帮忙吗？"年轻小伙一边问她，一边为她打开了外面的门。

她把皮夹捡了起来，夹到手臂下。"我的钥匙在这堆东西下面。"她说。接着她觉得自己应该采取主动，于是皱起眉头，很快地说："等等——你是新来的吗？我觉得之前没见过你啊。”

“嗯哼，来了大概半年。”他稍显戒备地说。

她假装放心了的样子从他身边走过。“对不起，但是你知道的，我是说，这可是纽约。”

“是的，我明白。”

“谢了。”

“没事。”他走出了一楼的门厅。

鲁伊爬到二楼。凯利先生的家门口有个红色的警告牌。禁止入内。犯罪现场。纽约警察局。门被锁上了，鲁伊把尿布放在垃圾焚烧炉旁，又回到了凯利先生的门前。她从包里拿出一把榔头，以及一把很大的螺丝刀。艾迪，就是她店里的那个同事，给她上了一堂撬锁课，并让她保证事后对此绝口不提。他说最困难的部分就是那个固定插销，要是美迪高门锁加上金属门框的话，那就可以趁早放弃了。可这扇门只是一个制动栓加木门框，只要她不介意有点小噪音的话……

鲁伊戴上倍儿乐橡胶手套——为了不留下指纹。这副是她在杂货铺里能找的最小号，可戴在她手上还是太大了，一直在手上滑来滑去。她找到插销的大概位置，把螺丝刀轻叩在门和门框的隙缝中。她朝走廊里四处张望了一下，接着双手拿起了榔头。她就像握着棒球棍那样挥起榔头，回想起自己高中里扮假小子玩垒球的样子。她又四下张望了一番，走廊里空无一人，她竭尽全力往螺丝刀上砸去。

呃，就跟她之前玩垒球一样，她打偏了。手套滑落下来，榔头偏离了螺丝刀，重重地砸在了廉价的嵌板上。

“该死的。”

她试着把榔头从薄薄的木板上扳下来，结果一大块碎木也被一起扳了下来，掉到了地上。

她又一次对准螺丝刀，挥起了榔头，结果发现刚才砸出来的洞很大，足以让手通过。于是她把手伸了进去，摸到了门锁和插销，将它们打开。她把门推开，迅速闪了进去，把门关上。

她僵在了原地。

浑蛋!

这地方仿佛被龙卷风席卷过一样，留下了爆炸性的混乱局面。该死的浑蛋，该死的警察！所有的书都在地上，所有的抽屉都开着，沙发也被割开了。盒子、衣服扔得到处都是，唯一没被东西覆盖的地方是凯利先生的落地灯下面，也就是在椅子旁，地上有一摊恐怖的深色污渍。被子弹射穿的坐垫上，一簇簇填充物从弹孔中冒了出来。彻底搜查这间屋子的人一定曾站在这里——甚至还坐过那把可怕的椅子！他在灯光下检查了所有东西，接着将它们统统扔在一边。

浑蛋。

她的第一反应是：是警察干的吗？她正打算打车回警局，痛骂维吉尔·明内利——那个窄眼混账时，突然回想起这位探员整洁的办公桌、干净利落的发型还有精心修剪过的胡子，于是她觉得这是其他人干的。有一扇窗户是开着的，而窗台旁就是消防逃生梯。任何人都能闯进来，见鬼，她就闯进来了。

但也不可能是那些吸毒的人：录像机和收音机闹钟还在。

会是谁呢？他们在找什么呢？

接下来的一个小时里，鲁伊浏览了凯利先生的一生。她把所有东西——几乎是所有东西——都看了一遍。她没去碰那些衣物，即便戴着手套，她依然觉得它们毛骨悚然。但其他东西她都认真研究过了：书籍、信件，以及一本刚开了头的日记——上面只写了三条，都是关于天气和他姐姐的身体状况的。还有一盒吃的，已经被无畏的蟑螂们占领了。大量的账单、收据、照片和鞋盒。

仔细查看这些东西时，她开始一点点了解罗伯特·凯利先生。

他一九一五年出生在密苏里州的拉杜角，一九三五年来到纽约，接着他又去了佛罗里达州，自愿参加了陆军航空兵团，并在第九航服役，是一名监管军械的中士。他在一些信中（他一直在使用“最最亲爱的姐姐”或是“亲爱的母亲”这样的词，这让鲁伊泪流不止）提到了他们在 A-20 飞机上装载炸弹，去突袭分身乏术的法国和德国。他有时会用粉笔在重达五百磅的炸弹上写上自己的名字。想到自己能够帮助国家打赢战争，他感到十分自豪。

她找到几张之前他在劳军联合组织里为士兵表演的照片，地点是在一个叫东安格利亚的地方。他似乎在演一个表情悲伤的脱口秀。

战争结束后，他的生活似乎断档了五年。一九四五到一九五〇年期间没有任何记录下来的东西。

一九五二年他在洛杉矶和一个姑娘结了婚，并开始做起一系列销售工作。做了一段保险经纪，接着是卖跟商业印刷有关的某种机器。他妻子十年前去世了，他们似乎并没有孩子。他和他姐姐的关系很亲密。最终他决定提前退休，不知怎么，又回到了纽约这儿。

她看到的大部分东西都是他自己写的，其中有几样东西让她感到困扰。

首先就是凯利先生和他姐姐的照片——他们的名字写在了相片后面——五年前照的。（照片上的他和鲁伊上周看到的没什么两样，她觉得他可能就跟她父亲一样，很早就开始衰老，然后在接下来的数年里都没什么变化。）这张照片奇怪的地方就在于，它被撕成了碎片。这肯定不会是凯利先生做的，因为照片的其中一角掉在了干掉的血渍上。照片是被洗劫这个房间的人撕的。

另一样吸引她注意力的东西是一张剪下来的旧报纸。它被当成书签，夹在了一本破旧的、达芙妮·杜穆里埃写的小说里。它是从一九四八年的《纽约美国人日报》上剪下来的，上面写着：电影道出了纽约犯罪案件的真相。

> 热门电影《心跳曼哈顿》的拥趸正聚集在四十二街，想要在银幕上目睹纽约史上最好的……

门外传来了一阵脚步声，鲁伊将头抬起。脚步走过了凯利先生的房间，但鲁伊觉得它明显放慢了。一阵恐慌的寒意涌上脊梁，迟迟无法消散。她突然记起自己身在何处，在做什么事情，记起明内利对她的警告，叫她别上这儿来。

记起凶手还逍遥法外。

是时候走了……

鲁伊把那张报纸塞到了包里，然后站了起来。她先朝门外看了看，又朝窗外望了望，最终决定，消防逃生梯是最佳选择。她走向窗口，猛地将窗帘拽到一边。

上帝啊!

她跌跌撞撞往回退了几步。逃生梯上有个男人，他的脸和她的只差一英尺左右，他尖叫了起来。

不是喘息或是叫喊，而是撕心裂肺的尖叫。她的出现把他吓了个半死。他之前站在逃生梯上，正小心地偷窥着窗户里面。他慢慢往回退，似乎吓得快瘫痪了，一步一步在剥落的黑磁漆金属台阶上移动，最后转身疾驰到了三楼。

她目测他快七十岁了，有点谢顶，脸色苍白，斑点很多，看上去很强势，不像是那种会尖叫的人。

由于刚才的惊吓，鲁伊的心怦怦直跳，两腿发软。她慢慢站起身来，把头探出窗外。

她斜视着他——粗壮的双腿上面是一个圆滚滚的肚子——他爬进了凯利楼上房间的窗户里。她听到头顶上传来沉重而又急促的脚步声，还听到了砰的关门声。

鲁伊犹豫了一会儿，接着朝门口走去，跪下来，从门破掉的地方望出去。有个人正从楼梯上走下来：破损的鞋子，宽松肥大的裤子，外套的袖子紧紧地绷在手臂上。接着是一张强势、布满斑点的脸，头上是一顶棕色的帽子。

对，就是他，就是那个站在逃生梯上的人。他步伐很轻，似乎不想被别人听到。

他走了，感谢上帝……

他的脸色就像煮熟的猪肉；额头上闪着汗液。

……谢天谢地，谢天谢地，谢天……

他停了下来，朝凯利先生的公寓看了好久。不，不要紧的。他一定认为我已经走了，他不会进来的。

谢天……

他走近几步。不……没关系的，她又一次这么对自己说。他一定认为我在他上楼时就利用逃生梯逃走了，消失在了街上。

……谢地。

他又走近了一步。就像《迈阿密风云》里唐·约翰逊在逼近十几个毒贩时那样小心翼翼。他停在了一英尺外。

鲁伊不敢推插销，也不敢锁链条；他会听到她的动静。她用尽全力把手掌抵在门上。他直走过来，接着又停了下来，他们之间只差了几英寸。这薄薄的木板——天哪，她刚才还重重地击穿了它——成了她现在唯一的保护伞。鲁伊抵住门的时候，纤细的肌肉一直在颤抖。

这时，那把螺丝刀从她口袋中滑了出来。在万分惊恐之中，她看着它掉在了地上——像是一种慢镜头，一个布莱恩·德帕尔玛[①]电影里的镜头。她伸手去抓，抓住了，又滑掉了……不！

她快速将手往下一抓，成功将螺丝刀在离橡木地板一英寸的地方截获。

谢天谢地……

鲁伊在那儿一动不动，这让她想起小时候玩的“木头人”游戏，她听到他吃力的喘气声。他没听到任何声响。

他必须相信她已经走了。必须！

她把螺丝刀塞回了口袋里，但正当她这么做的时候，她刮到了挂在裤子上的榔头。它直直地掉在了地上，还弹了两下，发出闷闷的回声。

“不！”她低声惊呼道。她把脚移到墙边，身体紧紧地贴着门，鲁伊低下头，等待着一个击碎廉价木板的拳头，等待着被一把抓住头发，或是被抠住眼睛。她会被杀掉，就像罗伯特·凯利那样。这一切就是几分钟，甚至是几秒钟的事情，她马上就要死了。

但是，不对……他掉头跑下了楼梯。

最后，鲁伊站了起来，盯着自己颤抖的手，回想起最近看的一部电影，里面有一个少年从杀手手中逃了出来，站在原地一动不动，凝视着发抖的双手；鲁伊当时还在抱怨这种陈词滥调，但现在看来完全不是什么陈词滥调。她手抖得非常厉害，连门都开不了。她向外张望，只听到外面有聊天的声音、远处电视机的声音，还有小孩的长声尖叫。

---

①布莱恩·德帕尔玛（Brian DePalma，1940— ），美国导演，被誉为美国的希区柯克，当代悬疑大师。

他为什么跑了呢？她百思不得其解。他是谁？一位目击者吗？还是凶手的同谋？

抑或是凶手本人？

鲁伊——现在浑身的肌肉都在颤抖——快速地走到焚化炉那儿，把尿布一把拎了起来，冲下了楼。在楼梯平台上有两个女的，她们冲她点了点头，继续着她们的对话。

鲁伊低头走过她们身边，但又停了下来，用一种恼怒的口气说道："人们现在都不知道什么叫礼貌规矩了。他们完全不懂，不是吗？"

那两个女的看着她，礼节性地微笑着，显得有些好奇。

"刚走的那个家伙，几乎要把我给撞倒了。"

"也差点撞倒我了。"其中一个女的说道。她的白头发里卷着粉色的卷发夹。

"他是谁？"鲁伊边问边倚在栏杆上喘着粗气。

"那是赛明顿先生，住在3B号房，他是个疯子。"那女的没再细说。

那么，他是住这儿的。这就说明他很可能并不是凶手，更有可能是个目击者。

"是啊，"旁边的朋友补充道，"上个月才搬来的。"

"他叫什么名字？"

"我想是叫维克多吧，或是类似的名字。从来不说一句话，连声招呼都不打。"

"那又怎么样？"卷头发的女人说，"反正他也不是那种你想要去交谈的人。"

"我不知道，"鲁伊愤愤不平地说，"我可有一大堆话要跟他说呢。"

正在卷头发的那位指着尿布盒说："史上最伟大的发明。"

“继电视机以后。”她朋友说。

鲁伊说：“嗯，确实。”继续往楼下走去。

她在街角处遇到了阿曼达。

“瞧。”阿曼达说她刚去了趟贺曼公司，买了一个假的银相框。里面放了一张她和凯利先生的照片，那是在圣诞节照的，他们俩坐在一棵很细的圣诞树前，树上只挂了一点点灯和亮片作为装饰。相框的玻璃上还残留着脏兮兮的价格标签胶水印。

“这简直太酷了。”鲁伊说，接着她又开始哭了起来。

“你有孩子？”阿曼达看着尿布。

“噢，说来话长。送给你？”

她淡淡地笑了。“我已经有很多很多年不用它了。”

鲁伊把尿布丢在了一边。“我有个问题。你了解维克多·赛明顿吗？”

“那个住在楼上的家伙吗？”

“是的。”

阿曼达耸了耸肩。“不太了解。他搬进来大概有六星期了，或者一个月左右吧。他从来不跟人打招呼，也从来不问候别人。我不太喜欢他。我是说，为什么不对别人说早安呢？这有什么难的？你说，这能有多难？”

“你说过，凯利先生不太爱谈论自己的生活。”

“是的，他不怎么说起。”

“他有没有提到过一宗银行抢劫案？或者是一部叫《心跳曼哈顿》的片子？”

“你知道吗，我想他谈到过这部电影。是的，讲过好几次。他很高兴自己能找到那部片子，但他从来没提起过什么银行抢劫案。”

“你打算帮他办个葬礼吗？我和警察聊过，他们说你想好好安葬他。”

她点点头。鲁伊心想：这就是人们口中端庄秀丽的女子。阿曼达不算美丽，但完全看不出年龄，而且很有吸引力。“他没有家人，”阿曼达说，“我有个朋友在森林草坪公墓修草坪。也许我能找他帮忙，看看能不能把凯利先生葬在那儿。那是个不错的地方。我是说，如果我能继续待在美国的话，但我觉得这不太可能了。”

鲁伊朝她低语道：“别这么早就放弃。”

“什么？”

“我认为凯利先生生前应该很快就能得到一大笔钱了。”

“凯利先生吗？”阿曼达大笑道，“他从没对我说过这种话。”

“我现在没办法确定，但我认为自己的猜想是对的，而且我觉得赛明顿知道点儿什么。如果你见到他，能通知一下我吗？你不要跟他说任何事。”她给了阿曼达音像店的号码，“给我打电话。”

“好的，好的，我会给你打电话的。”

鲁伊注意到她脸上那怀疑的表情。

“你不相信我说的话，对吗？”她问阿曼达。

阿曼达耸耸肩。“相信凯利先生会得到很多钱？”她又大笑了起来，“不，我并不那么认为。但是，嘿，你查到了什么的话，请告诉我。”她说，又看了一眼照片，“请告诉我。”

从前……

鲁伊朝西走向 A 街，四处张望寻找塞明顿。他完全不见了踪影。

外面热浪滚滚。城市的热浪，稠密的热浪，潮湿的热浪。她并不急着上班，但同时她也不想跟托尼进行吼叫比赛，于是她决定打破一次人生准则，赶去上班。

从前，有一个幅员辽阔、充满奇迹的强国，国内有一位公主。这位公主个头矮小，没人把她当回事……

鲁伊走在人行道上，感到兴奋极了。她遇到了人生中第一位黑暗骑士——一位脸上满是斑点的六旬老头，戴着一顶丑陋的棕色帽子——她没有被他砍死，而是机智地逃脱了。

噢，她是位美丽的公主，尽管人太矮了，没法当模特，但她依旧非常美丽——等她头发长长后应该会更美丽。接着，有一天，公主遇到了一件伤心的事，一条可怕的巨龙杀掉了一位老者，夺走了他的秘密财宝。老者曾承诺过公主，会把一部分宝藏分给她，并且还要帮助一位被移民归化局烦到不行的朋友。

第三大道。百老汇。大学城。

于是公主决定亲自去找那条恶龙。结果找到了，并把它给宰了，或者说把它擒获了，或者至少把它赶到阿提卡[①]去待上二十五到三十年。她得到了很多黄金，与那位朋友平分了这些财产，每人净得五十万。

鲁伊走进音像店，看见托尼吸了一口气，正打算蹦出一句“你他妈上哪儿去啦”？

“抱歉。”鲁伊举手示意，先发制人地说。

她走到柜台后面，快速登录到收银机上，都没注意到街对面有个

①古希腊中东部的一个地区。

她会觉得很帅的男人，穿着一身抄表员的衣服，正钻进一家咖啡店的隔间里，继续观察着她。他从第十街上他们之前杀掉那个老家伙的地方，一直跟踪她到了这里。

鲁伊抓起一把录像带，把它们重新放到架子上。

从此，公主过上了幸福快乐的生活。

第九章

苏珊·埃德尔曼在电话的另一头。

这位穿着粉色套装的慢跑者，在凯利先生那幢楼旁被汽车撞倒了，如今说不了很多话，身体还很虚弱。“我快出院了，嗯……明天。你能……嗯，回头再打给我吗？”

她给了鲁伊她的号码，但是只给了六位数，后四位怎么也想不起来了。

噢，真是个绝妙的目击者，鲁伊刻薄地想。

“我去电话本里找找，”鲁伊对她说，“你登记了吗？”

“嗯，是的。”

“你听上去好多了。”鲁伊说。

“我被车撞了。”苏珊说，好像鲁伊是头一次知道发生了什么似的。

鲁伊又往架子上放了些录像带，接着，等托尼一走，她就跟弗兰基说她要去买杯咖啡，接着就登记离开了店里。

到了外面，她四处环顾着城市的街道。她突然瞥见一个人，看起来非常熟悉——一个黑色鬈发的年轻男子——但是她没办法辨认，因为他正背对着她。他的站姿以及健壮的身材都很眼熟。她在哪里见到过他？

究竟在哪儿？

但他很快就走进了一家熟食店，所以她没再多想。这就是格林尼治村，你总能撞见认识的人。所有人都觉得纽约是个超级大城市，但这不是真的；它是由很多小镇组成的。一辆黄色的出租车缓缓开了过来，她招手将它拦下。二十分钟后，她到了纽约公共图书馆。

那儿有成百上千本关于城市历史概况的书籍，这些都帮不了她多少。但是纽约犯罪史……就另当别论了。她了解到，曼哈顿每平方英里的银行抢劫率都要比其他城市高得多——而且大部分发生在周五，传统的发薪日。因为有如此大量的抢劫案，联合银行抢劫案并没有被大肆报道，她只找到很少的参考内容。唯一一条提到了细节的，是在一本关于黑手党的书上找到的，但上面也只提到，黑手党家族并未参与其中。

报纸要好一些——虽然没有太多关于这宗抢劫案的报道，但至少它没发生在慢新闻时代。与此同时，还有位英勇的警察上前与歹徒谈判，请求与人质交换。另外，全世界都在关注爱德华八世退位[①]的新闻，报纸的专栏和边栏上铺天盖地都是这件事的报道。鲁伊忍不住读了几篇文章；她觉得这是她听过最浪漫的事。她还研究了一下辛普森夫人的相片。

会有人为我而放弃整个王国吗？

①爱德华八世爱上了情妇辛普森夫人，欲娶她为妻。此举违反英国王位与英国国教继承规定，因此爱德华主动退位，将王位禅让于其弟乔治六世。

理查德会这么做吗?

她没办法找到这个问题的满意答案，于是又将注意力集中到了联合银行抢劫案上。

交火结束后，歹徒躺进了太平间，而百万美金也不翼而飞。起初这一点并未得到重视，因为人质安全了，而巡警塞缪尔·戴维斯是个英雄。唯一的疑问是，歹徒究竟怎样在和戴维斯进行谈判前将装满钞票的箱子传给了外面的同伙，这一点没有找到合理的解释。

> 已故劫匪的同伙，是目前的首要嫌疑人。他躲在银行的外面，趁着戴维斯巡警大胆走进银行时造成的混乱局面，携带着非法巨款潜逃而去。

一个月后，关于钱的下落有了答案，但报纸上的故事不尽相同。

> “英雄巡警因联合银行抢劫案而被起诉——一男孩承认帮警察将赃款藏匿于母亲家里——巨大的耻辱。”警察局局长说。

鲁伊坐在橡木长桌边，对那位警察感到有些反胃和胆寒。报道说，他与歹徒交谈，请求将他和人质交换，接着人质从银行逃出来后，他又说服歹徒把左轮手枪交了出来。

后面的故事则更加荒诞：戴维斯声称歹徒愿意交换人质，却偷袭了他，于是两人扭打了起来。歹徒把警察击倒并试图去抢手枪，戴维斯又试图把枪踢走，两人继续厮打在一起。最后，枪声响起，歹徒死了。

但是一位擦鞋男孩出来指证说，他一直躲在银行外面，等着看热闹，突然头上的门打开了，一个男人把头探了出来。是戴维斯，那个警察。

> 是的，长官。我能认出他来，长官。他长得就跟边那位的先生一样，长官，唯一不同的是，那天他穿的是警服。

他要了这个男孩的住址，递给他一个手提箱，并让他把箱子带回家去。

> 他对我说……他说要是我打开这个包，或者说起这件事，我就会被送去少教所，并且每天都会被痛扁一顿。我受够了他的威胁，长官。

戴维斯全盘否认了这些说法——谋杀歹徒、私拿赃款、闯进这位擦鞋男孩在布鲁克林的家中取走手提箱，并把赃款藏到了别的地方。报纸上说，这位警察眼含泪水地做了辩驳，但没能打动陪审团。戴维斯面临五至十五年刑期，警察慈善协会则声称他是被栽赃陷害的，因此一直在争取让他提早获得假释机会。最终他被判了七年。

但关于戴维斯案的公开辩论一直延续到了他被释放以后。一九四二年，他踏出了位于纽约州奥西宁市的新新惩教所[①]大门，可两天后，他就被人枪杀于第五大道和第九街的交汇处，倒在了哥特风格的第五大道旅馆门前。这起枪杀案看起来像是职业杀手干的，可没人知道幕后黑手是谁，赃款也一直没有找到。

这桩案件再也没出现在报纸上，直到电影《心跳曼哈顿》上映前，

①另译为星星监狱或兴格监狱，是美国纽约州行为矫正与社区安全部所辖的最高设防监狱。

才有了一点点介绍——也就是鲁伊在凯利先生公寓里找到的那份被裁剪下来的报纸。

一个流浪汉坐到了鲁伊旁边。他浑身散发着一股刚起床的味道，就跟大多数的流浪汉一样，看起来既无辜又吓人。他在那里一边低声自言自语，一边在一张皱巴巴的纸上写着丁点儿大的字。

其中一只手表似乎又好了，于是鲁伊朝手表瞥了一眼。哦，糟糕！两点都过了，她的十分钟休息时间已经延长至两个多小时。托尼可能已经回到店里了。她打车回格林尼治村，但是，在一阵冲动下，她让司机开到了第五大道二十四号，也就是第五大道酒店所在地。她在门口来回踱步，猜想着塞缪尔·戴维斯被枪杀时站在哪里——他当时在干什么，看到黑色的枪口正对准自己时，他脑海里又在想些什么。

她开始绕着大圈子踱步，避开周围的人群。接着一位警察—— 一位真实生活中的警察，来自纽约警察局的警察——靠在巡逻车上，发现了她古怪的行为，于是朝她这个方向慢慢走来。鲁伊看着这家酒店富丽堂皇的餐馆橱窗，上面贴着一张菜单，她皱起眉，摇摇头，开始朝大学城走去。

警察顿时失去了对她的兴趣。

回到店里时，托尼正在等她。他立刻开始教训她，足足讲了两分钟，而鲁伊则尽量摆出一副老实忏悔的样子。

“怎么，”他咕哝道，“以为我一整天都不在店里，嗯？”

就跟你平常一样？她心想。但她嘴上却说：“对不起，对不起，对不起。不会再这样了，我保证。”

“我知道不会再发生了，因为这是你最后一次机会，再晚来一次，你就滚蛋吧。外面有一长串队伍的人等着要来我这里工作呢。”

“一长串队伍？”她往窗外望去，“在哪儿呢，托尼？在后门的巷子里吗？”说完这句话，她觉得自己应该表现得更悔悟一些，“对不起，开个玩笑。”

他朝她瞪了一眼，接着递给她一张粉色留言条。“另外，我这里不是你的呼叫中心。好了，现在赶紧去买杯咖啡，好好补偿我一下。”

“当然。”她欢快地说。他迟疑地看了她一眼。

纸条是理查德留的，上面写着：确认一下我们的“约会”。她喜欢那个引号。她把粉色纸条折好，放进了衬衣的口袋里。

“拿着。”托尼一边没好气地说，一边把买咖啡的钱递给了她。

“不用了，没关系，”鲁伊说，“咖啡我请客。”

留下她的老板困惑不已。

“你来自俄亥俄州？”

这会儿已经是晚上八点，他们坐在鲁伊家的露台上，听着帕赫贝尔的《卡农》。鲁伊有这首曲子的八种录音版本，多年来她一直热爱着它——在它像《绿袖子》和《简单的礼物》那么流行之前。

理查德继续说：“我从没结识过来自俄亥俄州的朋友。”

她穿着黑色T恤，黑色紧身裤，还有红白条纹的袜子。她这么穿是为了迎合之前那晚理查德的穿衣风格。然而，今天他穿着宽松的灰裤子、美式休闲鞋，还有一件德士古石油公司的米色工装衬衣，口袋上绣的名字是“拉尔夫”。

他绝对是位都市潮男，我爱他！

鲁伊唱道：“什么地方两头圆中间高？俄亥俄！[①] 就是它。要是再

①俄亥俄英文为Ohio，两头圆是指两个O，中间的hi和英文中的high（高）同音。

多一个音节，那么罗杰斯和汉默斯坦[①] 就不可能写出这样的歌曲了。”

“俄亥俄，”理查德若有所思地说，“一定有某种含义在里面。坚固的，可靠的，工人阶级。某种隐喻。你当时在那儿，可现在在——”他挥手指着阁楼，“你到了这儿。”

“这是个很不错的州。”她戒备地说。

“我不是说这里不好。但你为什么会来这儿，没去芝加哥或者洛杉矶呢？是因为工作吗？”

“不是。”

“我知道了，因为男友。”

“也不是。”

“你独自一人搬到了曼哈顿？”

“要进行真正的探索，就得靠自己一个人。还记得《指环王》吗？”

“可能，你得提示我一下。”

可能？他怎么能不记得这本有史以来最棒的书呢？

“所有的霍比特人和其他人一起出发，但最终只有弗罗多到达了炽热的深渊，摧毁了戒指的魔力。全凭这个孤单的小个子。”

“好吧，”他点头说道，不太确定这话和现实有什么联系，“但是为什么来曼哈顿呢？”

鲁伊解释道：“每到下午，我很少待在家里，我是指放学以后。我爸爸病得很重，妈妈总让我和姐姐到外面玩去。她有男朋友和各种约会，我则有很多书。”

“书？”

---

①指理查德·罗杰斯和奥斯卡·汉默斯坦二世，合作的作品有《南太平洋》、《国王与我》、《音乐之声》等。

“我总到谢克海茨图书馆去玩，那儿有本书，里面有曼哈顿的照片，我通读了一遍，就觉得自己应该到这儿来。”接着她问，“那么你呢？”

“因为兰波对这个城市的评价。”

“嗯。”等等，她看过那部电影，并且很不喜欢。她不知道兰博[①]还出了书。她想起华盛顿广场音像店里那个硬纸板人像——肌肉发达的史泰龙戴着一个愚蠢的发带。“不太清楚。”

“那么还记得他描写巴黎的诗吗？”

诗？“不太记得了。”

“兰波说，那个城市充满着没有泪水的死亡，勤勉的女儿和仆人，绝望的爱情，还有那在泥泞道路上呐喊的美丽罪恶。”

鲁伊没有说话。她试着去了解他。他有着城市人的光怪陆离，非常聪明。她从没遇到过像他这样的人。她观察着他的眼睛，看着他长长的手指以标准的动作从塑料包装中抽出一罐啤酒，轻拍了一下上面，让泡沫下沉，接着打开罐子。她看着他修长的腿和脚，还有眼睛的构造，感觉到这都是一种假象。在这些下面，究竟藏着什么呢？

她为什么会如此迷恋他？因为他身上有她无法明白的地方？

因为神秘感？

理查德说：“你一直在逃避我的问题。你为什么会来这儿？”

“这里是个不可思议的王国。”

“你没引用兰波的隐喻。”

引用？他为什么会用这种方式说话？

鲁伊说：“你看过《绿野仙踪》的书吗？”

①理查德讲的是诗人兰波（Rimbaud），鲁伊误以为是在讲电影《第一滴血》（英文原名为*Rambo*），由史泰龙饰演。后文中鲁伊再次犯了这个错误，把史泰龙当成了诗人。

“沿着黄色的砖路走——”理查德用又高又尖的声调唱了起来。

“那是电影。但是弗兰克·鲍姆——书的作者——写了整整一个系列的故事。在他神秘的奥兹国里，有许多土地，每一块都不尽相同。有的人是由陶瓷做的，有的人头像南瓜，他们都在锯木架上来来往往。纽约就像这样。我去过的其他城市都像一家打折商店。你知道的——干净、便宜、方便。但是，从根本上说，令人失望。这就是原因，它们都太规规矩矩了，没有魔力。过来。”她拉着他的手走到窗前，“你看到了什么？”

“电力公司。”

“在哪儿？”

“就在那儿。”

“我没看到有楼房，”鲁伊转向他，眼睛瞪得大大的，“我只看到一座大理石山，它在一千年前被三个巨人所开凿。我敢打赌，他们用的是带有魔法的工具，水晶榔头和青金石凿子。其中一个巨人，我不记得他叫什么了，建造了我们现在所处的这个宫殿。还有灯，你看到那儿的灯了吗？围绕着我们的灯？那是公牛角上的灯笼，这些公牛的皮是金色的，它们终日绕着王国打转。至于那些河流，你知道是怎么来的吗？众神在跳舞时，大大的脚掌把它们从地底下震了出来。接着……接着是那些地下的洞穴，巨大的洞穴。你听到我们身下隆隆的声音没？那是以时速五十英里爬行着的蠕虫。它们有时会厌倦黑暗的生活，于是就会变成龙，直向天空飞去。”她急切地抓住他的手臂，“快瞧，现在就有一条。”

理查德看见一架波音727正缓慢地飞向拉瓜迪亚机场。他盯着飞机看了好一会儿。

鲁伊说：“你觉得我是个疯子，对吗？居然活在童话故事里。”

“这不见得是什么坏事。”

“你知道吗，我一直在收集它们。”

“童话故事？”

鲁伊向她的书架走去。她的手指在大约五十本书脊上飞奔。汉斯·克里斯蒂安·安徒生、格林兄弟、佩罗童话、奎勒－库奇的古老法式传说，还有卡文迪什的亚瑟王国，总共有三到四卷，关于王国里的人民、传说和魔法。她从中挑选出一本。“这本是格雷戈里夫人写的《丹努之子与爱尔兰费奥纳战士》初版。”她将书递给了他。

“这本书很值钱吗？”理查德用他漂亮的手指翻弄着陈旧的书页。

“对我而言，是的。”

“从此过上了幸福快乐的生活……”理查德浏览着书页。

鲁伊说：“童话故事不是以这种方式结束的，至少，不是所有的。”她把书拿了回来，在手中慢慢翻看，接着停了下来。“这是关于迪尔姆德的故事，他是费奥纳战士团中的一员，看守着整个古爱尔兰。迪尔姆德让一位丑老太婆睡在了自己的休息室里，结果她变成了一位来自另外一个世界——魔法世界——的漂亮姑娘。”

“对我而言，这是个快乐的结局。”

“但故事还没完呢。”她转过头去，凝视着窗外朦胧的城市，“他没能和她在一起。他们俩得正视自己的出身，他无法活在魔法世界里，而她也不可能在地球上生活。他必须回到凡人的土地上。他失去了她，从此再也没能找到真爱，可他一直没有忘记自己是多么深爱着她。这难道不是一个悲伤的故事吗？”

出于某种原因，她想到了罗伯特·凯利先生。

她想到了自己的父亲。

泪水在眼眶里打转。

“你的故事书可真多啊。”他一边说一边看着那些书脊。

“我喜欢故事。”她把头转向他，目光再也没离开过他。他发现了这一点，于是将目光移向了别处。“那天晚上，你就像他一样，穿着一身黑衣，来找我。我一看见你，就想到了迪尔姆德，像一位要完成某种使命的骑士游侠。”她把脸往上微微一抬，“身边带着两位衣衫褴褛的女仆。”

理查德大笑起来。接着他说：“我要完成某个使命，找到你。”他吻了她。“你是我的圣杯。”

她闭上眼睛，回吻了他。接着突然说道：“我们吃饭吧。”

一块小猪形状的切肉板就是她的厨房桌子，她将一块圆形黑麦面包从中间切开，在两边都涂上了蛋黄酱。她注意到他正看着自己，“仔细看好了，我说过我会做饭。”

“这就算做饭啦？”

“我觉得我真的会做饭，只是很少去做罢了，我有很多的烹饪书。”她又指了指书架。“是离开家的时候妈妈给我的，我觉得她本想给我一个子宫帽的，但临别时失去了勇气，于是就给了我范妮·法默和克雷格·克莱本。我没办法经常使用它们，因为里面绝大多数的菜谱都需要炉灶。”

她把已经冷掉的中国菜从纸盒中倒了出来，塞到了面包中间，再将它一切为二。她拿着一把很钝的刀来回切割着面包，冰冷的猪肉从一边滑了出来，她用手把它拾了起来，又塞回到面包中间。

“好吧，”他迟疑道，“嗯，这很有意思。”

但当她把三明治递给他后，他就大吃了起来。对于一个骨瘦如柴的男孩来说，他的胃口可算是相当大。他看起来太法国了，名字绝对得叫弗朗索瓦。

“那么，”他问，“你在跟谁恋爱吗？”

“目前没有。”

或者说，在最近的四个月加三个星期里没有。

“我的朋友太多都要结婚了。”他说。他又开始了一系列开啤酒罐的动作，纤长的手指在罐头顶部打着节奏，接着打开，将啤酒倒进一个保持着特殊角度的玻璃杯里。

“婚姻，嗯。”她不置可否地咕哝道。

这样的对话究竟该如何进行下去？

然而他换了一个新的话题。“那么你的目标是什么？”

她咬了一大口黑麦面包。“吃晚饭，我猜。”

“我是指你的人生目标。”

鲁伊眨了眨眼，朝别处望去。她从未问过自己这样的问题。“我不知道。吃晚饭，”她大笑道，“吃早饭，跳舞，工作，出去玩……冒险！”

他往前靠了过来，吻住她的嘴唇。“你的味道就像湖南风味的蛋黄酱。我们做爱吧。”他的手臂环绕着她。

“不行。”鲁伊喝完了第二罐啤酒。

“你确定？”

不行……

好吧……

她感觉自己的身体开始前倾，倾向他，她不知道是他拉着她，还是她自己正在往前，就像占卜板上的指针。他压到了她的身上，他们吻了足足有五分钟。她渐渐兴奋了起来，一股温暖的战栗感从小腿一直延伸到了大腿。

不行……好吧……不行。

一个声音把她从这样的思想斗争中拯救了出来。“到家啦！”一个姑娘的头从楼梯间露了出来，“把拉链都拉好吧！”

一个将近三十岁的姑娘爬上了楼梯。她穿着黑色迷你连衣裙、红色长筒袜，还有一双高跟鞋。她留着紫黑色的短发，颇有点五十年代的风格，不过稍微做了点修改。

于是这次约会没有像她预期的那样。

鲁伊咕哝道：“桑德拉，理查德。理查德，桑德拉。”

桑德拉观察着他，什么也没说，接着对鲁伊说：“干得不赖。”接着她朝自己那半边房间走去，边走边解开连衣裙的拉链，露出很厚的白色文胸带子。

鲁伊低声说：“她是个珠宝设计师，或者说这是她想做的行业。在白天，她是个专职律师助手，但是她的爱好是收集男人。目前为止，她已经睡过五十八个男人了，还把他们的得分写了下来。当然了，她才高潮了二十二次，因此她的这个数字还有待争议。在这种事情上可没有《罗伯特议事规则》[①]。”

“我觉得也是。”

理查德的目光盯着玻璃上桑德拉模糊的影像。她在云朵墙的另一边慢慢地脱着衣服。她知道有人在看着自己。文胸在最后被脱了下来。

鲁伊大笑起来，用手托起他的下巴，亲了他一下。“亲爱的，你想都别想。那个女人是枚定时炸弹，你跟她上床，就像是在和一百个不知道从哪儿来的人集体淫乱。上帝啊……”鲁伊的声音变得轻柔起来，“我挺担心她的。我不喜欢她，但依我看，她这是某种程度上的自我毁灭。一个男人看了她一眼，砰，就到了她的床上。”

①目前美国最广为使用的议事规范。

理查德说："总有办法能保证安全吧……"

鲁伊摇摇头。"我以前在一个酒店的吧台打工，在里面认识了一个朋友。我看着她男朋友患病然后死去，而我朋友也接着患病死去。我在医院里看着那些试管、监测器和针。我看到了他的皮肤，看到了一切。他的眼睛。他死的时候我就在那儿。"

罗伯特·凯利的脸又浮现在她脑海里，他坐在自己公寓的椅子上。

她父亲的脸……

理查德一直没吭声，而鲁伊知道，自己犯的毛病就跟纽约这个城市一样：过于情绪化。她把残羹冷炙收掉，亲了一下理查德的耳朵，说："我们一起看部电影吧。"

"看电影？为什么？"

"因为我想去抓一名杀手。"

第十章

她之前已经看过一遍《心跳曼哈顿》了，但这次看的心情与之前完全不同。

不是因为她正在和理查德“约会”，也不是因为他们俩在满天星辰下依偎在一起。

她之前看这部片子，是因为一个善良又古怪的老头总是来租它。而如今它就是一个兔子洞—— 一扇通往冒险旅程的门。

当然，片子有点做作。片中充斥着那个笨重年代里的经典影像，她之前就跟弗兰基·格里克讨论过了——肥大的西服、呆板的发型、一本正经的对话。这位年轻警察一边把玩着警棍，一边说：“呃，那么，麦格拉斯夫人，今早您先生吃的玉米怎么样？”

但是鲁伊几乎没怎么去注意里面时代性的服饰和对话。这次，她在意的是自己的勇气。这部电影在她心里留下了一丝阴影，片子自始至终都很阴暗，黑与白的鲜明对立，还有意料之外的暴力。那些拍摄手法——比如说，歹徒劫持了其中一名警察和一个旁观者，或者是那位英雄警察死在酒店门前的样子——让人心神不宁，尽管里面完全没有山姆·毕京柏[1]那种血溅当场的慢镜头，也没有任何特效。它就像艾伦·拉德演过的一部经典老片《巴蒂尔》——与现代的惊悚电影不同，整部片子里只有五六声枪响，但每一声都震耳欲聋、触目惊心，你能够感到它们就在你体内。

《心跳曼哈顿》似乎也该是限制级的。鲁伊感觉，对于警察那位纯真女友的刻画，稍显匆忙了些，她是由——那个谁——露比·达尔扮演的。鲁伊很清楚，这个小可怜的心中充满了欲望，这些你从她的台词中是看不到的（“噢，我没办法解释我的情愫，罗伊。我就是很担心你，外面的坏人……实在太多了。”）但是，她的裙子和毛衣都是低领的。露比的胸部非常挺，在这些索然无味的对话下面，你能感觉到她对他的情欲。当法官判处她未婚夫入狱服刑时，摄像机给了她一个长长的镜头。鲁伊为她流下了眼泪。

凌晨两点的时候，桑德拉朝他们这边扔了个鞋子过来，于是鲁伊关掉了录像机和电视。

“看一遍还不赖，”理查德说，“可我们为什么要耐着性子看两遍？”他整个晚上都放弃了自己的“探索”，连着几个小时都没再碰鲁伊。

“因为看第一遍的时候我没记笔记，”她一边倒着自己替罗伯特·凯利翻录的带子，一边看着一张健康俱乐部的宣传单页，上面是她字迹潦草的笔记。

理查德起来伸展了一下身子，摆出了某种怪异的瑜伽姿势，像是

①美国好莱坞西部片大师级名导演，美国电影特有的“暴力血腥”动作片始祖，发明了多项动作片拍摄手法及新理论，“血腥”、“疯子”都是他的知名外号。

俯卧撑，但是他的盆骨撑住了地面，头部以一个疯狂的角度朝后仰着，他凝望着天上的星星。“好吧，我得承认，在看第二遍的时候，我几乎都在睡觉。关于那个杀手，你是在开玩笑吧？”

“我跟你说过的那个客人，他就是因为这部片子而被杀的。”

“他大概是看到第三遍时，实在看不下去了，于是自杀了。”

“别开这种玩笑。”她的声音很低沉，他喜欢她那富有张力的声音。

她把包拿了过去，将那张在凯利先生公寓里找到的报纸递给了他。他没看几段就把报纸放了下来，接着闭上了眼睛。她皱起眉头，拿走了那份泛黄的旧报纸。

“事实上，”鲁伊解释道，“这部电影是根据真实事件改编的。确实有个三十几岁的警察偷走了赃款，还把它藏了起来。他对整件事情都予以否认，而且没人能找到那一百万美元。他刚从新新惩教所出来没几天，就被人枪杀了。他应该还没来得及去找回那些钱。这都跟电影里演的一模一样。”

理查德打了个哈欠。

鲁伊像个艺伎一样屈起双腿，跪在地上，手里拿着那份剪下来的报纸。“我觉得事情是这样的，凯利先生去圣马克的二手书店买了一本书……你知道库伯联盟学院附近的书摊吧？书里面夹着这张报纸，他读了一遍——我猜他对纽约的历史很感兴趣——于是变得异常兴奋，但也没有过多地去想这件事。接着，你猜怎么着？”

“怎么？”

“接着，”她说，“上个月他路过华盛顿广场音像店，看到了这部电影的海报。他租下来看了，于是发现了整桩案件的漏洞。你懂我的意思吗？一个盲点。”她停了下来，理查德似乎正在聆听，于是她继续说道，“当你感觉有东西在那儿，但又不知道具体是什么时，这种感觉会紧紧地抓住你，让你去一探究竟。”

“就像你一样。你很神秘。”

她感到极其开心。“你知道吗，我的名字就是这个意思。”

“鲁伊？我以为它代表着某种文字呢。”

“是的，但它在凯尔特语中是‘神秘’的意思。”

“那么‘多瑞丝’是什么意思？”

“不管怎么说，”她没有理会他的问题，继续说道，“我觉得凯利先生和我有很多共同点，就有点像我跟你。”

她抛出这句话后沉默了好一阵，理查德并没有回应。她好奇地想，你究竟有什么秘密呢，弗朗索瓦·让－保罗·弗拉迪米尔·理查德？

好一会儿后，他说：“我醒着呢，在听你说。”

鲁伊继续说道：“凯利先生决定去找那些钱。”

“什么钱？”

“那个警察拿走的钱！那笔至今还未找到的钱！”

“那一百万美元？得了吧，鲁伊。那起抢劫案发生在，嗯，五十年以前吧？”

“当然了，也许已经被谁给找到了，或者有可能已经被烧掉了……在你真正去探索前，你能找到无数个放弃的借口。不过，探索应该不仅仅是去寻找金泉、圣物或者珠宝，它本身就是一种历险！凯利先生这几年来都是一个人，没有家人，没有很多朋友，孤身一人住在这儿。这正是一次探险的最佳机会。不然他的生活是什么样子的？终日坐在窗边看鸽子和汽车。现在有了一个寻宝的机会。”她突然想到了什么，于是跳了起来，“听着，他告诉过我，听好了，当他带我出去吃午饭时，他告诉我，等他的船到了之后，他会报答我的。嗯，船是指什么呢？肯定是那一百万美元。”

理查德说："我累了，我明天还要工作。"

"写小说吗？"

他迟疑了一下，说："是的。"鲁伊觉得他没有说实话。

这才是第一次约会，不用逼得太紧。她问："你会把我写进去吗？我是说，放进你的小说里？"

"也许会的。"

"你会把我写得高点儿，并且留着长发吗？"

"不，我很喜欢你现在的样子。"

当他翻身时，她又重新读了一下那份报纸。

"那么，在电影里，你还记得那个警察是怎么处理那些钱的吗？"

他含糊不清地答道："他偷偷溜出银行，把钱给了一个擦鞋男孩，男孩把钱带回了家。后来这个警察闯进这孩子的家，又把钱偷走了。放这一段的时候，我正巧醒着。"

"那段搏斗绝对太夸张了，音效太响了，男孩的母亲还从一截楼梯上摔了下来。"鲁伊指出，"就一部这么老的电影来说，这未免也太夸张了。一位上了年纪的妇女从楼梯上摔了下来。还有，那个纯真善良的男孩患了某种不知名的疾病，正在日渐消瘦。"她的思绪又飞回电影中，"好吧，报纸上也说有个擦鞋男孩，那个警察——他的真名是塞缪尔·戴维斯，不是罗伊——把钱给了这个男孩，叫他带回家去，并威胁他说，要是不老实的话会揍扁他。这是现实生活中，人们最后一次听到钱的下落。而在电影里，那个警察拿回了钱，并将它埋在了某个墓地里。谁会想出这个主意？把钱藏在墓园里？"

"编剧，还会有谁？故事全是他们编的。"理查德的眼睛闭着。

编剧……有意思……

接着她的注意力又转移到了电视上。她再次打开录像机，快进到了达纳·米切尔——他在片中饰演那位黑发、方下巴的警察——正在一个城市墓园中埋箱子的那个场景。

她按住了录像机上的定格键，接着一帧一帧地往前播放。

当图像正在慢慢播放时，鲁伊大声自言自语道："答案就在这里，就在这里的某处。他把片子看了十八遍，十八遍，十八遍，十八遍……"她反复念叨着这个数字，"凯利先生一定是找到了线索，他发现了什么，接着他知道了藏钱的地点。或者，好吧，也许……光靠他一个人是拿不到这些钱的，因为他年事已高，有关节炎，走路一瘸一拐的。他不可能独自去墓园到处挖掘，他需要一个帮手。于是他告诉了某个人，一个朋友，一个熟人。这人要比他年轻多了——能够帮到他。凯利先生把一切都告诉了他，而他干了什么？他把钱拿走后把凯利先生给杀了。也许在那辆绿车里的就是他……"

"什么绿车？"

她迟疑了一会儿。另一条有用的社交法则：头次约会时，不要告诉对方你曾在犯罪现场被凶手追杀过。

"警察提到凶手开着一辆绿色的车。"

理查德指出："要真是这样的话，就一点儿办法也没有了。凶手已经怀揣着百万美元离开了这里，所以你还能做什么呢？"

"我能做的就是找到他。他杀了我的一个朋友。不管怎么说，其中一部分钱应该是我的。我的朋友还有一个朋友，也住在那栋楼里，要是她拿不到钱的话，就会被驱逐出境。"

他说："你为什么不去找警察呢？"

"警察？"鲁伊大笑道，"他们才不在乎呢。"

"还有什么原因呢？"他仔细地打量着她。

"好吧，"她承认道，"因为他们拿到了钱……我知道钱就在那儿。

我的意思是，它理应在那儿。你之前说过的……编剧编造了这个故事。他肯定好好研究了一番这桩真实案件，你不觉得吗？”

“我猜是吧。”理查德回答道。

“我是说，你写小说不也要进行一些研究吗？”

“对，是的，研究，要进行很多的研究。”

鲁伊沉思道：“也许他知道点儿什么……剧本是五十年前写的。你觉得他还活着吗？”

“谁知道。”

“我怎么才能知道？”

他耸耸肩。“你为什么不去问问纽约大学，或是新学院里影视系的人呢？”

是个好主意。她亲了一下他的耳朵。“瞧，你跟我一样，热爱探索。”

“我不这么认为，但我觉得自己无法在这一点上说服你，对吗？”

“是的。人不该放弃探索精神，直到最后，或是……”她的声音渐渐变小，她又看到了罗伯特·凯利苍白的皮肤，上面散布着他自己的血迹；一辆绿车飞驰而过，苏珊·埃德尔曼被撞飞到砖墙上。“嗯，直到最后。就是这样。”

她看着理查德的脸，他的眼睛闭着，嘴唇微张。她无法比较出自己更喜欢他的哪一部分，他长得很梦幻——也很擅长打扮成这样——还有那深邃的目光，热烈地看着她的样子。如梦似幻，她总结道。他不是那种武士——不是亚瑟王、库丘林[1]或是珀西瓦里[2]，不，他更像是一个诗人骑士，或者，一个哲人骑士。

①爱尔兰民间传说中，独身保卫祖国抵抗侵略者的英雄。

②亚瑟王传说中圆桌骑士团的成员之一，与加拉哈德、鲍斯共组成圣杯三骑士。

她听到他的呼吸声，平稳而缓慢。真好，她想，睡觉时能感觉到旁边温暖的分量。她特别想躺在他身边，全身心地感受一下他的存在。

但她没有休息，而是脱下了印着邪恶女巫的袜子，将遥控器对准了录像机，又把片子看了一遍，直至“剧终”两个字出现在屏幕上。

第十一章

显示器上在放一部空手道影片。

一群穿着黑色绸缎裤子的东方男子在空中飞来飞去，拳头像喷气式飞机一样呼啸而过。每次有人被打到，就会发出木板断裂的声音。

一个中国演员站了出来，面对好几个对手，用拖长声调的南方口音说道："好了，你们两个，慢慢往后退，不会有事的。"

鲁伊靠在音像店收银机前的高脚凳上，斜视着显示器。"嘿，你们听到了吗？这简直太疯狂了，他的口气就跟约翰·韦恩[①]一样。"

托尼一只手拿着蓝色的咖啡杯和香烟，另一只手在翻动《邮报》。他抬头审视着屏幕。"他会在十秒内把那些家伙打得屁滚尿流。"

结果差不多用了六十秒。当他搏斗时，鲁伊在沉思。"你觉得那很简单吗？我是说给电影配音。你觉得我能找到一份那样的工作吗？"

---

①约翰·韦恩（John Wayne，1907—1979），美国影史上最伟大的演员之一，以饰演西部片和战争片中的硬汉而闻名。

托尼问道："别跟我开玩笑啊，鲁伊。你要辞职啦？……或者你是说在你被开除之后？"

鲁伊转着她的手镯。"他们不需要背台词，对吗？他们只要坐在录音棚里念台词就行了。这太酷了——就像一个不用站到人前表演、不用背任何东西的演员。"

弗兰基·格里克正在用手梳理自己乱蓬蓬的头发，还摸了摸一个月前新蓄的胡子；他看上去就像是一坨垃圾。他盯着电视机屏幕说："天哪！你们快看！他一下子踢飞了四个家伙。"他转向鲁伊说，"你知道吗，我刚刚得知，很多电影里的音乐都是之后写的，是后期加上去的。"

"什么？你之前认为他们有现场乐队吗？"鲁伊关掉了录像机。托尼看着电视机。"嘿，你要干吗？"

"这片子烂透了。"她说。

"一点也不烂，是部很棒的电影。"

"表演太做作了，服装也很傻，完全没有情节……"

弗兰基·格里克说："这种片子就是这样的，就像，你知道的……"他没把话讲完，这种事情经常发生。他在一排排架子中寻找着另一部电影。

鲁伊巡视了一下店铺：满是污渍的灰色地毯，空调下面黑色的水渍，残留在墙上的促销广告贴纸，还有用发黄的胶水粘在墙上的红绿节日彩带。"我之前在上东城的一家音像店打工，比这儿有档次多了。"

托尼朝四周打量了一番。"你要什么样的档次？我们店就跟这城市的地铁一样，为人们提供有价值的服务。没人会在乎档次不档次的。"

鲁伊给一个年轻人结了账，他租了两部电影。她称这种人为日间游民，他们白天租片子，晚上上班——演员、服务生、调酒师、作家。

起初她还很嫉妒他们这种截然相反的生活方式，但当她细想之后——他们总是一副两眼迷离、宿醉未醒又失魂落魄的样子，还散发出一股从没刷过牙的气味——她觉得，这种毫无斗志的生活十分令人沮丧，还是去探险比较好。

她又回到了之前的话题上，对托尼说："那个在上城的音像店？他们卖所有国外的电影、芭蕾舞剧还有戏剧，里面很多片子我都没听说过。我是说，要是你走进店里要一部《铁血战士》的话，里面就会响起警报，店员就会把你扔出去。"

托尼正看着报纸上"亲爱的艾比"专栏，头也没抬。"有个好消息哦，亲爱的。《铁血战士》能让我们赚钱，而《大师级的该死歌剧》则不能。"

"等等，这是部真实存在的电影吗？"弗兰基问，"大师级的……什么来着？"

"上帝啊。"托尼咕哝道。

鲁伊说："我只是觉得咱们可以把这地方装扮得好看一些。换个新地毯，或者搞一个葡萄酒加奶酪的主题夜。"

弗兰基·格里克说："嘿，我可以喊个乐队过来助兴，我们能好好玩一下。可以定在某个周五的晚上。嗯，你们觉得这样如何？我们把一些显示器放在橱窗边，播放我们内部活动的摄像，这样，外面的人会被吸引进来。很酷，是吧？"

"真是糟糕透顶。"

"这只是一种设想罢了。"弗兰基又往录像机里塞了一部片子。

"又来一部？"鲁伊边说边看着制作人员名单。

"不，不。这部和刚才的不一样。"弗兰基说道，还把盒子封面给托尼看了一下。

“这就对了。”托尼折好报纸，眼睛直盯着屏幕。他就像个还在见习期的牧师一样，耐心地说：“鲁伊，你知道那是谁吗？李小龙。这才叫经典，一百年后人们还是会看这部片子的。”

“我要出去吃午饭了。”鲁伊说。

“你不知道自己将错过什么。”

“拜拜。”

“二十分钟内回来。”

“好的！”她大声说道。当她踏出店门后又加了一句：“我尽量。”

理查德提到了电影学院，这真是个好主意。但她不必真的跑去学校里。

她停在了第八街熟食店门口，这家店专门出售高价三明治给纽约大学的学生和教授们，如今生意已经做得很大了。

接着她又站定在店内，环顾了下四周。这家店就是那个鬈发男子——她似乎认识，似乎又不认识——昨天躲闪进去的地方。她不知道那人是否又在监视着自己。

好好想想，难道自己又多了一个秘密仰慕者？先是理查德，现在又是这位。要么不来，一来就……

现实点儿吧，她提醒自己，于是走到了点单员跟前。对方说：“下一位，噢，嗨。”

“你好，瑞奇。”鲁伊说。

他一直在这儿勤工俭学。他在纽约大学读大一，影视专业。他完全有可能成为像罗伯特·雷德福一样的人。鲁伊刚来华盛顿广场音像店上班时，在这家店里花了大把的金钱和时间，就是为了和瑞奇讨论电影——并且期盼着他能约自己出去。即便后来瑞奇介绍她认识了自己的同居男友，他们仍旧保持着很好的朋友关系。

她举起用玻璃纸包装好的苹果派给他看，接着拆开包装，吃了起来。他跟往常一样——递给她一杯无糖奶咖。他们聊了五分钟电影，在这期间他用烤牛肉、火鸡和牛舌做出了一个超高三明治。瑞奇知道很多关于电影产业的设备。尽管他时常称它们为“影片”或“影视业”，从来不喊它们“电影”，但听到别人这么说，他也不觉得讨厌。她的派吃完了，他又帮她加了点儿咖啡。

“瑞奇，”鲁伊问道，“你听说过一部叫《心跳曼哈顿》的影片吗？”

“从来没有。”

“四十年代末上映的。”

他摇摇头。接着她又问：“你们学校有那种老电影的博物馆吗？”

“我们有图书馆，没有博物馆。市图书馆的艺术分部在林肯中心，现代艺术博物馆里有个档案室，但我觉得不是每个人都能进去的。”

“谢谢，亲爱的。”鲁伊说。

“嘿，这规矩不是我定的。要是手头上有份项目申请书或者名牌大学顾问的推荐信，那么他们有可能会让你进去。但里面都是些偏门的东西，试验电影，独立制片。你想要知道什么？”

“我想要找一个编剧。”

“是哪个制片厂出的？”

“大都会。”

他点点头。“经典美好的大都会。你为什么不打电话过去问问呢？”

“他们还在吗？”

“噢，他们就跟其他厂一样，被大型娱乐公司收购了。但，是的，他们还在呢。”

“会有人知道那个作者在哪儿吗？”

“这是你最好的选择了。剧本作家协会可能不会透露任何会员信息给你。管他呢，如果我是你，我压根儿就不会打电话过去；我会直接登门造访。”

鲁伊准备付钱，他只收了她五美分。她眨眨眼表示感谢，并说：“我完全买不起去洛杉矶的机票。”

“坐地铁去吧，便宜多了。”

“那中间真要转车转死了。”鲁伊说。

“我是说曼哈顿办事处，亲爱的。”

“大都会在这儿有办事处？”

“当然啦，所有的制片厂都是这样的。噢，东海岸的办事处总想把西海岸的掐死，反过来也是一样，但他们都隶属于同一家公司。就是中央公园西面的那幢高楼，你一定见到过的。”

“哦，好像我经常去上城似的。”

太棒了。

美国娱乐公司的办公大楼，大都会制片厂骄傲的拥有者。

四十层的高楼，俯瞰中央公园，里面就单单一家公司。鲁伊简直无法想象，有二十层同事在头顶上，还有二十层同事在脚底下。（她试着想象了一下四十层高的华盛顿广场音像店，里面装着无数个托尼、艾迪和弗兰基·格里克。这太可怕了。）

她很好奇大都会制片厂里的所有员工是不是都在同一个餐厅吃饭。他们会不会一同参加公司野餐，在某一天把中央公园都占领了。

在等待门卫讲完电话的这段时间里，鲁伊又开始遐想，会不会有人看到她并把她当成一位演员，接着将她推进录音棚，甩给她一沓台词……

在浏览公司年度报告时，她就意识到，这种情况不太可能发生，因为这里的办事处不负责电影制作。大都会制片厂的纽约办事处只负责财务、审批、广告、推广以及公共关系。没有演员，也没有拍摄。不过这没关系，如今她的生活太忙了，不可能换工作去好莱坞。

门卫递给她一张通行证，告诉她坐快速电梯到三十二楼。

“快速？”鲁伊边说边咧嘴一笑。太棒了。

她跳进极其安静、铺着地毯的电梯。仅仅过了二十秒，她就来到了第三十二层。她没有理会前台的接待员，径直走到了落地窗前。中央公园、哈莱姆区、布朗克斯、威斯特彻斯特县，还有世界的尽头，统统收入眼底。

鲁伊有些心醉神迷。

“有什么要帮忙的吗？”接待员连问了三次，鲁伊才转过头去。

“我要是在这儿上班，那什么工作也完不成了。”鲁伊嘀咕道。

“那你在这儿是干不久的。”

她极不情愿地离开了窗边。“从这里看下去的风景就像骑着翼龙来上班一样。”那位女士盯着她，于是她解释道，“是一种会飞的恐龙。”依旧是一段沉默。试着做个成年人，鲁伊警告自己。她微笑着说道：“你好，我叫鲁伊，我是过来找维诺夫先生的。”

接待员看了下写字板。“跟我来。”她把鲁伊带到一条安静的走廊里。

墙上是一些公司老电影的海报。鲁伊停下来用手轻轻摸着弯曲褶皱的纸张。走廊后方的墙上贴着稍新一些的海报。这么多年来，电影海报的风格几乎都没怎么变。一张性感的男主角或女主角的照片，加上一行傻气的标题。

他寻求和平，她寻求逃避。他们一起，经历了一生中最棒的探险。

她看过这部动作片。如果说片中的故事是他们一生中最棒的探险，那么这些人的生活真是糟糕透顶。

走廊上的最后一张海报是一张魔法王国的俯瞰图，鲁伊驻足观看了一番，接着跟随接待员转进了一条狭窄的过道。

她敢打赌，维诺夫先生的办公室一定非常富丽堂皇。占据一角，能看到北面和西面，有个吧台，还有长沙发。也许他经常思念加州，于是坚决要在办公室里放满棕榈树，好让自己保持好心情。一张大理石桌子，一张皮质沙发。当然，还有个吧台。他会给我倒杯冰威士忌吗？话说冰威士忌到底是什么？

她们又转了个弯。

她设想维诺夫这人很胖，穿着花呢西服三件套，抽着雪茄，跟影星们聊起天来嗲里嗲气。要是她坐在办公室时，汤姆·克鲁斯打电话来怎么办？她可以要求打声招呼吗？噢，是的，她会这么问的。或者罗伯特·杜瓦尔！山姆·谢泼德？哦，打过来吧，打过来吧，打过来吧……

她们又转了一个弯，停在了一个售卖百事可乐的破机器旁。接待员点点头。“到了。”她转身离开。

“哪儿？”鲁伊边问边四处张望，十分困惑。

接待员指着一个鲁伊觉得是贮藏室的地方，就消失了。

鲁伊站到门口，旁边有个极小的铭牌，写着：S. 维诺夫。

这个办公室大概有十英尺乘十英尺这么大，没有窗户。不过实际大小可能远没有十乘十，因为四周都堆满了杂志、剪报、书本和海报。廉价的木制办公桌上满是缺口和被香烟烫伤的痕迹，看上去相当凌乱，那位眼睛靠得很近的探长想必不愿意在这上面办公。

维诺夫正在看《综艺》[①]，他抬头示意她进去。“那么，你就是那名学生？你叫什么来着？我总记不住别人的名字。”

“鲁伊。”

“好名字，我喜欢。你父母是嬉皮士，对吗？爱与和平，阳光，水瓶座，诸如此类。你能找到一个坐的地方吗？”

好吧，她猜对了一样：他很胖。鼻子红红的，脸颊上都是红血丝。一个超棒的圣诞老人——要是可以有犹太圣诞老人的话。没有花呢西服——压根就没有西服。他穿着一件白底棕条纹的涤纶衬衫，系着一条棕色领带，下面是一条灰色运动裤。

鲁伊坐了下来。

“你要来点儿咖啡吗？不过要我说的话，你离喝咖啡的年龄还早着呢。我孙女就喝咖啡，还抽烟。这些都不是她应该做的事情。我虽然不同意，但我也时常犯错，又如何成为表率呢？”

“我不要，谢谢。”

“我要去倒点儿，希望你不要介意。”他走到走廊处，在饮水机旁冲了一杯速溶咖啡。

冰威士忌的设想到此结束。

他坐回到办公桌旁，对她说：“那么，你是怎么听说我的？”

“我之前打电话到这儿的公共事务部——”她的声调扬起，用问句式的口吻说出了这句话，“你瞧，我在一个叫‘黑色电影根源’的班级学习，目前正在写一篇论文。就一部电影我有若干问题，他们说有个员工在这儿工作了好一段时间了……”

---

①美国娱乐界的行业周刊，是娱乐界行内两大报刊之一，另一份是《好莱坞报道》。

"'好一段时间了'。我喜欢这样的说法。非常委婉。"

"所以我就来了。"

"好吧，我会告诉你，他们为什么要你来找我。你想知道什么？"

"我——"

"我来告诉你吧。我是大都会制片厂的非官方历史学家。意思是，我在这儿待了有将近四十年了，要是我真的拿他们的工资，或者参与影片制作的话，那么几年前他们就会把我踢出去了。但是我没有，他们完全不必费那个心思来解雇我。我就在这里晃悠，回答一些年轻学生的问题。我这么说，你不介意吧？"

"您想说什么就说什么。"

"很好。呃，给我的信息上说——我会相信吗？——你是对《心跳曼哈顿》有一些问题？"

"是的。"

"嗯，很有意思。很多学生和记者都热衷于斯科塞斯、威尔斯、希区柯克。法斯宾德、斯皮尔伯格、卢卡斯、科波拉更是不用说了。三四年前，我们接到过询问西米诺的电话，全因《天国之门》那部电影。噢，那时电话都快被打爆了。可是就我看来，没人对《心跳曼哈顿》的导演感兴趣。黑尔·莱因哈特。好吧，我有点儿偏题了。你想知道什么？"

"这部电影讲述的是真实故事，对吗？"

维诺夫眯起了眼睛。"嗯，这是最最关键的问题。这就是为什么这部电影会引起轰动。它虽然不是现场直播，但确实是按真实故事改编的。演员表里没有盖博、特蕾西、拉娜·特纳、贝蒂·戴维斯、加里·库珀，没有任何能引起人们议论的影星。你明白我的意思吗？没有一个演员能为影片作保证，不管是好片保证，还是烂片保证，甚至能不能上映都无法保证，你懂我的意思吗，上映？”

“当然。”鲁伊的笔尖在记事本上飞驰着。半小时前她买了这个本子，在封面上写了“黑色电影101”，接着她就像个伪造大师一样，用手蘸了墨水在本子上涂抹了一番，好让它看起来没那么新。“这就意味着人们不管它是讲什么的，都愿意去看一看。”

“非常正确。那么，《心跳曼哈顿》很有可能是第一部独立电影。”

“那为什么现在人们都没听说过这片子呢？”

“因为它同时是第一部稀烂的独立电影。你看过没？”

“看了四遍。”

“什么？你是不是拔牙都不打麻药的？呃，既然你看了那么多遍，你应该很清楚，它无法摆脱三十年代那些离奇又夸张的戏份，所有大公司出的犯罪大片里都会有。导演莱因哈特让擦鞋男孩的母亲从楼梯上摔下来那段，拍摄角度非常高，配乐直击你的脑门。你觉得自己应该跳过这段混乱的情节，才能好好看其他的部分，但这恰巧是电影的一个大逆转。”

他的热情极富感染力，鲁伊发现自己一直在兴奋地点着头。

“你看过《回旋镖》吗？伊利亚·卡赞。他在外景地进行拍摄。在所有的犯罪片当中，这部片子的故事性很差——我是说，凶手是谁没什么太多的悬念，但重要的不是故事本身，而是讲述故事的方式。那片子也跟一宗真实的犯罪案件有关，是一部——怎么说呢——踏出好莱坞电影制片模式的电影。《心跳曼哈顿》也是这样。

“噢，你也得承认，这也和时代有关，我是说，这一类电影的产生。战争把制片厂的人和屋子都洗劫一空了，那些拍片设备，还有史诗般的电影——不，不，他们不可能拍出那样的电影来了。这可是件大好事。要我说——嘿，没人会在意我说什么，对吗？——我认为像

《心跳曼哈顿》这类电影，将电影从戏剧中分离了出来，真正成为一种独立的产业。

“《回旋镖》。还有亨利·哈撒韦导演的《间谍战》。噢，他是个绅士，亨利，安静又有礼貌。我想他是在四十七岁的时候拍的那部电影。《心跳曼哈顿》也在这段浪潮中诞生，它不算一部出色的电影，但的确是一部重要的电影。”

“那些电影都是讲述真实的故事？”鲁伊问道。

“呃，它们虽然不算纪录片，但，是的，它们都是真的。在拍摄《间谍战》的时候，哈撒韦就跟联邦调查局合作过。”

“所以，也就是说，如果在电影里出现了某个场景，比如说电影人物去过的地方，那么现实生活中的原型也很有可能去过？”

“有这个可能。”

“你认识制作《心跳曼哈顿》的人吗？我是说，私底下认识。”

“当然，达纳·米切尔。”

“他演的罗伊，那个警察。”

“是的，是的，没错，帅气的小伙子。我们不算很熟，但吃过两三次饭——跟他和他的第二任妻子，我想。夏洛特·古德曼在这儿签了几部五十年代的片子。我当然也认识黑尔，在制片厂被收购前，他是我们的签约导演。他还导过——”

“《拉腊米堡西》，还有《巡逻轰炸机》。”

“嘿，你对电影还挺精通的嘛。黑尔应该还在的，我想，我们都有二十年没讲过话了。”

“他人在纽约吗？”

“不，他在西海岸，具体在哪儿我也不知道。达纳和夏洛特已经去世，片子的执行导演也在五年前去世了。原制片厂的一些人也许还活着，但也找不到了。这是个跟老家伙们绝缘的产业。我这是在转述叶芝的话。你精通诗歌吗？会在学校里学习吗？”

“嗯，所有诗人的诗歌，叶芝、埃丽卡·容[①]、史泰龙。”

“史泰龙？”

“是啊，你知道的，《第一滴血》。”

“你们学校教的东西好奇怪，但是教育嘛，有谁能懂呢？”

鲁伊问：“难道全纽约就找不到一个之前参与制作这部电影的人了吗？”

“哦，亲爱的，我是心有余而力不足。”维诺夫抽出一本电影指南，开始查找起来。“啊，有了。嘿，找到了。《心跳曼哈顿》，一九四七年。噢，对了，露比·达尔，谁能忘得了她呢？她扮演了罗伊的未婚妻。”

“那么，她住在纽约吗？”

“露比？不，她去世了。又是老一套，酒精和药物。我们干的是什么行业啊，瞧瞧这个行业。”

“那编剧呢？”

维诺夫又回到了书本上。“嘿，有了。果然，劳尔·艾略特。要是在记录中他是编剧，那么就真的是他写的。全部是他自己写的。我了解劳尔这个人，他是位老派的电影剧作家，与如今这些为名气而争得头破血流的家伙不一样。”维诺夫用极其平缓的音调说，“要是我修改的第十稿有六十七页长，那么我的名字就会以超大字体出现在最显眼的位置，而另外一个只憋出五十三页的家伙，他的名字只会出现在犄角旮旯处，有时甚至完全不会出现。哎，哎，哎……但是，我了解劳

①埃丽卡·荣（Erica Jong，1942— ），美国作家，以小说和诗歌闻名。

尔。要是他的名字上了制作人名单，那他会把一切都包了——从第一稿到最后的拍摄定稿。”

“他住在纽约吗？”

“啊，这个可怜的人，他得了老年痴呆症。这真不该发生在他身上。他曾和一些演员以及剧组人员一起住过一段时间，但去年他的病情恶化了，如今正住在泽西的一家疗养院里。”

“你知道具体地址吗？”

“当然，但我觉得他也说不出太多东西了。”

“我还是很想跟他聊聊。”

维诺夫为她写下了名字和地址。他摇摇头说：“真有趣，如今我们见到的学生，他们不愿意做这个，不愿意做那个。而你——我现在就能给你定性，我敢说——你和他们不同。你跑过来跟我这个话痨聊天，不怕麻烦去找编剧，而这一切仅仅是为了一篇学校论文。”

鲁伊站起身来，和这位老人握手。“呃，我相信有志者事竟成。”

好吧，迟到了两个小时，她想。

这次她不再是急急忙忙，而是全力冲刺。去上班！在她的记忆中，这样的事情还从来没有发生过。托尼的声音回荡在她脑海里。二十分钟内回来，二十分钟内回来。

走过第八街，途经第五大道，来到大学城。她在学生和购物的人潮中飞奔，像个橄榄球运动员，像电影里的里根总统——没有猩猩的那一部[1]。

没什么大不了的。托尼会理解的。今天早上她可是准时到岗的。

生活中的小插曲。

他不会因为这微不足道的两小时而开除我的。

一百二十分钟，一部电影的平均时长。

他怎么会生气呢？不可能。

鲁伊推开店门，僵在了原地。就在柜台处，托尼正在和一个女孩说话。这女的显然是来顶替自己的，托尼在教她如何使用收银机和刷卡机。

噢，真见鬼。

托尼抬起头说："嗨，鲁伊，你好啊！哦，对了，你被解雇了，带着你的东西滚蛋吧。"

这是近几个月来他心情最好的一刻。

①指一九四〇年的美国电影《克努特·罗克尼》（*Knute Rockne All American*），一部描与橄榄球运动员的传记电影，里根饰演球员乔治·吉普。大猩猩则是指里根的另一部著名电影《邦佐去睡觉》（*Bedtime for Bonzo*），里根饰演一名用大猩猩做研究的心理学教授。

第十二章

那是一位招人喜爱的红发姑娘，二十多岁。她疑惑地看着鲁伊，接着看向托尼。

鲁伊说："你瞧，托尼，我真的真的非常抱歉，我被……"

你只会对权力比你大的人说谎。

但是我不想被解雇。我不想，我不想，我不想。

"……我被困在地铁里了。电力故障，要不就是有人站在了轨道上。真的很恶心，车厢里没有灯，很臭，还很热。而且我……"

"鲁伊，我受够了。你刚走，弗兰基·格里克就说他姐姐要分娩了，必须送她去医院。而我知道他没说谎，因为我打电话给她的妇产科医生核实了这件事情。"

"你做了什么？"鲁伊问。

托尼耸耸肩。"他很有可能在说谎，而我又怎么知道呢？至于你这个关于地铁的荒诞借口，我该怎么办呢？打电话给大都会运输局[①]的总裁吗？问问他今天E线有没有在三十四街出故障？”

“求你别开除我。”

“我一个人足足干了他妈的两个小时，鲁伊。”

“天呐，托尼，这儿又不是巨人体育场中场休息时的热狗摊。你接待了多少位顾客？”

“问题不在于这个。我连午饭都没法吃。”

“我会表现得更好的，我真的——”

“暂停！”红发姑娘说道，好让他们俩都闭嘴。她补充道：“我不打算干这份工作了。”

“什么？”托尼看着她。

“我不想抢走别人的饭碗。”

“你没有。我是先炒了她才雇的你，只是她还不知道罢了。”

“托尼。”鲁伊说，她讨厌自己恳求的样子，但也实在没办法。要是理查德知道她被炒了会怎么想呢？他已经觉得她很不可靠了。

“我会感觉很内疚。”红发姑娘解释道。

托尼说：“你之前说了，你需要一份工作。”

“确实，但我会另找一份的。”

“不，不，美人，”托尼说，“别担心。”

但接着她斩钉截铁地说道：“你要是炒了她，那我也走了。”

托尼顷刻之间闭上了眼睛。“上帝啊。”接着他将身体往前一倾，盯着鲁伊，“好吧。接下来弗兰基都只上半天班，一直到他姐姐出院为止。你来替他的班，不过你要是再无故翘班，那就没什么好说的了。”

---

①纽约市公共交通管理机构。

"谢谢，谢谢，谢谢。"

托尼朝那位姑娘笑了笑，以为这种慷慨大度的表现能让自己在她心目中加点分。他没注意到她回敬过去的表情，就像是捏碎一只蟑螂前斜视它的样子。

"鲁伊，"托尼说，"这是斯蒂芬妮。她不漂亮吗？头发太棒了，不是吗？为什么不来教一下我们美丽的新员工？我要去健身房了。"

他缩起肚子，把背包甩到肩上，推门出去。

她不漂亮吗？头发太棒了……

鲁伊放下了嫉妒之心，开口对斯蒂芬妮说："谢谢，我不知道该说什么，就目前的状况来看，我必须得保住工作。"

"噢，我也有过这样的经历。"斯蒂芬妮朝门外望了一眼，托尼消失在了街头。"那他真的是去健身房吗？"

"没错。"鲁伊低语道。

接着她又说："去汉堡王了。"与此同时，斯蒂芬妮说："去麦当劳了吧？"她们一起哈哈大笑起来。

"当你把片子放回去的时候，千万别把直男的和同性恋的搞混了，"鲁伊在耐心解释着。

"对，不能搞混。"这姑娘的头发确实棒极了——金红色的发束在肩上舞蹈，这样的头发只在洗发水广告里出现过。

"你叫什么来着？"鲁伊问她。是S打头的，但她搞不太清S开头的名字。苏珊、萨利、苏珊娜……

"斯蒂芬妮。"

对。鲁伊把它存储在脑海中，继续她的培训环节。"你瞧，色情片是没有封面的，所以客人得根据片名来租。有些片名很明显，比如《兵仔》、《按摩牛仔》、《肌肉司机》，你懂的吧？但有些名字，你看不出来。之前有个家伙到我们这儿来租了部《金发牛郎》，后来才发现blondes是金发女郎，而少掉一个E的blonds是金发牛郎。你知道这两个单词的区别吗？我当时完全不知道。总之，他设想的画面是大胸脯姑娘，而最终出来的是大鸡巴男人。他很不爽。嘿，你的头发棒极了，这是你天生的发色吗？”

“就现在而言，是的。”斯蒂芬妮看着鲁伊的手臂，“我喜欢你的手镯。”

“是吗？”她摇晃着手臂，让手镯叮当作响。

斯蒂芬妮说：“之前在洛杉矶，有人让我去拍色情电影。他自称是加州大学洛杉矶分校的影视专业毕业生。当时我正在一家咖啡馆里坐着看《综艺》，他突然走上来问我愿不愿意拍色情电影。”

“你不是在开玩笑吧？”鲁伊说。从来没有人来问过她愿不愿意拍色情电影，她在考虑自己是不是应该感到羞愧。

斯蒂芬妮没有接话，她看着《煤气灯下》的海报。“英格丽·褒曼，她真是太美了。”

“即便是短发，”鲁伊说，“就跟《战地钟声》里一样。”她把手指放到斯蒂芬妮的头上，轻抚着她的发束。她觉得是顶假发。“那么你去拍了吗？我是指色情电影。”

“没有。那么做似乎不太好。”

“我特别害怕，你知道，传染上什么。”

斯蒂芬妮耸了耸肩。“这些手镯，你是在什么地方买的？”

“每个角落。有时我走在街上，突然有种感觉，手镯在召唤我。下一家我路过的商店，砰，橱窗里放着一个手镯。”

斯蒂芬妮怀疑地看着她。

“这种情况经常发生，我发誓。”

“托尼说你经常工作懈怠。”

“我只要有一分钟没在帮他分忧解难，他就觉得我在偷懒。事情是这样的，我的一个朋友被谋杀了，而我正在调查到底发生了什么。”

“不是吧！”

“千真万确。”

斯蒂芬妮说：“我之前在好莱坞被人劫过车。当时我在一辆本田车里，你绝对不会想到有人会为了本田而杀人，但当时我真觉得他们会崩了我。我把车让给了他们，他们驾车而去，在下一个路口的红灯处停下，还打了右转的指向灯，就像什么事情也没发生过一样。有人会因为一辆车或者几百美元而杀掉你，这不奇怪吗？”

或者是为了一百万美元，鲁伊心想。她脑海里又浮现出罗伯特·凯利躺在椅子上的样子，胸膛上有个枪眼，电视机上也有一个。

斯蒂芬妮补充道：“那件事后，我去参加了一个自卫课程，但课上教的那些东西压根儿无法对抗持枪歹徒。”

鲁伊强迫自己把悲伤的情绪抛在脑后。她在架子间走来走去，把录像带归位，招呼斯蒂芬妮跟着她。

“你会学到一些东西的，在这儿。关于人性。这就是我愿意在这儿干的原因，当然我还不知道所学得的人性有什么用，但观察不同的人依旧非常有意思。我觉得我是个偷窥狂。”

“就在一个音像店里，你是怎么去了解一个人的呢？”

“我给你举个例子吧。比如说有这么一个人，很帅，是个股票经纪人，身上总散发着一股大蒜味。但不管怎么样，我还是跟他调了调情。他老是租查尔斯·布朗森、查克·诺里斯、施瓦辛格的电影。然后，一天晚上他出现在店里，身旁是一位打扮入时的女雅皮士，她把他当秋千一样挽着不放，明白吗？突然之间，他不再租《魔鬼司令》这种片子了，他要的是类似于《第七封印》，费里尼导演的，以及伍迪·艾伦近期的电影——你知道的，不是《傻瓜大闹香蕉城》那种喜剧，而是关注两性关系的片子。还有那些在公共电视台里播放的东西，是吧？这样的状态维持了一个月，接着文化小姐和他拜拜了，接下来的几个月里他都在看《猛龙怪客之八》之类的片子。过了一阵，他又带了另外一个全身皮装加铆钉的姑娘来店里。我知道你心里在想什么，不过，你猜她喜欢什么？老式歌剧。多萝西·拉穆尔、宾·克罗斯比、鲍勃·霍普、《舞国》，接下来的两个月里他租的都是这种片子。这家伙的口味变得很杂。我是说，人应该做自己，对吗？”

斯蒂芬妮正在梳头发。

鲁伊继续道：“嗯，说到成人电影……噢，不要叫他们毛片，托尼不喜欢这种叫法。况且，这可是笔大买卖，占了总收入的百分之四十，而库存只占了百分之二十……呃，我想说的是，现在租这种片子的女人几乎和男人一样多，而且她们不怎么租平常的片子……主要租男同性恋的片子。”

“是吗？”斯蒂芬妮无神的眼睛中闪出一丝兴趣的火花，接着眼睑又垂了下去。她把梳子放回了包中。鲁伊觉得斯蒂芬妮最多在华盛顿广场音像店里干三十天，她完全可以去同样无聊的餐馆打工，而工资却是这儿的三倍。“女人为什么会租男同性恋片呢？”

“我的理解是，”鲁伊说，“同志片里的男人要比普通片里的好看很多，你知道的，他们强壮、有型，经常去健身，非常关注自己。而在普通的片子里，你看到的是松弛的肌肉……我听她们说的。”

斯蒂芬妮厌倦地看着这些成人电影，说：“听起来，女同志的片子似乎不太走运。”

“不，不，那是另一片广阔的天地。店里有，让我瞧瞧，《女上女》、《莱斯博斯恋人》、《莎孚特快》……但基本租的都是男人，西村的女同性恋比较多，这儿不太多。”

鲁伊走到柜台边，用手指抖松头发。斯蒂芬妮看着她，说：“这效果真有趣，你头发的颜色。你是怎么做的？”

“我不知道，碰巧吧。”鲁伊正试着搞清楚她的评价是不是一种褒奖，她觉得不是。有趣，这个词听起来就不是善意的。有趣。

“店里会来个把变态吗？”

鲁伊说：“就看你对变态的定义了。有个男的，他能背出——不管是电视还是广播放的——《活死人之夜》的所有台词。还有一个律师告诉我，每当他和妻子做完爱后就会来租《卡萨布兰卡》。我现在就能在电脑里查到他的租借记录，我敢说他们之间不太和谐。还有一个叫疯人马克斯的家伙，他真的让人毛骨悚然，专门租杀人狂电影。都是那种愚蠢的好莱坞电影，比如《月光光心慌慌》或者《十三号星期五》的第八十五部等等，你懂的。”

“男权主义的浑蛋们，”斯蒂芬妮说，“我是指拍那些电影的人。”

“但是最后却发现他是上城一家大医院的社工，并且是个上门送餐[①]的志愿者，诸如此类吧。”

“真的吗？”

“我一直在跟你说……音像店是个绝佳的教育场所。”

斯蒂芬妮问：“你有男朋友吗？”

“我不确定。”鲁伊说。她觉得这是一个相当确切的表述。

---

①专为无法自理的老人或病人提供的服务。

"鲁伊是你的真名吗？"

"就现在而言，是的。"

店里排起了队——鲁伊带着斯蒂芬妮过了一遍结账的流程。

"我真不敢相信你是第一天在这儿上班。你是个天才店员。"鲁伊告诉她。

"多谢啦，"斯蒂芬妮拖长了调子慢吞吞地说道，"不过别告诉托尼，我来这儿其实是希望见到一些制片人或是星探什么的。我想要成为一名演员。只是最近时运不济，都有一个月没能去试镜了。"

"那你在洛杉矶参加的那些试镜怎么说？"

"试镜不代表你能入选。洛杉矶真令人厌恶，纽约才是唯一能待的地方。"

"我就知道我们俩很合得来，"鲁伊边说，边把《七武士》、《睡美人》和《肉欲狂欢》租给了一位举止得体的谢顶商人。

第十三章

河流是壕沟，楼房是胸墙……

等一下，真是这样吗？胸墙到底是什么东西？

算了……

楼房是胸墙。石头随着岁月凹陷，浑浊的白水正慢慢滴下。光滑的钟乳石和石笋。地牢中布满栅栏的昏暗窗户。我们一路骑马过来了，过来了，过来了……冰冷的石砖削弱了我们的马蹄声。走进秘密通道，来到了壕沟之下，远离了神奇王国，远离了西戴[①]。

理查德开着一辆破旧的道奇进入了荷兰隧道，直往新泽西方向驶去。

“这很疯狂，不是吗？”鲁伊问。橘色的灯光从他们身边飞闪而过，排气管里让人愉快的汽油味儿飘进了车里。

“什么？”

①古希腊城市，位于土耳其西南部地中海沿岸。

“现在我们头顶上大概有一百英尺深的水，真是了不起啊。”

他迟疑地抬头看了看那发黄的隧道天花板，上面就是流入纽约港的哈德逊河。

“了不起。”他心神不宁地说道。

他们坐的道奇是他的车。这很奇怪，理查德住在曼哈顿，而他居然有一辆车。这样的人，内心里终究有着非常保守的一面。按规矩交税、停车费和注册费。这些会让她感到很烦，但她并不是真的在抱怨。《心跳曼哈顿》的编剧住在离纽约四十英里远的疗养院里，她负担不起这段探险旅程的租车费用。

“你怎么了？”鲁伊问。

“没什么。”

在这段幽闭恐怖的黄色隧道中，他们俩都一言不发。当男人闷闷不乐的时候，很可能是真的遇上难办的事情了，因此鲁伊总是很小心。让他们和兄弟们在一块儿，让他们喝醉、健身，或者打球，听他们大谈特谈布努埃尔[1]或者是机翼的工作原理，这样他们就会没事了。但是，上帝啊，要是真出现严重的问题——尤其是女人还掺和在内——那么他们都会被击垮。

不过二十分钟后，当他们驶出隧道时，理查德似乎放松了一点儿。他把手放到了她的腿上。更多的火花，她真的不知道，这他妈的究竟是怎么回事？

他们正要上新泽西收费高速公路，鲁伊朝四周看了一下。“真恶心。”到处都是交通灯柱、电线、铁丝网还有加油站。她四处寻找自己最喜欢的加油站标志——飞马——但是没有找到。这是他们正需要的，

①西班牙国宝级电影导演、电影剧作家、制片人，代表作有《安达鲁之犬》、《青楼怨妇》等，擅长运用超现实主义手法，与抽象派名画家达利是搭档、好友。

一匹带翅膀的马，好带着他们飞离这混乱的地方。

“你是怎么成功翘班的？”理查德问她。

今天是周日，她之前就告诉过理查德，今天排了她上班。

“艾迪帮我顶班。昨晚我打电话给他的。这是我第一次——做了件可靠的事情。”

他大笑起来，但是声音中没有多少情绪。

理查德把手放回到方向盘上，朝西南方向开去。高速公路的两边是平坦的田野，看起来就像是一块巨大的棕色亚麻布料。远处是沼泽、厂房、高高的金属脚手架和塔楼。空地上停满了拖车和挂车，叠加起来估计有好几百码长。

“这简直就是个战场。”鲁伊说，“那些东西——你觉得是什么，冶金厂还是什么？——实际上是来自半人马座阿尔法星的宇宙飞船。”

理查德看了眼后视镜，什么话也没说。他加速超过了一辆笨重的垃圾车。鲁伊拉响了想象中的汽笛，而坐在身边的司机真的猛按了两下喇叭。

“跟我说说你自己，”她说，“我都不太了解你。”

他耸耸肩。“没什么好说的。”

啊。他非要这个样子吗？

她试着用兴高采烈的口气说：“随便说点儿什么。”

“好吧。”他变得稍微活跃了一点；那天晚上的嬉皮士又回来了。“他出生在斯卡斯代尔，父母人很好，也非常传统。他们从小就给儿子灌输一个观点：将来要成为一名医生、律师或是其他社会精英分子，绝不能沦落为工人阶级。他的童年非常平淡，擅长象棋和拉丁语，但是什么体育项目也不会。还好，摇滚乐救了他的命，他在穆德和五十四俱乐部[1] 里慢慢长大。”

“太酷了！我喜欢这两个俱乐部。”

“接着，不知道为什么，福坦莫大学决定授予他哲学学位，尽管这四年里他一个劲儿地折腾，教授们都快被他逼疯了。拿到学位后，他打算去见见外面的世界。”

鲁伊问：“这么说，你确实去过巴黎啊。我一直想去那儿。瑞克和伊尔萨……《卡萨布兰卡》。还有大教堂里的那个钟楼怪人，我真为他感到难过。我——”

“我没有真的去过法国。”理查德承认。接着他又很快切换成第三人称陈述。“他到了英格兰，结果发现在国外打工和去国外度假完全是两码事。在伦敦做一个冲床工——要是你能应聘上的话——跟在新泽西的特伦顿干这事儿没什么两样。于是，这位年轻的冒险家回到了纽约，成了一个时髦的无业哲学家——去各种俱乐部玩，考虑要不要继续去拿硕士和博士学位；再去各种俱乐部玩，勾搭不知道名字的金发女郎，或是用化名的深色头发姑娘；继续去各种俱乐部玩，开始白天工作，厌倦了俱乐部，等待着与某位姑娘心有灵犀的时刻；继续不停地工作。”

“写他的小说。”

“是的，写他的小说。”

就目前看来，他很合鲁伊的胃口——除了车和情绪外。她沉迷于童话，而他沉迷于哲学。两者看似很不一样，但一番思量后，鲁伊觉得它们真的是一样的——都能刺激人的思维，并且在现实中毫无用处。

像理查德这样的人——也许是他，也许不是他——但是像他这样

①两个都是纽约俱乐部和夜生活文化的典型代表。

的人，是唯一一种她会真心爱上的，鲁伊深信。

“我知道问题出在哪儿了。”她说。

“你凭什么觉得有问题。”

“我就是知道。”

“呃，”他说，“是什么？说来听听。”

“还记得我跟你讲过的故事吗？”

“哪一个？你跟我讲了好多故事。”

“关于迪尔姆德的？我觉得我们就像是童话中的国王与王后，刚离开了西戴——你知道，这是片神奇的土地。”她转过头，惊讶地喘着气，“噢，你一定得看看这个。快转头，理查德，看哪！”

“我在开车呢。”

“别担心——我来描述给你听。那儿有上百个楼塔和城垛，全都是纯银打造。阳光照到塔尖，积聚了太阳的能量，折射出炽热的白光——你觉得太阳蕴含着多少能量？总之，阳光从城垛顶部射入神奇王国……”她突然有种战栗的感觉，仿佛沾染到了他的情绪，像是某种警示。过了好一会儿，她说：“我不知道。我觉得自己不该这么做。我不该横渡护城河，不该离开西戴。我觉得很可笑。我甚至觉得我们不该这么做。”

“离开西戴，”理查德心不在焉地重复道，“也许就是问题所在。”他又看了一眼后视镜。

他也许是认真的，也许是在讽刺。鲁伊不得而知。

鲁伊转过身去，将安全带重新扣好。他们在高速公路上驶过一个大弯道，乡村就出现在了眼前。小山、树林、田野，西边的美景尽收眼底。天上有一大朵白云，形状就像一个高脚酒杯，一个高耸着的完美圣杯。鲁伊正想指给理查德看，又觉得还是不讲为妙。汽车加速前行，直往新泽西的伯克利海茨而去，一路上他们俩没再讲话。

“这个月都没人来看望过他，”护士对鲁伊说。

她们站在一座长满绿草的山丘上，旁边是疗养院的行政办公楼。理查德这会儿正在餐厅里，看着一本自己带来的书。

“太糟糕了。”护士继续说着，“我觉得人们能过来看望他们是件好事。”

“他最近怎么样了？”

“有些时候他就跟正常人一样，但有些时候不太好。今天他状态不错。”

“上个月是谁来看他的？”鲁伊问。

她说：“我想是个爱尔兰人名。一位上了年纪的老绅士。”

“凯利，是吗？”

“很有可能。嗯，我觉得是这个名字。”

鲁伊心跳加快了。

他是来问那一百万美元的事情吗？鲁伊十分好奇。

鲁伊手里拿了一束玻璃纸包好的玫瑰。“我买了这个，送给他可以吗？”

“他很有可能立刻就忘了是你给的。但是，可以，你当然能送给他。我去把他带过来，你在这儿等一下。”

“他们不常来看我。上一次是，让我想想，让我想想，让我想想……不，他们没来。我想，我们周日办了个派对。这儿的人真好，天气好的时候，他们把桌布放在野餐桌上，我们吃了鸡蛋、橄榄，还有乐之饼干。”他问鲁伊，“现在快要到秋天了，对吗？”

护士用对待三岁小孩的口吻说：“你知道的，现在是春天，艾略特先生。”

鲁伊看着这位老人的脸和手。他似乎最近一下子消瘦了很多，皮肉像灰色的厚布一样挂在手臂和脖子周围。她把花递给他，他好奇地看了看，接着把花放到了膝盖上。他问：“你是……”

“鲁伊。”

老人真诚的笑容刺痛了鲁伊的心。他说：“我知道，我当然记得你的名字啦。”他又对护士说，“毕普思呢？我的狗又上哪儿去啦？”

鲁伊开始四处张望，护士却在一边摇头，于是鲁伊明白了，毕普思很多年前就去了天堂。

“它在玩呢，艾略特先生，”护士说道，“它很快就会回来的。它很安全，放心吧。”

他们三个正在一棵大橡树下的斜坡草地上，护士将他轮椅的刹车固定好，一边走开一边说：“我十分钟后回来。”

鲁伊点了点头。

劳尔·艾略特将手伸出，与她握手。他的手很软，但也很干枯。他捏了一下，又捏了一下，接着放手，就像男孩子在舞会上试探某个女孩一样。他说：“毕普思。你无法相信他们——那些男孩女孩——对它做了什么。只要它一靠近栅栏，他们就拿木棍戳它。我以为他们的教养会更好一些。今天星期几？”

“星期天。”鲁伊说。

“我知道，我是问今天是几月几号。”

“六月十五号。”

“我知道了。”艾略特点点头。他的目光投向一对正在小路上散步的老夫妻。

地很平整，也很干净。这对夫妻上了年纪，看起来几乎是同一性别的。他们正慢慢沿着平坦的小路走着。没有楼梯、饰边、台阶，或是低矮的植物会绊倒他们。

“我看了一部您的电影，艾略特先生。”

苍蝇们飞了过来，很快又飞入温暖的微风中。厚厚的大云朵在草地上留下了一样形状的阴影。艾略特说：“我的电影。”

“我觉得它太棒了。《心跳曼哈顿》。”

他皱起眉毛，似乎想到了什么。“跟我一起制作的人还有……啊，我这个记性啊。有时我觉得自己都要发狂了。我只记得当时有几个男孩子，他们究竟叫什么来着？当时我们在举行一个舞会。我跟你讲过兰迪吗？没有？呃，兰迪和我年龄相仿，也许比我还大一到两岁。我们都来自纽约，有的之前是记者，有的为《大西洋报》撰稿，有的是斯克里布纳或是康泰纳仕出版社的编辑，但我们都来自纽约。噢，那时的纽约和现在很不一样，是个完全不同的城市。制片厂商很喜欢纽约人，比如像弗兰克·奥哈拉[①]这样的人。我和弗兰克是不错的朋友，我们经常去洛克菲勒中心附近的酒吧，名字叫……呃，我们还去过很多别的酒吧，好莱坞的也去过。我们在好莱坞经常出去玩。”

“您之前也在报社工作吗？”

“当然。”

“哪一家报社？”

---

①弗兰克·奥哈拉（Frank O'Hara，1936—1966），纽约派诗人，其诗采用口语及开放的结构，即兴、反理性，在幽默机智中又有荒诞感、梦幻感，突出地表现了诗人的个性，开创了反文雅、反高贵的诗风。

他停顿了一会儿，眼神转移到了别处。“呃，是一家很普通的报社，你知道的，现在肯定已经不存在了。”

“艾略特先生，您还记得自己曾写过《心跳曼哈顿》的剧本吗？”

“我当然记得。那是几年前的事了，查理在报纸上给我写了很棒的评论。弗兰克也很喜欢，他是个好小伙子。还有亨利，他们都是很好的小伙子。我们说，我们都说，这片子的评价已经低到你无法忽略的地步了。”他为了这句话放声大笑起来，紧接着脸又阴沉了下去，“但是我们真的很在乎，噢，是的，女士。你父亲会告诉你的。他人呢？他今天来了吗？”长着干枯鬈发的脑袋摇晃着四下张望。

“我父亲？”

“鲍比[1]·凯利不是你父亲？”

鲁伊觉得没必要告诉这位老人凯利先生已经去世了。她说：“不，他是我的朋友。”

“哦，那他上哪儿去啦？他刚才还在这儿呢。”

“他几分钟前走开了。”

“那毕普思在哪儿？”

“它自己去玩了。”

“我很担心外面的交通，周围有车会让它变得很兴奋。还有那些拿木棍戳它的男孩，还有女孩们。”他又注意到手里的那束花，轻轻碰了碰它们，“我之前谢过你了吗？”

她说：“我敢肯定，您已经谢过了。”鲁伊交叉着双腿，坐在了轮椅旁边的草地上，“艾略特先生，对于《心跳曼哈顿》，您自己私下做过研究吗？”

①罗伯特的昵称。

“研究？我们有专门负责研究的工作人员，制片厂会发他们工资。都是漂亮的姑娘，跟你一样漂亮的姑娘。”

“她们研究了电影所取材的真实事件了吗？那个偷走联合银行现金的警察？”

“我敢肯定现在已经找不到她们了。她们中的很多人都去了《时代生活》或者《生活周刊》。虽然制片厂给的钱多，但这种疯狂的生活并不是所有人都想要的。黑尔现在还好吗？达纳呢？他年轻时很帅气。”

“很好，他们都很好。您找到和那个偷钱警察有关的消息了吗？我是说，那个现实生活中的警察。”

“当然找到啦。”

“什么？”

艾略特看了下手腕，也许之前那儿戴了块手表。“我又把它给弄丢了。你知道我们什么时候能离开吗？能回家去真的太好了。就咱俩之间说说，我是说，就咱们两个——我不喜欢旅行。我不能告诉他们这些，你明白的。我们什么时候能离开这儿？”

“我不知道，艾略特先生。我肯定……那么，就那个偷走赃款的警察，您发现了什么？”

“警察？”

“在《心跳曼哈顿》里的。”

“那个故事是我写的。我想写个好故事。你也知道，这个世界上没有什么比得上好故事。它难道不是世间最好的东西吗？一个好故事。”

“您写的这个故事棒极了，艾略特先生。”她起身跪在草坪上，“我尤其喜欢罗伊藏钱的那一段。他像个疯子一样在那里挖着，您还记得吗？在电影里，他把钱埋在了墓园里。那么在现实生活中，您知道这个偷钱的警察把钱藏哪儿了吗？”

"钱？"他看着她，似乎理解了她说的话，"所有的钱。"

鲁伊觉得自己胃部紧缩，有点儿兴奋。她低声问道："那笔钱在哪儿？"

他又看了看她，说："这儿的人——只有在天气好的时候——他们会在桌上铺一张像桌布一样的纸，让我们在这儿野餐。他们在纸杯里放些坚果，那些小纸杯是粉色的，像一件件反着放的芭蕾舞裙。我不知道那些桌子都上哪儿去了。我希望他们赶紧再举行一次野餐……毕普思呢？"

鲁伊一屁股坐了回去。她微笑着说："它正在玩呢，艾略特先生。我会看好它的。"他们安静地坐了一会儿，接着她又问，"一个月前，罗伯特·凯利过来找您是要问您什么？"

他朝她点点头，眼睛突然变得神采奕奕，这让她吓了一跳。

"谁？鲍比吗？哎，他一直在追问那部该死的电影。"这张苍老的脸上浮现出一丝笑容，"就跟你现在一样。"

鲁伊将身体往前倾，仔细端详着他的脸，看着那些皱纹和疙瘩。"您和鲍比·凯利，你们究竟聊了什么？"

"你父亲，鲍比？噢，闲聊罢了。我和几个人一起制作了《心跳曼哈顿》。"

"我知道。鲍比都问了您点儿什么？"

"一些事情。"

"哪些事情？"她高兴地问道。

艾略特皱起了眉头。"还有另外一个人，还有另外一个人也问了我好多问题。"

她心跳加快。“那是什么时候的事情，艾略特先生？您还记得吗？”

“上个月。不，不，就那天。等等，我想起来了——是今天，刚刚一小会儿前。”他盯着她，“是个女孩，像个假小子，看起来跟你很像。等等，也许就是你。”

他眯起了眼睛。

鲁伊觉得他正处在某个临界点上，于是她好一会儿都没说话。这就像她以前跟父亲一起在俄亥俄郊区钓鱼时一样，用脆弱的西尔斯渔竿去吊很重的鲶鱼，稍不留神，它们转眼就跑了。

“鲍比·凯利，”她又开始试探道，“他来看您时，都问了什么问题？”

他眼睛垂下，闭了起来。“你知道的，都是些平常问题。你是他的女儿吗？”

“我们只是朋友。”

“他现在人呢？”

“他最近很忙，没办法过来。他要我向您问好，他说上个月跟您交谈十分愉快。您说了很多，他跟我说您讲了……关于什么来着？”

“那个地方。”

“什么地方？”

“在纽约的一个地方，我让他去的一个地方。他跟我说，那个地方他找了好久。”

鲁伊心跳得厉害。她转过头去，直直地看着老人浑浊的眼睛。

“我叫他去那个地方的时候，他高兴极了。当我告诉他时，你真该看看他的表情。噢，他是真的非常高兴。毕普思上哪儿去了？”

“正在玩儿呢，艾略特先生，我正看着它呢。您让鲍比·凯利去了什么地方？”

“他非常急切地要找到那个地方，我就告诉他了，我确定我告诉他了。”

“您现在还记得是什么地方吗？”

“噢，是那些地方中的某一个……你知道的，有很多地方。”

鲁伊身体前倾。求您记起来，她心想。求您了，求您了求您了求您了……但是她嘴上什么也没说。

沉默。老人摇了摇头，他体会到这个问题的重要性，眼中充满了沮丧。“我记不起来了，抱歉。”他搓着手，“有时我觉得自己快要疯了，真的疯了。我觉得很累，我想小睡一会儿。”

“没关系，艾略特先生。”她感到有些失望，但依旧微笑着轻拍了一下他的手臂，又迅速将手缩了回去，因为他的手实在是瘦得只剩骨头了。她想到了自己的父亲。“嘿，别担心。”

鲁伊站了起来，走到他身后，抓住白色的轮椅把手，松开刹车，推着轮椅向人行道方向走去。艾略特突然说：“佛罗伦萨酒店。西五一四街四十四号。在第十大道上。”

鲁伊僵在了那里。接着她立刻蹲到他身边，将手放在了他消瘦的手臂上。“这就是您叫他去的地方？”

“我……我想是的。是我脑子里突然蹦出来的。”

“太棒了，艾略特先生。太感谢您了。”她凑上前亲了一下他的脸颊。他摸了摸被亲到的部位，似乎脸红了。

理查德出现了，朝他们走来，正打算说话。鲁伊举手示意他停下脚步、不要说话。

劳尔·艾略特说：“我现在想要小睡一会儿。毕普思呢？”

“它在玩呢，很快就回来了。”

艾略特朝四处看了看，“小姐，我能告诉你件事吗？”

“当然。”

“我说了谎。”

鲁伊顿了一下，继而又说：“是什么？请告诉我。”

“毕普思是个小浑蛋，多年来我一直想把它送给别人。你认识想要养狗的人吗？”

鲁伊大笑起来：“我不认识，抱歉。”

艾略特看着花朵，又变得相当好奇，他开始拆外面那层玻璃包装纸，结果怎么也拆不掉，于是他又把花放回了腿上。鲁伊从他那儿拿过花，把包装打开。他用手轻轻地握住了它们。“你有空还会再来的，对吗？每到春天我们都会举行派对。我们能一起讨论电影，我喜欢这样。”

鲁伊回答道：“我很乐意。”

“请代我向你父亲问好。”

“当然，我会的。”

护士走了过来。老人的头朝轮椅的一边垂了下去，他的呼吸缓慢，眼睛没有完全闭紧，但他睡着了，甚至还轻声地打起了呼噜。

鲁伊看着他，想起了父亲走向生命尽头时的样子，如此相像。癌症、艾滋、老熟……死亡的气息都如出一辙。

护士朝她点点头，接过轮椅，推着他走向小路的远处。一朵花掉在了地上，护士将它捡了起来，又放回他身上。

一团厚厚的云飘了过来，鲁伊觉得它看起来像一条龙，正靠强健的后腿直立着。她转向理查德。“我们离开这儿，回西戴吧。”

第十四章

佛罗伦萨酒店，靠近哈德逊河，在地狱厨房，也就是西中城。

鲁伊很清楚纽约的历史。这儿一度是城市中最危险的区域，是地鼠帮和哈德逊清洗队的地盘。跟这些心狠手辣的黑帮比起来，黑手党都显得不堪一击。绝大多数的危险分子都随着城市化的进程慢慢退出了历史舞台，特别是通往新泽西州的隧道建成那会儿。但部分爱尔兰和拉丁黑帮的残渣依旧存在。总之，这个地方，不太适合晚上一个人在外面瞎晃悠。

太谢谢了，理查德，她心想。

他把她放在了佛罗伦萨酒店门口就走了。这是一个四层楼的廉价酒店，外墙剥落得厉害，显得伤痕累累。她之前已经问了他是要去干什么，不过紧接着她就敏感地意识到，再追问下去也许会坏事。

“我没办法留在这儿，”他对她说，“你一个人没问题吧？”

“没事。我是女超人。”

“今晚要跟一些人碰面，不然的话，我会留下来陪你的。”

她没有问是跟谁碰面。虽然心里急切地想知道，但她没问出口。

“不用，我没事。你去忙吧。”

“你确定？”

“去吧。”

一些人……

她看着车开走，他朝她正式地挥了一下手。她稍稍犹豫了一会儿，接着小心翼翼地绕过一个流浪汉，他睡在橱窗下一盒空啤酒罐前面。她推开大堂的门，走了进去。里面混杂着一股潮湿的墙纸、消毒液，以及某些动物体臭的综合气味。这种地方会让你想要屏住呼吸。

接待员站在安全玻璃后，抬头看着她。他的样子在玻璃后面显得有些扭曲，看着是一个很瘦的男人，头发往后梳得光溜溜的，穿着一件很正式的礼服衬衫，下面是深褐色的灯芯绒裤子。衬衫上有很深的污渍，而裤子上也留着浅色的印渍。

“嗯？”他问道。

“布鲁克林区的社工。”鲁伊说。

“你这是在问我吗？”

“我在介绍自己。”

“嗯，一个社工。”

“我正在努力收集一个病人的资料，他在这儿住过一个月左右。”

“你们难道不都称呼他们为客户吗？”

“什么？”

“我们这儿能碰上一大堆社工。他们没有病人，只有客户。”

“我的一个客户。”她纠正了自己。

“你有执照吗？”

“执照？驾照吗？你瞧，我实际年龄比看上去要大一些——”

“不，社工许可证。”

居然还要许可证？

“哦，那个啊。你瞧，上周我在工作的时候遭到了抢劫。就在贝德福德－史蒂文森特[1]，当时我正在拜访一位客户。他们把我的包抢走了——我的另一个包，一个质量很好的包——里面装了我的许可证。我已经申请了一张新的，但你知道补张新证需要多少时间吗？”

“说来听听。”

“比补办护照的时间还长，起码需要几个星期。”

那男人咧嘴一笑。“那你是从哪所社工学校毕业的？”

“哈佛。”

“扯淡吧。”笑容依旧挂在他脸上，“没别的事儿的话，我正忙着呢。”说着他拿起一本《国家地理》，翻开看了起来。

“你瞧，我也有事情要做，我要找出一个人的信息。罗伯特·凯利。”

接待员抬头瞥了她一眼，什么也没说。但即便他们之间隔了层被磨坏了的有机玻璃，鲁伊还是能看出他目光中的警觉。

她继续说道：“我知道他在这儿住过一段时间，我想是个叫劳尔·艾略特的人推荐他来的。”

“劳尔？没有人叫劳尔。”

鲁伊使出浑身的耐心，问：“你记得凯利先生吗？”

他耸耸肩。

她继续追问道：“他有没有在这儿寄存过什么东西？比如手提箱之类的。或者在保险柜里留了个包裹？”

---

①纽约市布鲁克林区一贫民窟。

“保险柜？我们这儿看上去像个会有保险柜的旅馆吗？”

“这很重要。”

又来了，他什么都没说。突然，鲁伊明白了。她在电影里看多了。她慢慢拿起包，打开，把手伸进去，掏出五美元，朝他妩媚地推了过去。就跟一个多月前，她看的某部电影里的男演员一样。哈里森·福特，她觉得，或者是迈克尔·道格拉斯。

电影里的男演员得到了他想要的答案；而她得到了一阵大笑。

鲁伊又给了这个接待员十美金。

“听着，小姑娘。现在索要信息的市场价是五十美元，全市都这个价，就像一个工会。”

五十？该死的。

她又递给他二十。“我只有这么点儿了。”

他收下钱，说：“我什么都不知道——”

“你个浑蛋！把钱还给我！”

“——除了一件事。关于你的客户凯利。几天前，来了个牧师模样的人，我不知道是不是。他说之前凯利让他保管了一个手提箱，但他在新公寓里找不到凯利，这儿是他唯一知道的另一个住址。这位牧师也许觉得我知道凯利人在哪儿。他不知道该怎么处理那个手提箱。”

对了！鲁伊心想。她记起了《心跳曼哈顿》里罗伊藏钱的那一幕，就是在一个教堂旁边的墓地里。

“太棒了，真好！他待的教堂在哪儿？你知道吗？”

“我没记下来，但我想他说在布鲁克林区。”

“布鲁克林！”鲁伊举起双手，将它们放在了满是灰尘的有机玻璃上。她踮起脚，身体前倾。“真是棒极了！”

那男的把她的钱放到了口袋里。“嗯，真是愉快的一天。”他又把杂志打开，开始阅读一篇关于企鹅的文章。

鲁伊走到外面，找到一个电话亭，打电话给阿曼达·勒克莱尔。

“阿曼达，我是鲁伊。你最近好吗？”

“好多了，我很想他，你知道吗？罗伯特……虽然我们只认识了一小段时间，但比起一些我认识了好多年的人，我更经常想起他。我一直在想这个，你知道我想到了什么？”

“什么？”

“也许是因为我们不再那么年轻了，所以我们用较少的时间，变得更加亲密。就好像是，我们已经没有太多时间了。”

“我也很想他，阿曼达。”鲁伊说。

“没有听到任何关于赛明顿先生的消息。”

“他没回去吗？”

“没，没人见到他。我一直在四处打听。”

“嗯，我有个好消息。”她把教堂和手提箱的事情告诉了她。

电话那头的女士好一阵子都没吭声。“鲁伊，你真觉得里面会有钱吗？他们一直在向我追讨房租，我正试着找份工作，但真的很难找到。没人会雇我这样的老太婆。”

“我觉得我们算是走上正道了。”

“那么，你需要我做点什么？”

“去给布鲁克林区的所有教堂打电话，问问凯利先生有没有留下一个手提箱在那儿。你可以去图书馆找布鲁克林的电话簿，我们音像店里就有一本。我从 A 打到 L，你从 M 打到 Z。”

“Z？会有教堂的名字以 Z 打头吗？”

“我不知道，圣扎巴氏[①]？”

“好的，明天早上第一件事：开始打电话。”

鲁伊挂掉电话。她朝四周望去，太阳已经西下，城市慢慢被阴郁的气息占领。看着周遭的环境，她觉得有些伤感，剩下的则是害怕。她非常容易遭受袭击。低矮的楼房——很多都被烧毁了，或是有不同程度的毁坏——几家汽车修理店，废弃的小餐馆，还有几辆停在路边的车。要是她遭到袭击，街上没人会帮她。几个穿着帮派服装的孩子正坐在台阶上，轮流喝着一瓶柯尔特 45[②] 或是抽着大麻。一个黑人妓女穿着一双高得吓人的高跟鞋，靠在铁丝围栏上，抱着双臂。还有一些流浪汉，他们在各种门口逗留着。

她觉得自己迷失了方向，即便已经回到了曼哈顿，但她依旧觉得有东西将自己和自由，和西戴分隔了开来。

她开始沿着街道向南走，一路看着肮脏的人行道。她紧靠着外侧边缘——远离小巷子和楼房，那里潜伏着抢劫犯和强奸犯。

她想起了《指环王》。探险旅程总是在春天出发，天气晴朗，好朋友们都会来送行，背包里放着满满的食品和饮料。但终点却是在魔多——最凄凉的王国，一个充满了火焰、死亡和痛苦的地方。

似乎正有人跟着她，她回头时，却只看到自己的影子。

她终于回到了中城，搭上了一班地铁。一小时后她回到了家，那个阁楼。没有理查德的消息，桑德拉也出去了——居然在周日约会？太不公平了！大家都不该在周日约会。该死的。她把《心跳曼哈顿》塞进了录像机，又播放了起来。电影放到一半时，她才意识到自己一直在跟着演员们背台词。她居然记得非常清楚。

①曼哈顿区最有名的食品店。

②美国麦芽酒牌子。

太他妈可怕了，她心想。不过，她还是让电影一直播到了最后。

哈尔特很愤怒。

这是周一上午，他正坐在自己的联排别墅里。赞恩刚才打电话告诉他，其中一个目击者，苏珊·埃德尔曼就快出院了。而另一个，名字很奇怪的那个，她正在调查这个案子，似乎比纽约警察局还卖力。

愤怒。

这种情绪在这个行业里是很少见的。哈尔特以前做警察时，是不允许愤怒的。当他做士兵或是雇佣兵时，他对自己的愤怒束手无策。而如今——作为一个职业杀手——他发现，愤怒是一种负担，相当危险。

可是如今他愤怒极了，怒火中烧。

他坐在家里，琢磨着这桩该死的事情现在有多糟糕。杀人本来是一件很简单的事情。一个月前，他和赞恩坐在广场酒店的酒吧里，他们喝醉了，变得多愁善感并且异常理性。他们觉得自己的工作比其他人的都好一些，因为很简单，而且单纯。一杯接着一杯的乐加维林威士忌下肚后，哈尔特开始嘲笑起那些广告商、律师和商人。“他们的生活太复杂、太操蛋了。”

赞恩反驳道：“但这就是现实，现实本身就很复杂。要是你喜欢这样的现实，那你去追寻好了。反正我喜欢简单的生活。”

赞恩的意思是，这份工作中有种独特的准则。哈尔特一直信奉这样的观点：别人付钱给他，他去完成任务。要是他没办成，那么他就把钱退回去，或者再去试一次。非常简单明了。人要么死，要么活。

但是，这次的任务不再那么简单了。太多没有了结的事情，太多问题；接下来的走向有太多种可能性了。他的处境很危险，赞恩的处境很危险。当然了，花钱雇他们俩的人，处境也很危险。

那个在圣路易斯的人目前还不知道事情的状况，但是一旦被他发现了，他一定会暴跳如雷。

想到这些，哈尔特更加愤怒了。

他想要做点儿什么，但是目前还不知道该如何着手。有个目击者躺在医院里……还有个在音像店工作的奇怪姑娘……他需要处理掉一些这样的琐事。但是，一大早在喝咖啡时，他没能想清楚该怎么去解决。想要阻止一个人威胁到自己，方法确实有很多。你可以杀了他，在某种情况下，这是最有效的方式；有的时候，杀掉目击证人或是多管闲事的人，会让案件变得更难侦破，于是警方会将案件的优先权降低。但有的时候，杀人的作用恰巧相反，可能会引起媒体的注意，那就会刺激警察更加努力地侦查。

杀人只是一种办法。但同时，你可以让那些人吃点苦头，吓唬吓唬他们。这么做不会造成很大的身体伤害，但是完全能达到警告的效果，他们将会在很长、很长的一段时间内不再搅局。截肢或失明……通常情况下，他们就学乖了，对于自己看到或知道的事情产生了健忘症。而警察也不能给你定谋杀罪。

你也可以杀掉或者伤害和他们很亲近的某个人，朋友或者情人。他发现这么做很有效。

那么该选哪一种方法呢？

哈尔特站了起来，伸展了一下身体。他看了看手腕上的名贵手表，走进厨房，又做了杯咖啡。这种口味很重的意式特浓咖啡让赞恩焦躁不安，但哈尔特觉得这样的咖啡能让自己平静下来、理清思绪。

小口喝着威力无比的咖啡。

思考：本该是很简单的事情，如今何以变得异常复杂。

思考：是时候采取行动了。

她出现了，就在前面。

哈尔特在一条小巷子里，等了她半个小时。

她正朝南走去，沉浸在自己的小小世界中。

他对她很好奇。哈尔特经常对自己的目标很感兴趣，他也不知道，自己怎么能够如此细致地观察别人，并且很快地了解他们，而这么做的唯一目的是要结束他们的生命。这样或那样的信息，也许有人会觉得有趣、可爱或是迷人，但实际上有可能是整件事的关键。只需要一条简单的信息——在这家店买东西，上班开车走这条路，和这个秘书乱搞，在这条河里钓鱼。

他们之间只隔了半个街区，她突然停了下来，朝一家店的橱窗望去。衣服。女人总会为衣服逗留吗？哈尔特自己就很会穿衣服，也很喜欢服饰。但他去买衣服，往往是因为旧西装穿坏了，或是衬衣裂了口，而不是因为喜欢在一家通风不畅的商店里看着一排排的布料。

但他注意到，这是关于她的信息。她喜欢逛街——或者说，往往只看不买——这会让整个事件圆满结束。因为街道的不远处，离她正在看的这家商店一个街区的地方，他看到了一个建筑工地。

他穿过街道，从她身边慢跑过去，她压根儿就没注意到他。他仔细检查了一下这个工地。建筑工人们在一幢即将拆掉的五层楼房周围搭满了脚手架，房屋里有工人，但都在另一个单元内，甚至都看不到这条街。他穿过脚手架，走到了敞开的门口。他看着电线丛林，还有阴冷的光束。这片空旷的区域原来应该是门厅，地上被扔满了垃圾：玻璃、管道、钉子，还有啤酒罐。

不是什么理想的地方，但能凑合。

他瞥了一眼街道，看到姑娘进了那家服装店。

很好。

他从口袋里掏出橡胶手套，找了根绳子，用随身携带的剃刀把它割成二十英尺长，接着又用这根绳子和几段管子做了个东西。五分钟后全部搞定。他回到大楼的入口处，躲在了阴影里。

会等很久吗？他心想。

但是他最终发现不需要。只等了四分钟。

她在街上溜达着，不管刚才买了什么，她似乎对其十分满意。这个姑娘完全没在意周边的任何人和事，而是在人行道上边走边享受春天的早晨。

还有二十英尺，十五英尺，十英尺……

她走到了脚手架下面，当她正对着他时，他说：“噢，嘿，小姐！”

她停下来，吓得倒吸了口气。她深呼吸了一下。“噢，你吓了我一跳！”她有点儿生气地说。

“只是想提醒你一下，当你走路的时候要多加留意，附近这一带很危险。”

他没再说什么。她瞥了他一眼，想看看之前是否见过这个人。接着，她的目光从他的脸移到了拿着绳子的手，绳子穿过门，一直延伸到了人行道上，最后系在了她旁边的墙柱上。

她意识到接下来要发生些什么。“不要！求你了！”

但是他还是那么做了。哈尔特猛拉了一下绳子，把那根墙柱从一层脚手架底下抽了出来。他之前就把其他的柱子弄松了，还把下面的木头抽走了。于是绳子系住的，是支撑着数吨钢材和建筑用木板的唯一墙柱，那些东西在她头上堆得有二十英尺高。

她一边尖叫一边举起双手，十指张开。但这只是一个下意识的姿势，纯粹是动物的本能——好像这样就能避开向她砸下来的巨大重量。这场混乱的声音太响了，哈尔特都没听见她的叫喊。那些木头和钢筋——像巨大的长矛——全都砸到了她身上，空气中升腾出一层灰尘做的烟云。

仅仅十秒钟，一切都结束了。哈尔特跑到那根墙柱边，把绳子解开，扔进了面前这个巨大的垃圾堆里。接着他取下橡胶手套，离开了建筑工地，并且小心地绕开了正从废物堆里蔓延出来的血泊。

一个男人正站在楼梯的最顶端，三百六十度环顾了这个姑娘的阁楼。

有遗书吗？有日记吗？有目击者吗？

他穿着一件夹克衫，上面缝了个名字：汉克。在名字下面，他自己还印了“公共事业部，抄表服务”几个字。

这个抄表员走进阁楼里，在书架间踱步，时不时抽出几本书，翻上一翻。

这里一定有什么东西。她简直是个收破烂的，所有的东西都不舍得扔掉。而且，该死，这儿看起来不像有什么东西。

他得工作了：通读所有的书本、纸张，所有的垃圾。毛绒玩具、零碎的便条和日记……他妈的，她也不好好把家规整一下。这么找下去，永远也找不到想要的东西。他想把房间里的东西都扔掉，扯开那些旅行箱，割开那些垫子。但是他没那么做，他进行得很慢，很有条理。这有违他的天性。如果你在赶时间，那么请放慢动作。这句话是别人告诉他的，而他一直记在了心里。他曾为这个人效过力，但是这个人现在死了——不是因为他不小心，而是因为做他那种生意的人，时不时就会被别人弄死，仅此而已。

如果你在赶时间，那么请放慢动作。

仔细地检查靠枕、盒子和书架。

沙发里塞了一个盒子，上面写着“魔法水晶”。里面是几块石英石。“魔法。”他低声说道，好像这个词他一辈子都没说过，好像这是个日语词。

上帝。我他妈的简直就像在外太空一样。

他找到一盒录像带，上面写着《心跳曼哈顿》。他拿了起来，又将它放了回去。

突然，传来了阵阵脚步声。

该死，会他妈的是谁呢？

咯咯的笑声。一个女的声音传来：“不要在这儿，拜托，不要，等等。”

他把手伸进口袋，握住口袋里的枪。

一个二十几岁的女孩停在了楼梯口，她穿着白色的文胸，衣服褪到了腰间。她看着他，他也看着她。

“你他妈的是谁啊？”她边问边心不在焉地把衣服拉到了胸口。

“那你是谁啊？”

他问话的口气让她立马就给出了答复：“桑德拉。”

“你是她的室友？”

“鲁伊的吗？我想是的。”

他大笑道：“你想？你们认识多久了？”

“不算，呃，很长。”

他套取信息时非常谨慎。他观察着她的肢体语言，判断她是危险还是善良，判断她之前是否杀过人。“‘呃，很长’是多久？”

“嗯？”

“你他妈认识她多久了？”

“最多几个月吧。你他妈在这儿干吗？”

一位穿运动装的金发男人出现在了楼梯上，接近三十岁。他一边斜视着，一边站到了桑德拉身边。

抄表员没理他。

她说：“呃，你在这儿干吗？”

他已经把书架检查完了，上帝啊，他可不想把每本书都翻一遍。这里起码有五百本书。

“嘿，”金发男子说，“这位女士在问你问题呢。”

听上去像一部烂片的台词。抄表工很喜欢电影，他一个人住，每个周六下午他都会去离家很近的影院。

他瞥了一眼，问：“是什么？你刚才的问题？”

“你在这儿干吗？”她不自在地问道。

他拍拍胸口说：“我是抄表的。”

“你不能就这么进到别人家里吧？”年轻男子说。桑德拉试着让他闭嘴——不是因为话中的内容，而是他说话的口气。但是男子手一挥，没理她。“未经允许，你是不能进来的。这算非法入侵，是可以起诉的。”

“哦，可以起诉的。那是什么意思呢？”

“意思就是她能将你这个混账告上法庭。”

“哦，可以起诉的。呃，我们接到电话说这儿漏水。”

“哦？什么地方漏水？”桑德拉问，“谁打的电话？”

抄表员对着她咧嘴一笑，又盯着她的胸部看了看，奶子不错。她长得不丑，需要一些粉饰，但绝对不能是现在脸上的朋克妆容。白色的文胸怎么像是老太婆穿的那种？他耸了耸肩。“我不知道，楼下的某个人在抱怨。”

“呃，我没发现有地方漏水。”她说，“那你怎么还不走？”

“你们最近没有漏过水？”

“怎么一个抄表的会对维修和漏水这么感兴趣呢？”桑德拉那位急着上床的男伴问道。

抄表员朝窗外望去，景致真他妈的叫人难以置信。他转过头来，说：“有时候漏水看下水表就知道了，这能讲得通吧，你说呢？”

“你刚才在翻鲁伊的东西吗？”

“没有，我在找水表。”

桑德拉说：“呃，水表不在这儿。所以，你为什么不离开呢？”

“你为什么不说‘请’字呢？”

金发壮小伙就像雷德福、史蒂夫 · 麦昆或是史泰龙那样，走到桑德拉前面，双臂在马球衫前交叉，说：“这位女士想让你离开。”

需不需要专业地解决这个问题？抄表员在心里打鼓，结果向另一边屈服了，就像往常那样。他说：“如果她真是位淑女，怎么会跟你这种浑蛋搞？”

金发男子笑了，摇摇头，往前走去。他绷紧的肌肉一定是练诺德士健身器材的成果。“你现在就滚出去。”

结果整个过程没什么意思。抄表员决定迅速结束这不专业的部分。噢，要是跟一个知道自己在干吗的人掺和在一起……那就另当别论了，也许还能打上几个回合，活络活络关节。但这个该死的雅皮士……天哪。

他们推推搡搡，稍稍扭打了一番。说了几句在街上寻衅打架会说的话，“怎么了，你他妈的……”，诸如此类。

抄表员觉得这样下去很无聊，同时，再待在这里也太冒险了，况且他也不知道这两个人是否叫了别人来一起玩。他摆脱了对方的防守，在金发男子的上腹和下巴各来了一拳。

击中，就是这样。两记闷拳，那个男的跪在了地上。在上腹的那拳，与其说很痛，不如说会反胃。也许这是他第一次跟别人打架。

妈的，他就要——

这家伙吐了一地板。

“天哪，安迪，”桑德拉说，“真恶心。”

抄表员扶起安迪，把他放到了床上。

好了，玩得差不多了，他想。是时候专业一些了。他对桑德拉说：“事情是这样的——收账代理人，你朋友的信用卡欠了好几千没还，这一年来她都在躲着我们。我们实在是厌倦了。”

“听上去像是鲁伊会做的事，嗯。瞧，我不知道她在哪儿。我好久没听——”

他抬起手说：“你他妈要是敢跟别人说在这儿看见过我，我会像对待这家伙一样对你。”他朝床上的年轻人扬了扬头，那家伙正用手臂遮住了眼睛，呻吟着。

桑德拉摇摇头。“我什么也不会说的。”

正当他走出去时，桑德拉说：“你打得不错。”她让裙子滑落了下来，再次露出了胸脯。抄表员把裙子拉了上去，笑着说：“告诉你的男朋友，他得把左手摆得高些。他是个防守型的人。”

第十五章

“鲁伊女士？”

正当她走出华盛顿广场音像店的大门时，听到有人喊她，于是停了下来，转过身去。

鲁伊并没有看这位喊住她的男士，她的注意力全被破皮夹里的警徽和身份证件给吸引住了。他是个联邦法警。

太棒了，她心想，甚至还没意识到自己应该感到紧张才对。

“我叫迪克森。”

他长得完全就是选角导演会选来做联邦探员的模样。高大，棱角分明。他带有一点点皇后区的口音。鲁伊想起维吉尔·明内利探长穿着西服的样子。面前这家伙穿的是牛仔裤和球鞋，还戴了顶黑色的棒球帽：桥梁和隧道族[①] 的装扮——意思就是：住在外围行政区里。艾

①专指住在曼哈顿之外那些行政区，在曼哈顿通勤的人，他们每天都要走大桥或者隧道才能来到曼哈顿。

尔瑞尔是鲁伊下班后最喜欢去的酒吧，但如果穿成这样，她就进不去那儿了。整齐的棕发让他看起来像个承包商。

“就叫我鲁伊，不用加女士。”

他收起警徽，鲁伊瞥到他腰后别了把很大的枪。

太帅了……施瓦辛格式的枪，她心想。天哪，这种枪能把卡车都打穿。

接着，她又想起来，自己应该感到紧张才是。

他眯起眼睛，然后微微笑了一下。“你不记得我了。”

她摇了摇头。身后的门自动关上了。

“那天我看到你了——在第十街的那间公寓。我是凶案组的。”

“在凯利先生的公寓里？”

“是的。”

她点点头，回想起那个可怕的上午。但是她唯一记得的，却是明内利那双靠得很近的眼睛。

被打爆的电视机。

凯利先生的脸。

他胸口的血。

迪克森看了一下记事本，把它放回口袋，问：“你最近和苏珊·埃德尔曼联系过吗？”

“苏珊……噢，另一个目击者。”那个穿着名牌慢跑服的有钱人。“我昨天给她打过电话，可能是前天。她还在医院里。”

“好的。我能问问你为什么要打给她吗？”

因为总得有人去缉拿凶手，而警察对此毫不关心。但是她对迪克森说：“就是问问她的情况，怎么啦？”

迪克森停了好一会儿。她不喜欢他看着自己的样子，一脸审视的表情。他说："埃德尔曼女士一个小时前被杀了。"

"什么？"她倒吸一口凉气，"不！"

"恐怕事实就是这样。"

"是怎么回事？"

迪克森继续道："她走路经过了一个建筑工地，一个脚手架掉了下来。看起来可能是个意外，但是，当然了，我们不这么认为。"

"噢，不……"

"第十街上的凶杀案发生后，有人威胁过你吗？或者，你注意到什么可疑的事情了吗？"

"没有。"她心神不宁地低下头，对着地上看了好一会儿，接着又抬起头看着这位法警。

迪克森近距离地仔细观察着她的脸，自己脸上则什么表情也没有。他说："为了你自己，也为了很多其他的人，我需要你告诉我，你跟这件事究竟有什么瓜葛？"

"没有……"

"这件事真的很严重，小姐。也许起初像是个游戏，但它不是游戏。现在，我甚至可以将你保护性拘留，这一点我们待会儿再说……我觉得你不想在女子拘留所住上一个星期，对吗？那么，跟我讲讲你的故事？"

他口气里透出一丝很关切的样子。当然，他这是在威胁她，但也许这就是他办事的作风。可能是工作造成的。况且鲁伊也确实很担心，自己的结局会跟凯利或苏珊·埃德尔曼一样。

所以她说了一些事情。关于那部电影、那笔失窃的现金，以及凯利先生和这宗抢劫案的关系。但没有提及赛明顿、教堂、手提箱，还有阿曼达·勒克莱尔。

迪克森慢慢点着头。她看不出他在想什么。唯一吸引住他的，似乎是那桩很久之前的抢劫案。

为什么讲到那个的时候，他的眉毛抬了一下？她不清楚。

迪克森问："你住在哪儿？"

她给了他地址。

"电话号码？"

"家里没电话。你可以打电话到这儿，这家音像店，给我留个信息。"

迪克森想了一会儿，说："我觉得你目前没有什么危险。"

"我什么也没看到，我真的没有。就那辆绿车，我只记得这个了。没看到凶手的脸，没看到车牌号。他们没理由要杀我。"

这些话似乎把他给逗乐了。"呃，问题不在这里，小姐。你还没死，是因为有人不想让你死。至少现在不想。如果他们要你死，你早就离开人间了。假如我是你，我就会把银行抢劫案的钱抛之脑后。也许这也是凯利先生被杀的原因。你也许现在还很安全，但如果你继续追踪的话……谁知道会发生什么事情？"

"我只是——"

突然之间，他的表情变得温和起来。他微笑着说："你是个漂亮的姑娘。你很聪明，也很坚韧，我看得出来。我只是希望你不要出事。"

鲁伊说："谢谢，我会记在心里的。"但她脑子里却在想另外两件事：迪克森没戴结婚戒指。另外，他比自己起先设想的要可爱得多。

"这是怎么回事？那家伙有警徽吗？"斯蒂芬妮听上去气都喘不上来了。

鲁伊走到华盛顿广场音像店的柜台后，和斯蒂芬妮一起站在了收银机前。她回答道："他是个联邦法警……"接着她开始摇头，"另外一位目击者——凯利先生谋杀案，还记得吗？——她被杀了。"

"不！"

"有可能只是意外，但也可能不是。"鲁伊盯着显示器，录像机里没放片子，她正看着一片无声的雪花。"也许不是意外。"她低声说道。

"那你，嗯，安全吗？"斯蒂芬妮问。

"他觉得是。"

"觉得？"

"但是有一件事很有趣。"

"是什么？"

"他真的是个联邦法警吗？"

"你刚刚不是说了吗？"

"那他怎么会来调查东村的一桩谋杀案呢？"

"什么意思？"

鲁伊正在思考。"我看过一部关于迪林杰的电影。你知道约翰·迪林杰[①]吗？"

"我不知道。"

"哈，他是抢劫银行的。这个，嗯，就触犯了联邦法律——所以缉拿他的就不是某个城市的警察了，而是出动了G人。"

"G人？"

"联邦探员。你知道的，政府人员[②]。比如联邦调查局的人，或者联邦法警之类的。"

"哦，等等，你是说，他不会是在调查那桩银行抢劫案吧？就是你

①二十世纪三十年代大萧条时期中，活跃于美国中西部的银行抢匪，美国黑帮的一员。

②"政府"的英文为government，首字母是G，因此上文称他们为G人。

之前跟我讲的，五十年前的那桩。”

鲁伊耸耸肩。“他什么都没说，但这件事也太凑巧了，你觉得呢？当我告诉他了一些事后，他似乎真的很感兴趣。”

斯蒂芬妮又看起了《综艺》。“有点牵强。”

但整件事里，什么才能算做牵强——理查德也许会这么问。

鲁伊找出布鲁克林的黄页，翻到“教堂”部分。真是好笑，你居然能在一本电话簿里同时找到三陪服务、管道公司和教堂的联系方式。

她翻着书页，妈的，真是有不少页呢。

她开始打电话。

半个小时后，斯蒂芬妮问鲁伊：“你觉得我能得到那个角色吗？”

“什么角色？”鲁伊一边用耳朵和肩膀夹住电话，一边心不在焉地问。她正在呼叫等待中。（这也很奇怪，打电话去教堂居然还有呼叫等待。）

“我没跟你讲吗？我下周要去试镜。虽然只是个广告，但还是……他们给的酬劳很丰厚。我一定要得到这次机会，这太重要了。”

当牧师接起电话，鲁伊突然站直了。

“喂？”

“大人，神父，先生……我想要问问我祖父的消息。罗伯特·凯利，大概七十岁左右。他来过你的教区吗？”

“罗伯特·凯利？没有，小姐，我很肯定。”

“好的，神父，谢谢。哦，祝您今天过得愉快。”她把听筒放回支架上，把黄页推到一边，问斯蒂芬妮：“你会对牧师说这种话吗？”

“什么话？”

“‘祝您今天过得愉快’？我是说，我是不是应该说些更加有意义的话，更加超自然点儿的？”

“你想说什么就说什么好了。”斯蒂芬妮放下《综艺》，开始把一堆录像带重新放回架子上。她说：“要是我得不到这份活儿，那我就去死。百分之百的商业广告，就三十秒。我要演一个患有经前综合征的年轻妻子，得先吃点儿药，才能享受结婚纪念日的晚餐。”

“什么药？”

“我不知道。‘逃离经痛’。”

“什么？”

“呃，类似这样的名字吧。然后我吃了药，开始快乐地和丈夫一起跳华尔兹。我得穿一条纯白色的长裙，这么做真的很恶心，在和月经有关的广告里穿白色。同时，我也很担心，因为我不会跳华尔兹。跳舞不是我的强项，而且我——我只告诉你一个人——我唱歌也不太好。不能唱歌跳舞，找工作时真是有苦说不出。”

“你的身材和发质都棒极了。”

而且你还很高，该死的。

她又翻了几页，去掉了犹太教会和清真寺。“阿曼达也在打电话问……我真为她感到难过。可怜的女人。试想一下——她的朋友被杀了，而自己也快被赶出这个国家了。”

“对了，我觉得他们不是都叫‘教区’的。”斯蒂芬妮说。

“你觉得，是我说了教区这个词，把他们惹怒了？”鲁伊皱起眉头。

“我觉得，除非你崇拜撒旦或者下恶毒的诅咒才会惹怒他们。我想他们不会在意你怎么称呼他们的教堂。我告诉你是为了你的……你知道，精神修养。”

鲁伊拿起电话，又将它放下。她瞥见门口有个很瘦、肤色很暗的年轻姑娘正走进来。她留着正统的童花头，穿着藏青色西服，手里拎着一个很重的律师或者会计用的公文包。鲁伊迅速打量了一下她，悄悄对斯蒂芬妮说："赌一美元，她要租理查·基尔。"

斯蒂芬妮没有马上答应，当她看到那姑娘走到喜剧片区，从架子上拿下了《骗中骗》，才从包里拿出四个二十五美分放到了收银台上。鲁伊掏出一张一美元放在了这几个硬币旁边。斯蒂芬妮低语道："觉得自己很了不起，嗯？你看得出来？"

"我看得出来。"鲁伊说。

姑娘在走道里徘徊着，完全没感觉到鲁伊和斯蒂芬妮正在假装干活儿，实际上在观察自己。她走到柜台处，把这部纽曼和雷德福演的片子放在了收音机旁的橡胶找零垫上。"我要这一部。"她把会员卡递给鲁伊。斯蒂芬妮笑了，伸手去拿钱。姑娘突然犹豫了一下，说："噢，也许我还要再租一部。"于是走向了戏剧区。

她把《叱咤风云》放到了《骗中骗》旁边。理查·基尔意乱情迷的眼神从封面上射了出来。斯蒂芬妮把那两美元朝鲁伊推去，并把租金放进了收银机里。姑娘抓过录像带走出了店门。

"你是怎么知道的？"斯蒂芬妮问鲁伊。

"瞧。"她在电脑里输了那个姑娘的会员号，然后出现了一排她的租借记录。

"这是作弊。"

"要是没有胜算的话，就不要打赌。"

"我有点儿糊涂，鲁伊，"斯蒂芬妮说，"你觉得凯利先生沉迷于某个神秘宝藏，但是你看，这个姑娘在半年里租了十次理查·基尔的片子，这就跟凯利先生一样奇怪。"

鲁伊摇摇头。"不，你知道她为什么会这么做吗？他是她的梦中情人。你知道现在的世道，性是一种很危险的游戏，你最好把它——嗯，掌握在自己手里。就我而言，这很明智。”

“有意思，你看起来更像是个爱冒险的人——去追踪神秘的财宝和杀人凶手，却不愿意随便和一个男人上床。”

“我会跟别人上床。我只是想确定，这人是不是我要找的那个。”

“‘你要找的’？”斯蒂芬妮嗤之以鼻，“你确实喜欢追求不现实的东西，对吗？”

鲁伊把那盘翻录的《心跳曼哈顿》塞进了录像机里。几分钟后她惊叹道：“她难道不美吗？”露比·达尔留着金色的波波头，正和扮演她未婚夫（罗伊，那个警察）的达纳·米切尔手牵着手散步。布鲁克林大桥在身后若隐若现。这正好是在劫案之前，罗伊接到了队长的电话，称赞他工作做得非常好。但是这位巡警非常担忧，因为他破产了。他得照顾生病的母亲，他不知道自己什么时候才能跟露比结婚。也许他得离开警局，到某家钢铁公司去打工。

“但是你很擅长现在的工作，罗伊，亲爱的。我觉得他们会让你当上局长的。嗯，要是我能说了算，我一定会这么做的。”

帅气的达纳·米切尔走在她身边，一脸严肃。他告诉她，她是个好姑娘，而他是个非常幸运的穷光蛋。镜头开始慢慢拉远，直至两人变成两个小黑点，消失在这朦胧的黑白城市之中。

鲁伊往下朝收银台瞥了一眼。“哦，上帝啊！”

“怎么了？”斯蒂芬妮惊恐地问道。

“有个电话留言。”

“所以呢？”

“弗兰基人呢？该死的，我要踹死他……”

“什么？”

“是他记的留言，可是他把便条放在了一堆收据下面。”她把字条举了起来，“你看，你看！是理查德留的。昨天他把我放在西区后就没再联系我。”鲁伊扮了个鬼脸，“临走的时候还亲了一下我的脸颊。”

“哎哟！就亲了一下脸颊？”

“对。而且是在看到我裸露的上身之后。”

斯蒂芬妮直摇头。“这样可不好。”

“可不是吗。”

字条上写着：

鲁伊——理查德让你明天去他家吃晚饭，他负责做饭。他有个惊喜要给你，他还问你为什么不买个电话。哈哈，但他只是在开玩笑罢了。

“太棒了！我以为星期天去了疗养院后，他对我就失去兴趣了。”

“疗养院？鲁伊，你真该挑个浪漫的约会地点。”

“哦，我会的！我知道一个超赞的垃圾场，我要去——”

“不行，不行，不行。”

“那儿很干净。”她又开始抖松自己的头发，“我该穿什么呢？我刚在二手玫瑰店买了这件波点背心，还有这条虎皮短裙，大概只有八英寸宽……怎么啦？”

“虎皮？”

“哦，呃，不是真虎皮……如果你很痴迷热带雨林或是类似东西的话，我的意思是，这是新泽西产的。”

“鲁伊，问题不在于那些濒临灭绝的物种……”

“那么，问题是什么？”

斯蒂芬妮仔细地打量着她。“这是夜光耳环吗？”

“我上个万圣节买的，”她边摸着骷髅头，边防备地说：“你为什么这么看着我？”

“你很喜欢童话故事，对吗？”

“当然。”

“你知道灰姑娘吧？”

“哦，我的最爱。你知道格林兄弟写的真实版本吗？那位母亲用刀切掉了两个丑女儿的脚后跟，好让她们的脚能塞进——”

“鲁伊。”斯蒂芬妮耐心地说道。

“什么？”

“让我们想一下迪士尼版本的。”

鲁伊谨慎地看着她。“好吧。”

“你还记得吗？”

“嗯。”

斯蒂芬妮慢慢地绕着鲁伊转悠，打量着她。“你知道我在想什么吧？”

“噢……好好打扮一番？”

斯蒂芬妮笑了。“我这么做不是要针对你。我只是觉得你需要一位女救星。”

第十六章

鲁伊想要穿紧身一点。

斯蒂芬妮很不情愿地迁就着她，陪她去了很多家专卖紧身衣服的店铺，但此趟征程显然很失败。鲁伊在狭小炎热的试衣间里足足待了有半小时，试着不同款式的黑色长裙，整理头发，好让自己看起来像奥黛丽·赫本，好让自己的曲线再优美一些。但是紧接着，“土气”这个词钻进了她的大脑，于是，虽然她脱下裙子能看到自己平坦的腹部、修长的双腿，以及漂亮的脸蛋，但一想到土气，所有的幻想都破灭了。今天别想穿长裙了。

“你赢了。”鲁伊对斯蒂芬妮咕哝道。

“谢谢，”斯蒂芬妮生硬地回答道，“现在我们回去上班吧。”

她们朝南走去，离开了格林尼治村。

“理查德喜欢又高又瘦的类型。”鲁伊解释道。

“他当然喜欢啦，”斯蒂芬妮回答道，“他是个男人嘛。他有可能还喜欢红色的紧身胸衣和黑色的吊带袜。”不过她继续耐心地解释说，女人永远不该为取悦男人而买衣服，应该为取悦自己而买，这么做，能同时让男人更加尊重和渴望她。

“你是这么认为的？”

“我很清楚这一点。”

“很好。”鲁伊说。

斯蒂芬妮转了下眼珠说：“我们应该学习欧洲人。”

“理查德长得很像法国人。我想让他改个名字。”

“改成什么？”

“本想叫他弗朗索瓦，但我现在更倾向于让－保罗。”

“他对此怎么说？”

“还没跟他说呢，可能再等个几周吧。”

“聪明。”

苏荷区，原本是毗邻格林尼治村的仓库和制造业区，如今正在慢慢变得时尚起来。这地方曾是艺术家聚集的魔法堡垒——根据城市区域特色，工作中的画家和雕塑家可以合法居住在此。但是后来政府只允许持有执业资格的艺术家住在这里，这么做对于控制房价完全没有作用。同时大量的美术馆、酒吧和精品店涌入了商业大楼，住房的价格疯涨至几万美元……好笑的是，很多律师和银行家们突然发现自己很有绘画和雕塑方面的天赋。

她们路过了一家服装店，店里的墙体是素净的白色。鲁伊猛地停了下来，凝视着一件黑色的丝绸衬衫。

“爱死这件了。”

“我也是。”斯蒂芬妮表示同意。

“我们去买吧？”

“不行。”

“为什么？这件衣服怎么啦？”

“看到标牌了吗？上面的数字不是序列号，而是价格。”

“四百五十美元！”

“快点儿，跟我来吧。我知道这条街上有一家西班牙服装店。”

她们在西百老汇转弯到了斯普林街，来到一家店里。鲁伊立刻爱上了这家店，因为当她们推门进去时，门口的一只白色大鸟对着她们说：“你好啊，笨蛋。”

鲁伊环顾了四周，说：“我很喜欢这里。但是里面的衣服既不时尚也不新潮。”

“本来就不是这种风格。”

经过二十分钟的仔细搭配，斯蒂芬妮赞许地看着鲁伊，这下，她才肯让鲁伊照镜子。

“太棒了，”鲁伊小声说道，“你简直就是个魔法师。”

一条暗红色的长裙，不紧身，很飘逸。上面是一件黑色低胸T恤，外面是一件蕾丝的透视衬衫。斯蒂芬妮挑选了几对橙色塑料片做成的耳环。

“这和我以前的风格很不一样，但确实也很适合我。”

“我觉得你简直是提升了一个档次。”斯蒂芬妮说。

店员把衣服包了起来。鲁伊说：“你知道红色小母鸡的故事吗？”

“是芝麻街里的吗？”

“我想不是。她想烤一些面包，但是没有动物愿意帮助她，除了一个。我忘记了是哪个，鸭子，兔子，谁知道呢？反正，面包烤好后，所有的动物都过来问她要。但是她说：‘滚开，你们这些小人。’她只和帮助自己的那个分享了面包。嗯，要是我找到了那笔银行的赃款，我肯定会分一点给你的。”

“我？”

“你相信我。理查德不相信我，警察们也不相信我。”

斯蒂芬妮什么话也没说。她们走出商店，回到了西百老汇大道。“你没必要这么做，鲁伊。”她最终开口说道。

“但是我想，也许你可以辞掉音像店的工作，全身心地去试镜。”

“真的不用……”

“不，”浓重的匈牙利口音又出现了，“不要和农妇争了，她们非常固执……噢，等等。”鲁伊看到街对面有一家店，“理查德说会给我一个惊喜，我也想买点东西给他。”

她们穿过百老汇大道，躲闪着车辆。鲁伊停下来喘气，往橱窗里看了看。“男人们都喜欢什么啊？”她问。

斯蒂芬妮说：“他们自己。”说着她们俩走进了店里。

商店看起来很未来主义，但鲁伊觉得这家店似乎是卖古董的，因为这儿让她想起自己母亲口中的六十年代——花哨，布满了发着光的奇怪电灯、飞船和飞机，还有一股混合的香薰味——麝香、广藿香、玫瑰，还有檀香。

鲁伊看着一张背光式海报，上面是一只在空中航行的轮船。她说：“非常复古。”

斯蒂芬妮环顾四周，显得有点儿无聊。

展示柜里是各种水晶球、水晶石、石头、猫眼石、金银、包着银丝的石英魔法棒、头饰、陨石、航天局的纪念品、电子乐磁带，以及一些光幻觉的东西。旋转棱镜上的彩色灯光在墙上上蹿下跳。

“这些东西快让我发癫了。”斯蒂芬妮发着牢骚。

“这是一家最最极端的店铺，不是吗？太奇妙了！”鲁伊拿起两只恐龙，让它们在手里跳舞。

“珠宝不错。”斯蒂芬妮倚在其中一个柜台上。

“你觉得他会喜欢什么？”

“这些玩意儿都太贵了。简直是敲竹杠。”

鲁伊转起了万花筒。“我觉得他不会喜欢玩具的。”

店员是一个很瘦的黑人，他的脸有点儿圆，但很帅，留着雷鬼头。他对鲁伊说：“你在里面看到了什么？”

“极乐世界。你看。”她把重重的万花筒递给了他。

他也开始把玩起来，往孔里看了又看。“啊，极乐世界，没错。今天是个特殊的日子，万花筒让你顿悟了一些东西。给你打个对折。”

鲁伊摇摇头。“花钱买感悟，似乎不太合理。”

“这里是纽约，”他说，“你想怎样？”

斯蒂芬妮说：“我饿了。”

接着，鲁伊看到了手镯。在一个巨大的玻璃金字塔里放着十几个银手镯。她走到柜台尽头，盯着它们，嘴巴微张，发出了一个“噢”字。

“你喜欢它们，对吗？”店员问道。

“我能看下那只吗？就在那儿。”

鲁伊拿起细长的手镯，放到面前，反复端详起来。手镯一边越来越细，一边越来越粗，最终变成两只紧扣在一起的手。

雷鬼风格店员笑着说：“她看起来很棒，戴在你手上，她看起来棒极了，但是……”

“‘她’？”斯蒂芬妮问道。

店员在研究鲁伊的脸。“也许你正考虑要把她送给某人，你是这么想的，对吗？”他用修长、优美的手指拿着手镯，仔细地看着它。鲁伊想起理查德慢慢打开啤酒罐的手。店员抬头问道：“给一个男性朋友？”

鲁伊没在意他的话。“你怎么知道？”斯蒂芬妮问他。

他默默地笑了，说：“他是个好人，我觉得。”

斯蒂芬妮不安地看着他。“你怎么知道的？”

至于鲁伊，完全没被店员的话惊到。她说：“我买了。”

“这个太贵了。”

雷鬼店员皱起眉头。“嘿，我让你顿悟，我给了你爱，你居然说这个太贵了？”

“跟他讲讲价。”斯蒂芬妮带着命令的口气说道。

鲁伊说：“把它当成礼物包起来。”

雷鬼店员犹豫道：“你确定？”

“确定，我很确定。怎么啦？”

“噢，因为这个手镯，她对你的生命很重要，我有这种感觉。绝对非常重要。”他抚摸着这个金属环，“不要这么快就把她送掉。不要，千万不要，不要这么快把她送掉。”

“我们现在能去吃饭了吗？”斯蒂芬妮问，“我饿死了。”

当她们走到门口时，店员大声对鲁伊说：“你听到我说的了吗？”

鲁伊回过头，看着他的眼睛，说：“我听到了。”

“‘我进去，长官。’”

华尔街附近的三一教堂门口有一个热狗摊，鲁伊买了两个，先递给了斯蒂芬妮一个。她继续说道：“‘我进去，长官’，这句话是罗伊警察——达纳·米切尔——对队长说的。当时警察都站在了银行门口，拿着扩音器和手枪。‘我进去，长官。’这很出乎意料，因为他只是个负责巡逻的警察，而且特别年轻，大家都没注意过他。他却自愿去营救人质。”

鲁伊从摊主那儿接过自己的那份热狗。她们俩坐在了墓地前的铁栅栏旁。成千上万的人从百老汇大道上走过，有些消失在华尔街口，走入那些扭曲、严肃而丑陋的建筑物中。

斯蒂芬妮若有所思地吃着。她每咬一口，就会迟疑地看着手上的热狗。

“接着，罗伊就说：‘让我试试，长官。我能把他说通。我知道我可以的。’”

“嗯哼。”斯蒂芬妮凝视着前方，目不转睛地看着移动的人潮。

“于是副队长说：‘好吧，警官，如果你想去，我不会阻止你。’”

鲁伊把吃剩的半个热狗扔了。她站了起来，“‘但是这很危险。’”她的声音听起来相当夸张，就跟电影里的人物一样。“说话的是另外一名警察，也是他的一个朋友。而达纳——还记得他那梦幻般的长相吗？——达纳说：‘我不会让任何人在我的巡区里死掉。’他下巴的线条让人觉得很刚毅。他把帽子戴正，把警棍给了这位朋友，接着穿过街道，从侧面的窗子爬进了银行。”鲁伊突然开始加速，“快点儿，我们走，我想去看看现实中的这家银行。”

斯蒂芬妮看了眼自己的最后一点点热狗，把它扔进了垃圾桶里。她用薄纸巾擦了擦手和嘴巴。

她们来到了华尔街。一道柔和的白光从乳色的云层中射出来，但整条街道都是密密麻麻的深色楼房，因此显得很昏暗。

鲁伊说：“片子就在原来的联合银行大楼里拍的——那儿也是抢劫

案的真实发生地。银行在几年前破产了，而大楼也卖给了别人。从此那儿几经易手，去年被某家公司买了下来，一楼被改造成了餐馆。”

斯蒂芬妮说：“那我们能去那儿买杯咖啡吗？我想喝点咖啡。”

鲁伊非常兴奋地走在她前面，接着放慢速度，后退了几步。“这样做是不是过头了？重走一遍四十年前演员们走的路？也许达纳·米切尔还停在这里，把脚放到消火栓上系鞋带呢。”

“可能吧。”

“哦，快看！”鲁伊一把抓住了她的手臂，“就是那儿！那个转角处！警笛响起、警察逼近后，劫匪就是在那儿开了一枪。那幕戏真是太棒了。”她跑向街角，躲闪过一个穿粉色套装的年轻女士，退到了一个大理石雕像后，装出正在受到袭击的样子。“斯蒂芬妮！快趴下！快点去找掩护！”

“你已经疯了。”斯蒂芬妮边说边慢慢走到墙边。

鲁伊向前走来。“你想挨子弹？快趴下！”

她一把拉住斯蒂芬妮，笑得都直不起腰来。几个路人听到她的声音，警惕地环顾起四周。斯蒂芬妮假装不认识鲁伊，低声说道：“你神经错乱啦！”接着她又对着人群大声说道，“她发神经啦！”

鲁伊的眼睛炯炯有神。“你能想象吗？银行就在那个街角，而且……听！”远处传来手提钻的声音。“是机关枪！劫匪有把机关枪，一把老式冲锋枪。他正在朝我们这里开火。好，就在那个街角，他劫持了一个人质，手里还拿着一百万美金。我必须去救他！”

斯蒂芬妮大笑起来，用力拽着鲁伊的手臂。也开始演了起来。“不，哦，你别去。太危险了。”

鲁伊调整了一下头上的隐形帽子，放松肩膀。“我不会让任何人在我的巡区里死掉。”说着就朝街角走了过去。

一辆推土机恰好出现在她面前，正在把联合银行大楼的某一层铲成废墟。

“不……”鲁伊停在了拥挤的人行道中间。好几个上班族撞到了她，她后退了几步。“哦，不。”她把手放到了嘴上。

这家拆迁公司已经把楼的大部分都给拆了，只剩下一小堵墙。矮壮的推土机正在清理大量的碎石、木屑和金属。

鲁伊说：“他们怎么能这么做？”

“什么？”

“他们把它给拆了。大楼不复存在了。”

鲁伊慢慢从斯蒂芬妮身边走上前去，看着那些工人把手提钻弄得咣当作响。他们站在四十英尺高的残垣上，把脚下的砖石凿成了碎片。她看了一眼街道，慢慢穿了过去，停在了一道夹板墙前，这块板把行人和施工场所很好地隔离开了。

她没办法从工人们开的观测孔里望进去，因为这些洞在六英尺高的地方。因此她从开着的铁丝网门里走进了施工现场。一条巨大的土堤坡道通向地基，装满垃圾的卡车都停在了那里。大量的碎石掉进金属容器时，发出了一声声巨大的碰撞声响。

斯蒂芬妮追了上来。“嘿，我觉得我们不该待在这里。”

“我感觉很奇怪。”鲁伊对她说。

“为什么？”

“他们就这样把整个地方都拆了，这也太……似曾相识了。电影里也有这样的镜头，我记得很清楚，但现在一时想不起来了。他们怎么能这么做？”

她们脚下还有一辆推土机，正举起一块网状钢筋放在裸露的石头上。这时她们头顶上响起了一声难听的鸣笛声，推土机马上退了回去。

接着又是两声。一分钟后，炸弹被引爆了。她们脚下剧烈地震动起来。烟雾。网状钢筋都移动了好几英尺。第三次警报响起——似乎是——解除了危险。

鲁伊眨了眨眼睛，泪水流了下来。“事情不该是这个样子的。”

她弯腰捡起一块银行外墙上掉下来的碎大理石——灰色中略带粉色，像是鲑鱼的颜色，有一面非常光滑。她盯着它看了好久，然后将它放进了口袋里。

“事情完全不该是这个样子的。”她重复道。

“我们走吧。”斯蒂芬妮催促着。

推土机把网状钢筋移到了别处，然后挖了满满一斗碎石。

第十七章

手镯早就包好了。

但当她走到第三大道——经过一些打折商店、贺曼商店还有熟食店后——她发觉这张包装纸太女性化了。上面是藤蔓图案，虽然没有《一千零一夜》的插图那么娘娘腔，但理查德可能会把它们看成花朵。

于是半路上她把手伸进包里，把包装和丝带都拆了。她手上涂了新的指甲油——粉色，不是往常的绿色或者蓝色，换换花样。

接着，在第二十三街等交通灯的时候，鲁伊又开始担心包装盒了。一个装在盒子里的礼物，应该是某种，怎么说呢？显然过于正式。要是给男人们一份精心准备的礼物，他们可能会被吓到。

该死的男人们。

她的手指又忙碌了起来，从豹纹皮包的底部拿出了盒子，上面还黏着很皱的阿拉伯风格包装纸。她举起手镯，在灯光下仔细看了起来。

等等，会不会太女性化了？

这要紧吗？记住，他是位哲学骑士，不是那种大惊小怪的人。不过，他体内一定有某种双性并存的东西——就像赫马佛洛狄忒斯[1]。想到这儿，鲁伊发现了他们俩如此般配的理由了。男女，阴阳，同时在他们俩体内流淌着。

她把手镯放到了口袋里。

你瞧，是这样的，我本想买给自己的——还记得吗，我跟你说过我超喜欢手镯的。我看到这个手镯，觉得我戴着太男性化了，所以我想，嗯，突然觉得你似乎……

鲁伊停下来等红灯。她正站在一家印度商店门口，锡塔尔琴声和熏香味飘到了街上。绿灯亮了。

你瞧，我去了一家打折的首饰店。买一送一，对，玩儿真的，太好了。于是我开始想：我认识的人中，有谁会喜欢手镯呢？你猜是谁？你啊……

穿过马路。

他的公寓楼就在前面。她试着让自己客观些，但心中依旧失望极了。这是一栋方方正正的高层公寓楼，窝在一堆方方正正的高层公寓楼中间，像是曼哈顿郊区的房子。她无法想象自己的黑衣骑士居然和商人、护士，还有纽约大学里的学生一样，蜗居在这种小窗户里。

噢，好吧……她继续沿着人行道走到大楼的正对面。

嘿，理查德，你想要一个手镯吗？如果不要，没关系，我可以送给我妈妈、妹妹、室友……但要是你喜欢的话……它的设计很大胆，你不觉得吗？——你看看。

鲁伊没走几步就到这幢大楼跟前了，她对着窗玻璃照了照自己。

---

①希腊神话中的阴阳神。

噢，一个手镯？鲁伊，真是太好了！赶紧让我戴上看看，我永远也不想把它拿下来。

她用袖管把这个银手镯擦亮，接着又放回了口袋里。

噢，一个手镯。呃，其实，我从不戴这种东西……

呃，其实，我前女友自杀当天就给了我这么一个手镯……

呃，其实，我对银过敏……

该死的男人们。

看到他那深色的头发和法式的脸庞，一股疯狂的电流又击倒了她。她知道自己的声音就快发抖了，于是她暗想，该死的，一定要控制住。

用什么口气好呢？挑逗的？惊讶的？性感的？最终她选择了中立的一声“嗨”。她站在他家门口，两人都一动不动。

他摆出一副“我们只是普通朋友”的表情，这让鲁伊心里一沉。见到她，他似乎非常惊讶。“鲁伊，嘿，最近过得怎么样？”

“很好，很好……你呢？”

嘿，最近过得怎么样？

“还行。”他点头道，她感到他很不自在，尽管此刻他脸上依旧挂着笑容。她快爆炸了，想顷刻间消失，又想把手放在他身上，永远不拿开。但更多的是在想，他究竟怎么了。

沉默。一位瘪嘴老妇人牵着一只凯恩梗走过他们身边，轻蔑地瞥了他们一眼。理查德问：“音像店的生意怎么样？”他上下打量着她，却对她的新装扮只字未提；看了眼耳环，也没有任何评价。

“很好，不错。”

“呃，进来坐会儿吧。”

她跟着他进去。

等等，她想，开始仔细打量起他来。他穿着淡蓝色的系扣衬衫，茶色斜纹绵长裤，还有一双船鞋。天哪，船鞋！完全没有黑色，一点儿也不时髦。他看上去像个上东区的雅皮士。

接着她又开始打量起他的公寓。她无法理解——一个穿黑色皮衣的人，一个开啤酒罐时那么优雅的人，居然住在一个放满白色康兰家具的地方，墙上贴了几张摇滚海报，还有一个海鸥的金属雕塑。

一个海鸥的铜雕？

"我去看样东西。"

他走进了厨房。不管他在烧什么，闻起来都香极了。她认识的女孩中，没人能让厨房飘出这样的香味。上天能作证，没有人。

她翻看着他的书架。大部分是她看不懂的技术类书籍、大学教科书，还有一大堆《纽约时报》和《大西洋月刊》。

他从厨房走了出来，双臂交叉着。"那么——"他显得小心翼翼。

"嗯哼，那么。"鲁伊一时也想不出要说什么，接着不假思索道，"我想，晚饭过后，你也许想去兜个风。我知道一个超赞的地方，在皇后区，是个垃圾场。我认识那里的老板，他会让我们进去的。那里超刺激，就跟恐龙墓园一样。你能坐在某些残骸上——它们没有那么脏，你知道的，跟垃圾比起来——看整个城市的日落。绝对很疯狂。整个垃圾场都是你的……好了，理查德，快点告诉我，我究竟做了什么，把今晚的气氛搞砸了？"

"其实——"

"嗨。"门口传来一个姑娘的声音。

鲁伊转头看见一个高挑的金发女郎走了进来。她穿着灰色的细条纹西装，一双黑色的高跟鞋。她朝鲁伊友善地瞥了一眼，继而走到理查德面前拥抱了他。

“鲁伊，这是凯伦。”

“嗯，嗨，”鲁伊说。接着她对理查德说：“你的留言？关于共进晚餐的？”

凯伦漂亮的眉毛往上一扬。她从纸袋里拿出一瓶酒，知趣地走进了厨房。

“实际上，”理查德小心翼翼地说，“我是约你周四晚上来吃晚餐。”

“等等，可是留言上说是明天。上面的日期写的是昨天。”

他耸了耸肩。“我告诉电话里的那个家伙——弗兰基什么的——我告诉他是周四。”

她点点头。“而他觉得今天是星期四。该死的重金属，把他的脑细胞都毁了……他妈的，他妈的，他妈的。”

哟，仙女，请挥动一下你的魔法棒，让我从这儿消失吧。

“听着，你想留下来喝点儿酒吗？”

这可真是一幅美丽的画面啊，她心想。我们三个喝着小酒，而他却一直在盼着我离开，好跟这位高挑的凯伦做些高难度的坦陀罗姿势。

“不了，我想我还是先回去吧。”

“好吧，我送你到电梯口。”

噢，现在不要跟他争辩了。

理查德继续道：“噢，等等，我去拿一下要给你的东西。”

“给我的惊喜？”

“是的，我觉得你会喜欢的。”

“嗯，鲁伊，你是怎么跟理查德认识的？”凯伦在厨房里大声问道。

是啊。他那天晚上选中了我，自那会儿起，他就一直想上我。

“在一家音像店里。我们讨论了一点儿电影。”

“我爱电影，”凯伦大声说道，“也许哪天我们三个可以一起去看。”

“也许吧。”

理查德从卧室走了出来，手里拿着一个白色的信封。

那是我的礼物吗？

“马上就回来。”他对凯伦说。

“这个酱料真是太棒了！”她在厨房大声说道。她把头探出门口，“很高兴认识你。噢，我很喜欢你的耳环！”

当他们走向电梯时，理查德说：“凯伦是我的朋友，我们一起工作。”

鲁伊心想：你不是在写小说吗，别人怎么跟你一起工作？

他们在走廊上经过了四户人家后，他说：“这确实有点儿尴尬，但我跟她真的只是普通朋友。”

“我们是恋爱关系，对吗？我是指，我跟你。”

“当然，我们是恋人关系。我是说，但我们不能总是约会，对吗？我们也可以有一些别的朋友。”

“当然，就应该是这样的。”

“对。”

我绝对要杀了弗兰基……

他按了往下的按钮。

我们又不赶时间。

“噢，给你。”他把信封塞给了她。

她打开一看，里面是一张新学院的入学申请表。新学院就在第五大道上。

开玩笑。这一定是在开玩笑。

“我认识一个招生办的人，”理查德解释道，“他告诉我，他们正在运营一个新项目，零售管理学。你不需要任何学位，就能拿到一张文凭。”

她觉得很恶心。“等等，你这是在给我做职业规划吗？”

“鲁伊，你这么聪明，这么有活力，你如此具有创造力……我担心你把自己的生命就此浪费了。”

她一言不发地看着手里的这张纸。

理查德说：“你能在音像制品业大展拳脚，成为一名经理。接着，也许你就能买下一家音像店，甚至是一家连锁商店，最终站到这个产业的最顶端。”

她苦笑道：“但……这就不是我了，理查德，我不是那种要力争上游的人。你瞧，我之前就告诉过你，我在餐馆、自行车修理铺、熟食店、鞋店里都打过工。我在街上卖过饰品，在杂志社干过体力活儿，在梅西百货卖过男士香水，还在一间电影实验室上过一阵子班。而这些只是近几年我搬来这里后干的活儿，在死之前，我还要尝试更多的工作。我不打算把全部的生命都用来当一个音像店经理，或者类似的任何职位。”

“你难道就不想要一份事业吗？”

她感觉自己被完完全全地背叛了。甚至比发现理查德和凯伦躺在床上——这件事几分钟后就会发生了——还要严重。

当她不出声时，他说：“你应该考虑一下。”

鲁伊说：“有时我会想着去上学，拿个学位，去法学院，或者商学院，就跟我姐姐一样。诸如此类的想法。但是紧接着，你猜发生了什么？我脑海中会浮现出这样一个画面。想象自己十年后在一个鸡尾酒派对上，有人走过来问我是干什么的。于是——最恐怖的事情来了——我有一个答案。”她冲着他微笑。

“最恐怖的是？”

他完全没能理解。“问题的关键就在于这个。无论我做什么，可怕的是，我总会有一个答案。我会说：‘我是个律师，一个会计，一个鬼玩意儿制作人。’砰！这就是我，用一两个词就能定义。这让我吓得屁滚尿流。”

“你为什么这么惧怕现实？”

“我的生活很真实，但显然，不是你口中的现实。”

他严厉地说道：“不，你的生活一点儿也不真实。瞧瞧你玩的这个游戏……”

“什么游戏？”

“寻找失落的财宝。”

“这么做有什么不对的吗？”

“一个人被杀了，你明白吗？你难道没想过吗，发生在罗伯特·凯利身上的绝对不是什么游戏。你会受伤，你的朋友会受伤，你想过这些吗？”

“事情很快就解决了，你只需要相信……”

他一把抓住她的肩膀，生气地将她带到走廊尽头的窗户边，她吓得倒吸了一口凉气。他指着窗外，楼下是公路、铁轨和生锈的设备——巨大的涡轮机，以及一些金属部件。远处是一家小工厂，周围全是发黄的废水、烂泥和污垢。

“那是什么？”他问。

她摇摇头，表示不理解他的问题。

“那是什么？”他拉高了嗓门。

“什么意思啊？”鲁伊的声音碎裂了。

“那是个工厂，鲁伊。周围全是垃圾和污染。但是它能养活人们，他们交税、搞慈善，并且还能给自己的孩子买球鞋。这些孩子将来会变成律师、教师、音乐家，或者变成另一家工厂的工人。就是这样。它不是宇宙飞船，不是城堡，不是通往地下世界的入口。它仅仅是个工厂。”

她非常平静。

“我很喜欢你，鲁伊，但是跟你在一起，就像是在拍电影。”

她揉了揉鼻子。楼下的汽车飞驰而过。“电影有什么问题吗？我喜欢电影。”

“没什么问题。只是你要知道，它们不是真的。你很快就会发现我不是个骑士，而且，好吧，也许真有一笔赃款——这是我听过最疯狂、最胡闹的事情——但是，很多年前它就被花掉了、偷走了、或者弄丢了，你不可能找到的。如今你把人生浪费在一家音像店里，在幻想中蹦来蹦去，等待着一个连你自己也不知道是什么的东西。”

“你大可活在自己认为的现实中。”她边说边揉着鼻子。

“童话故事不能让你真正地活下去。”

“我告诉过你，童话故事不一定都有完美的结局！”

“可是，即便它们结局不完美，鲁伊，你得合起书，将它放回书架上，接着面对自己的生活。它们不是真的。如果你继续现在这样的生活，你将会受到伤害。或者，你周围的人会受到伤害。”

“那么，为什么你就是现实专家呢？你自己还在写小说呢。”

他叹了口气，目光从她身上移开。“我没在写小说，我这么说只是想给你留下好印象。我甚至都不读小说。我为公司写视听脚本。‘你好，我是约翰·琼斯，你们的总裁，欢迎来到我们的第八十八届销售节的现场……’这东西既不神秘也不好玩，但能让你拿到钱。”

“但你……你就跟我一样。酒吧、跳舞、魔术……我们喜欢一样的东西。”

“只是一种表演，鲁伊，就像这样生活着的所有人一样。但是你除外，没人能像你这般不可思议。当你变得轻佻、不可靠时，你会错过地铁、公交车还有约会。你——”

“但是，”她插嘴道，“总会有下一班车的。”她揉了揉眼睛，发现睫毛膏都晕开了。糟糕。她觉得自己看起来一定很可悲。她轻声说道：“你骗了我。”

电梯到了。她推开他，走进了电梯。

“鲁伊……”

他们之间隔了三英尺，她在里面，他在外面。过了很长一段时间，电梯门才慢慢合上，鲁伊想，换成迪尔姆德，或者任何一位骑士，都不会让她这样离开。他会把门推开，追进来，抱住她。

告诉她，他们能解决这样的分歧。

但理查德只是转过身，沿着走廊走了回去。

“总会有下一班车的。”门关上时她小声说道。

“‘你同父异母的姐姐们让你穿这样的破烂衣服？不，不，不，亲爱的，这可不行。穿成这样，怎么能成为舞会中最美丽的人呢？好了，我来看看，我能做点什么。对了，好，噢，这样就行了……’

“她闭上眼睛，将手中的魔法棒挥动了三下，一件丝质的蕾丝礼服出现了，整件衣服是由金丝银线缝制而成。至于她脚上……”

鲁伊一边走在大学城里，一边背着这些台词。她停下来，把新学院的入学申请表揉成一团，朝一个垃圾桶投出了一记三分球。

她在一家假发店的挂镜中打量着自己。口红很好，颧骨上的腮红很有意思，也很简单。谢谢斯蒂芬妮。眼妆也很好——至少是在眼泪将她变成大浣熊之前。

她又喝了一口米勒[①]——这已经是纸袋里的第三罐了。她在街口的熟食店买了六罐，走过两个街区后只剩下了三罐。

一对牵着手的情侣走过她身边。

鲁伊情不自禁地盯着他们。他们完全没有发觉，他们沐浴在爱河之中。

"'噢，亲爱的，'仙女对灰姑娘说，'车夫！把南瓜变成马车后，没有车夫怎么行？啊哈，小老鼠们……'"

鲁伊又看了看镜子，用手拨弄了一下头发，接着往后退了几步，看看成果。

她想：我看起来一点儿也不像灰姑娘。我看起来像个矮个子荡妇。

她垂下肩膀，把手伸进包里。她掏出一包纸巾，擦掉脸上残留的化妆品，把头发梳好。

她把橘色的耳环取下，扔进了包里。尽管那位身材高挑的凯伦很喜欢它们。

这到底是怎么回事？为什么让男人对自己产生兴趣就这么难？

她考虑了所有的因素。

我人不高，头发也不是金色的。很对。

我不漂亮，但也不算丑。

也许我是个女同性恋。

鲁伊想到了这一点。

这很有可能，而且能解释得通。就比如男人们很容易对她产生好感，却从来没人向她求过婚——也许他们嗅到了她的性取向。（她不

---

①美国一个啤酒品牌。

是那么待嫁心切——但她确实很想有一个能说“让我考虑考虑”的机会。）

不，她就不是男人喜欢的那种类型。这也许就是全部的原因，也许这就是诸神创造出的你。他们将你创造成矮小可爱型，有那么一点像奥黛丽·赫本，但还不足以让男人——真正的男人，有骑士风度的男人，像加里·格兰特这样的男人，侠客们——为之倾倒。诸神很快就让你放松了下来：要是他们创造你是为了配理查德这样的男人，那么他们会让你再高四英寸，胸围得要36C，或者，至少也得是B，接着再给你一头金发。

但要真是同性恋的话……这事儿就得好好思考一下。她能应付得了吗？完全的自我坦白有时很难，但她不得不承认，有些事情是命中注定逃不掉的。

认清这一点后，她顿时感觉一身轻松。这就解释了为什么她不愿意跟一个男人很快上床——她也许压根儿就不喜欢跟男人发生性关系。要是说理查德能像电流一样让她兴奋，也是因为他体内有一定的女性成分——这点她之前就意识到了。就是这样，通了。

这种事很难开口告诉妈妈。

也许她该去剪个平头。

也许她该去做个修女。

也许她该杀了自己。

到了第八街的路口，她没有朝地铁口那儿走，她还不想直接搭车回家。她转到另外一条路上，回到了音像店里。

她知道自己想干什么。

租一部电影。也许该租《一夜风流》，反正回头都要大哭一场，为什么不就着电影好好哭一场呢？冰淇淋、啤酒、电影。金三角组合不能打破。

《飘》怎么样?

还是《女同志》?

十分钟后她推开了华盛顿广场录像店的门。弗兰基·格里克在柜台后面,一副温顺老实的样子。

嗯,他就应该这样,居然把理查德的留言搞砸了……她正打算痛骂他一顿时,发现他正紧张地把玩着录像机的遥控器,感觉心里在想别的事情。他很紧张,但不是因为她。

"嗨,鲁伊。"

"怎么了,弗兰基?你姐姐还好吗?"

"是的,她很好,"他说,"她顺利生下了一个小孩。"

"我知道,你告诉过我们了。你究竟怎么了?"

"你今晚过得怎么样?但愿你过得不错,或者说很好。"一位励志要做摇滚乐手的人,如今说话的口气就跟罗杰斯先生[①]一样。一定是出了什么大事。

"你怎么啦?"

"没什么,鲁伊,我听说今晚外面有点儿冷。"他的样子就像是在演周六夜现场[②]里的一个蹩脚小品。

"冷。你他妈的在——"

"鲁伊?"一个低沉的男性嗓音响起。

她转过身去。噢,是那个联邦法警。迪克森,她还记得他的名字。

①弗雷德·罗杰斯,美国教育家,儿童电视之父。

②美国一档于周六深夜时段直播的喜剧小品类综艺节目。

"嗨。"他说。

"嘿，迪克森法警。"

他大笑起来。"听上去像是某部西部烂片中，大家喊治安官的腔调。叫我菲利普好了。"

她看着弗兰基，他的面色比二月里的米克·贾格尔[①] 还惨白。"我看到了他的警徽。"弗兰基说。

"他会把乱写电话留言的人抓走。"鲁伊嘀咕道。

"什么？"

"没什么。"

"你最近怎么样？"迪克森笑着问道。接着他皱起眉头，看着她的脸。"上面有一点儿……"他指着她的脸颊。

她抽了张纸巾，把残留的眼妆擦掉。

"这下好了。"迪克森说，"嘿，我很喜欢你这身行头。"

"真的吗？"

他上下打量着她——显然，她又感到了阵阵电波，虽说没有对理查德的这么强烈，但仍旧……

"我从来没吸过毒。"弗兰基·格里克说。

迪克森好奇地看着他。

"有些音乐人会吸毒。我的意思是，你也许听说过。但我从来没吸过。我写的一部分歌跟毒品有关，但那个，嗯，它只是歌曲的一种素材，我一向远离毒品。"

"嗯，做得好。"

鲁伊朝他瞪了一眼，接着对法警说："案件有进展了吗？"

---

①米克·贾格尔（Sir Michael Phillip "Mick" Jagger，1943— ），英国摇滚乐手，滚石乐队创始成员之一。

“没。”接着他很快意识到自己不该用蓝领的口气说话，于是补充道，“没有，关于埃德尔曼的死，没有进一步的证据。”他耸耸肩，“现场没有指纹，没有目击者。你最近发觉有什么怪事吗？被跟踪什么的？”

“没有。”

迪克森点点头。他开始看录像带，拿出一部，又放了回去。

“那么——”他说。

两个不同的男人在同一个晚上说了两种“那么”。她试着搞清现在这个的意思。

“我能跟你聊聊吗？”他边问边示意她到店门外去，

“当然。”

他们靠窗站着，旁边是迈克尔·J. 福克斯的硬纸板人像。

“我觉得你可能想知道一下进展。我去查了你跟我说的那桩案件，就是联合银行抢劫案。”

“你去查了？”

他摇摇头。“严格意义上说，我什么也没查到。案子虽说还没结，但自五十年代以来，就没人在管这个案子了。能让警察一直追查下去的只有谋杀案。我试着去找文件，但它们似乎在十几、二十年前就被扔了。”

“我还以为这个案件是你在办呢。”

“抢劫案？我们？”迪克森又大笑起来。他笑起来很真诚。而理查德，她觉得，非常神秘。他外表下面藏着什么东西——你很难相信他的笑容。迪克森似乎十分坦率。

他把头上的棒球帽摘了下来，孩子气地抓了抓头发，又把帽子戴了回去。

她说："那么，你过来问凯利先生，以及其他事情，是纯属巧合？"

"银行抢劫是联邦调查局的事情，不是我们法警该管的。我会调查这个案件，是因为杀人用的子弹是很多职业杀手会用的。我们要来查证这些东西。"

"特氟龙。"鲁伊说。

"噢，你知道这个？"

"是警察告诉我的。可是，如果你对那宗抢劫案不感兴趣的话，为什么还要去查看文件呢？"

他耸耸肩，把目光移开。"我不知道。这桩案件似乎对你很重要。"

一小股电流，虽然不能跟理查德的伏特数相比，但确实也让她感到了兴奋。另外，理查德，那个她自认为是自己恋人的人，对她的生活指指点点；可这个男人，完全可以说是个陌生人，却为了她不遗余力地去查案子。

红色小母鸡……

她腼腆地看着他，像斯嘉丽·奥哈拉那样。"这就是你大老远跑到这儿来的原因？来跟我讲一个五十年代的案子？"

他耸耸肩，避开了她的目光。"我路过你家，可是你不在。于是我打电话到店里，他们说你有时会出去跟朋友聊电影什么的。"他似乎将这段话练习过很多遍了。这就像一个害羞的男孩在约女孩子出去前会反复背台词一样。他将双臂交叉。

"所以你过来碰碰运气，看看我在不在店里？"

"是的。"过了一小会儿，他又说，"我猜你想知道我到底过来干什么吧。"

"是的，"她说，"我想知道。"

"嗯。"刚要说出的话又咽了回去。一个佩戴这么大把枪的男人，怎么会如此紧张？他继续说道："我想，我是想约你出去。我的意思是，要是你不愿意，那也不要放在心上，但是——"

"鲁伊，"弗兰基喊道，"电话！"

"在这儿等我，"鲁伊对迪克森说，接着又特意补充道，"不要走开。"

"好的，当然，我哪儿也不去。"

她接起电话，是阿曼达·勒克莱尔。"鲁伊，我觉得应该告诉你一下，"出于兴奋，她语速很快，口音也加重了，"维克多·赛明顿的女儿，她在这儿。我是说，现在。你想见见她吗？"

鲁伊瞥了一眼迪克森，他正在看着各种录像带盒。他瞄了一眼限制级区，害羞地将目光迅速移开。

鲁伊内心激烈地挣扎着——她该怎么办？

一个约她出去的男人，以及，自己的探险。

真是不公平。

"鲁伊？"阿曼达说，"我觉得她不会待很久。"

看看迪克森。

看看布鲁克林的黄页。

噢，该死的。

她对着电话脱口而出："我马上就到。"

第十八章

“你的孩子已经生下来了？”

鲁伊正看着大楼住户名单，上面被涂得乱七八糟的，她都找不到阿曼达·勒克莱尔的房号。

她惊讶地看着身边的这位年轻人，他的表情也同样惊讶。他就是两天前替她开门的小伙子——当时她正大着肚子。现在，他又替她开了门，让她走了进去。

“生了，谢谢关心，”鲁伊说，“柯特妮·麦当娜·布里塔妮。六磅四盎司重。”

“恭喜，”他说，情不自禁地看了眼她的肚子，“你，呃，感觉怎么样？”

“感觉棒极了，”鲁伊确信地说道，“刚出去了一小会儿，忘记带钥匙了。”

“你的女儿呢？”

当你说谎的时候，要自信一点。“她在楼上，看电视。”

“看电视？”

“呃，她老爸在带她，他在看电视。他们俩都喜欢情景喜剧……对了，阿曼达·勒克莱尔在几号房间？”

“噢，阿曼达？住二楼的那个吗？”

“是的。”

“我记得是2F。”

“对，对，对。”鲁伊飞奔上去，一步两级台阶。

“你不觉得自己应该慢点儿吗？”

“我是农民出身！”她快乐地大喊道。

二楼的楼梯平台上，她看到凯利先生房门的洞上嵌了一块三夹板，上面还加了一把大大的挂锁。警戒胶带已被换掉。鲁伊从门前走过。

菲利普·迪克森让她很难拒绝。（他，和理查德不同，对于“约会”这个词和它的概念都十分清晰。）

“改天？”他问道。

“当然。嘿，你喜欢垃圾场吗？”她边走出音像店边问他。

他毫不迟疑地说：“爱死了。”

鲁伊现在敲响了阿曼达的门，她在里面问道：“是谁？”

“是我，鲁伊。”

门开了。“很好，她人在楼上。我说服她留下来见见你，她虽然很不乐意，但还是同意了。”

“她有她父亲的消息吗？”

“我不知道，我没问她。我只说你正在找她父亲，是件很重要的事情。”

“他住在哪个房间？”

“3B。”

鲁伊记得，塞明顿住在凯利先生的正上方。

鲁伊开始爬楼。阿曼达和凯利先生那一层闻起来像洋葱的味道，这一层闻起来则像是培根。她停在走廊上，3B 的房门开了有六英寸。

鲁伊慢慢地走了过去，首先看到的是一条裙子的下摆，接着是黑色丝袜里的两条细腿，它们以一种极为自信的姿势交叉着。鲁伊本打算敲门，但后来还是将门直接打开了。坐在床上的女人原本正在浏览一沓纸，现在转过来看着鲁伊。

她的颧骨很高，妆化得很有光泽感，头发上喷了很多定型剂。她看起来像我妈妈，鲁伊心想，猜她大概四十岁出头。她穿着格子西装，抽着一根很长的棕色香烟。她凝视着鲁伊，然后说：“楼下的那位女士……她说有人正在找我父亲。就是你吗？”

“是的。”

她转过身，把烟按在烟灰缸里，火熄灭时发出微微的挤压声。她上下打量着鲁伊。“天哪，她们真是越来越年轻了。”

“呃，什么？”

“你多大了？”

“二十。这有关系吗？我就是想问你一些——”

“他承诺了你什么？一辆车？他经常这样，总喜欢送别人车，至少嘴上总说会送。保时捷，奔驰，凯迪拉克。当然啦，接下来就是各种问题，经销商啦，更名啦，或者别的。”

“车？我甚至没——”

“归根结底就是钱的问题。这就是生活，不是吗？他总是承诺给别人一千，但最终只给得出几百。”

“你究竟在说什么？”鲁伊问。

又是一番打量。她看到鲁伊的条纹丝袜和笨重的红鞋，脸色变得沮丧。她摇着头说："你不可能……请原谅我，你不可能要得那么贵。你一晚上收费多少？"

"你觉得我是个妓女？"

"我父亲称她们为女朋友。他甚至还带过一个回来吃感恩节晚餐。在我家里！在威斯特彻斯特。她叫琳达，中间是个 y[①]。你可以想象一下那样的场景。和我丈夫和孩子们一起。"

"我甚至都不认识你父亲。"

这位女士皱起眉头，不知道鲁伊讲的是不是真的。"也许我们之间有点儿误会。"

"确实有误会。"

"你不是……"

"不是，"鲁伊说，"我不是。"

她微微一笑。"对不起……"她伸出手，"我叫艾米丽·里克特。"

"我叫鲁伊。"她不情愿地握了握手。

"名？"

"也是姓。"

"演员？"

"有时。"

"那么，鲁伊，你真的不认识我父亲？"

"不认识。"

"你来不是为了要钱？"

不完全是，她想，摇了摇头。

①原文为 Lynda with a y。"琳达"这个名字通常拼写为 Linda，用 y 的时候比较少。

艾米丽继续问道："那你想见我，是为了什么？"

"您知道他现在人在哪儿吗？"

"这也是我想搞清楚的。他消失了。"

"我知道。"

艾米丽仔细观察着鲁伊的脸，鲁伊则避开了她那锐利的眼神。艾米丽说："我有种感觉，你知道他消失的原因。"

"也许。"

"是什么呢？"

"我想他目睹了一宗谋杀案。"

"这栋楼里被杀的那个人？"艾米丽问，"我听说了这件事。那人住在楼下，对吗？"

"对。"

"然后你觉得我父亲目睹了这一切？"

鲁伊往公寓深处走去。她坐在一张廉价的餐凳上，环顾着四周。这地方和凯利先生的很不一样。她一开始说不上是哪里不一样，但很快就意识到，这里装修得像个旅馆，只需要一通电话，商店就会把一整套家具、装饰画还有地毯都送过来。格调以浅原木色和金属色为主，协调，但很土气。

这让她想到了什么？哦，天哪，理查德的家……

艾米丽又点了一支烟。

鲁伊朝厨房望去。里面的食物多到足以应付一次围城战，她心想，这就跟妈妈的食品贮藏室一样。里面有大量的面粉，包装已经泛黄了的葡萄干、燕麦片、玉米粉。还有不少彩色的罐头，绿色的德尔蒙，红色的金宝汤。区别就在于，这些罐头都很新，跟这儿的家具一样新。

艾米丽的声音变得柔和起来。"我之前说的话，并不是在暗示什么。自从我母亲去世后，我父亲就变得，呃，有点儿不稳定。他开始交很年轻的朋友。还好，他是等她去世后才回到青春期。”她摇摇头，“但是，一起谋杀案……所以说他目前可能很危险。”她正要抽一口烟，结果停了下来，将手放下。

鲁伊告诉她：“我猜他很安全，我是说，要是他出了事，我们就会知道了。楼下的那个人被杀后，他肯定没在这儿待很久。”

“发生了什么？”

鲁伊把罗伯特·凯利的事情告诉了她。

“你为什么觉得我父亲目睹了这一切？”

“原因是，凯利先生死后我到这儿拿了点东西。当时我在楼下——”

“那位凯利先生，你是怎么认识他的？”

“他是我店里的顾客，我们算是朋友。反正，那天我看到您父亲了，而他也看见我在那间公寓里。他吓坏了。这太奇怪了——我居然会吓到别人。”她大笑起来，“但是就因为这个，我觉得，凯利先生被杀那天，您父亲也许就在逃生梯附近，杀手杀掉凯利先生后，从那儿溜出了公寓。而您父亲恰巧看到了杀手的模样。”

艾米丽一个劲儿地摇头。“如果仅仅是看到你，他为什么要逃跑呢？”

“我不知道，也许是因为他没办法走近了看，以为是杀手回来销毁证据什么的吧。”

艾米丽低头看着一块假的东方地毯。“但是警察至今还没传唤我，”她又点点头，“也就是说，你没跟警察谈起过他。”

“的确没有。”

“为什么不提？”

鲁伊的眼睛看向别处。“问题就在于，我不喜欢警察。”

艾米丽又花了点儿时间看着她，接着试探地问道：“但这不是问题的关键，对吗？还有别的原因。”

鲁伊没有看她，试着保持沉着与冷静。但做到这一点不太容易。

“呃，我只知道，我很担心自己的父亲，”艾米丽说，“他时不时会让人恼火，但我依旧爱他。我想要找到他，这似乎和你想的一样。那你为什么不愿意告诉我实情呢？”

接着，不知从哪里，鲁伊找到了一种成熟的目光。她把那表情贴在自己脸上，给了艾米丽一个女人之间的会心笑容。“我有种感觉，你也没有告诉我全部的实情。”

这位女士犹豫了一下。她猛抽了一口烟，接着吐出一团厚厚的烟雾。“也许我没有。”

“我会告诉你实情，只要你也……”

艾米丽虽然不想笑，但依旧给出了一个笑容。“好，你要真相？”她环顾整间公寓，“我从没来过这里，今天是第一次。过去的这一年里，他住的地方，我统统没去过……是不是很糟糕？”

鲁伊什么也没说。艾米丽叹了口气，样子也没有之前那么成熟强势了。“我们大吵了一架，在去年夏天，吵得非常凶。”

沉默。

接着她朝鲁伊笑了笑，不过，仅仅是嘴角稍稍上扬了一点，为的是缓和气氛。接着笑容消失了。“于是他离家出走了。这么做很傻，不是吗？”

“你父亲离家出走？呃，有点儿极端。”

艾米丽问：“你父母还健在吗？”

“我妈还活着，她住在俄亥俄州。我爸几年前去世了。”

“在家里，你跟他们相处得好吗？”

“我想还不错吧。我妈是个甜心，至于我爸……我想他最喜欢我吧。但这话不能告诉我姐。他真的非常非常酷。”

艾米丽仰头看着她。“你很幸运。我跟我父亲时常吵架，真的一直会吵。在我还小的时候，我交了个男朋友，但我父亲不喜欢他。他不是来自一个正常的家庭，他赚钱不够多，他是犹太人，他是天主教徒……我也会据理力争，但他是我父亲，父亲就意味着权威。后来我长大了，几年前我母亲去世了，奇怪的事情就发生了。我们俩的角色发生了互换。他变成了小孩。他退休了，没有多少钱。我嫁了个商人，变得很富裕。他需要一个住的地方，于是就搬来和我们一起住。

“但是我没处理好。突然之间我拥有了权力，能发号施令，和之前我在家里的地位完全相反。我处理的方式糟透了。去年我们大吵了一架，我说了一些难听的话。我完全是无心的，真的是无心的，我说的甚至都不是真话。我以为父亲会还嘴，或者无视这些话。唉，他没有。他收拾好东西，消失了。”她的声音在颤抖。

艾米丽沉默了好一会儿，哆嗦地夹着一支烟。“自那以后，我一直在找他。他在基督教青年会里住过一段时间，还在皇后区的一家旅馆住过，在西村他还有一间公寓。我不知道他是什么时候搬到这里来的，我一直在向认识他的人打听——他以前的同事和医生们——试着找到他。最终他医生办公室里的接待员妥协了，给了我这个地址。”

艾米丽抚平自己的裙子，那是一条丝质长裙，面料看起来很贵。鲁伊觉得唯有“优美”才能形容它。“现在我又开始想他了。”艾米丽对鲁伊说。

“你之前没打电话给他道歉吗？”

“几个月前我试过，但他把电话挂断了。”

“你为什么不给他点儿时间呢？也许他会平静下来的。他还没有很老，对吗？大概六十几岁吧。”

她又看着地毯。“问题就在于，他病了。他没有很多时间了，这也是医生那儿的接待员愿意告诉我地址的原因。他得了癌症。绝症。”

鲁伊想起了自己的父亲。如今她想起了赛明顿灰蒙蒙的面色，还有满是汗水的皮肤。

她还在想：在自己找到赛明顿之前，他最好不要死，这样还能问问他凯利先生和失踪赃款的事。虽然这样的想法让她感到愧疚，但她还是忍不住要这么想。

“那么，你还有什么没告诉我的呢？”成熟的艾米丽又回来了，“是时候说说你的故事了。”

“我不知道他是否仅仅是个目击者。”鲁伊说。

“什么意思？”

“好吧，你要真那么想知道的话——我觉得你父亲很可能是凶手。”

第十九章

“不可能。”

鲁伊说：“我认为，凯利先生发现了一大笔钱，而你父亲得知了这一切。我认为是你父亲杀了他，偷走了那笔钱。”

艾米丽摇摇头。“绝不可能。我爸从来不伤害任何人。”

鲁伊又想起了赛明顿的脸——他的表情多么惊恐。“呃，也许他有个搭档，是那个搭档杀了凯利先生。”

艾米丽又开始摇头，但接着又停了下来。

“怎么啦？”鲁伊说，“快告诉我。”

“我爸不可能杀人。我敢保证。”

“但是……我看你表情里藏着什么。继续讲下去。”一句很成熟的台词。她记得是出自加里·格兰特的某部电影，这句话奥黛丽·赫本会说上一百万遍。

“但是，”艾米丽慢慢地说道，“最后一次跟他交谈时，我问他需不需要钱，他说——他很生气，但是他说自己将得到一大笔钱，而且数字大到我难以想象，他再也不会从我和汉克那儿拿一分钱。”

“他那么说了？”鲁伊兴奋地问道。

艾米丽点点头。

“我们得找到他。”鲁伊说。

“你会把他交给警察吗？”艾米丽问。

鲁伊本打算说不会，但她没那么做。

你只对那些权力比你大的人撒谎。

“我不知道。我相信他没有杀凯利先生。我想先和他聊一聊。但他现在人在哪儿？我们怎么才能找到他？”

艾米丽说：“如果我知道，现在也不会待在这儿了。”

“有什么发现吗？”鲁伊点头示意艾米丽正在看的那些信件。

“没有，大部分信件都是‘亲爱的住户……’什么的。我只从中找到了他的银行，我试着打电话给他们，看看能不能要到他的地址，但他们不愿意向我透露任何信息。”

鲁伊想起几年前看的另一部电影。里面有谁？德尼罗？哈维·凯尔特？那个男演员——一个私家侦探——吹嘘说自己一进银行就能要到信息。

也许是肖恩·康纳利。

“瞧，你完全没搞明白……他快死了。上帝啊，快给我他的住址，这是他的账号。”

“先生，我没办法给你。这有违规定。”

“让规定滚一边去吧，一个人的生命正危在旦夕。”

“你有他的账号吗？”她问艾米丽。

“没有。”

“那么，是哪个支行？”

“这个我知道。”

“有这个就行了。”

“我觉得他们不会告诉你任何信息的。”

“你会感到惊讶的，我能变得极其有说服力。”

鲁伊擦擦眼睛，想着斯蒂芬妮，她认识的唯一真正的演员会怎么做。

“抱歉，但这真的、真的很重要。”

这位小伙子是银行的副行长，看起来却年轻得像个麦当劳的店员，窝囊相的胡子，婴儿般光滑的脸颊。

这是第二天早上九点半，这家银行刚开门，大厅里没什么人。

副行长看到一位姑娘坐在自己的桌前哭泣，显得很不自在。他无助地扫视了一下桌面，接着又将目光停在了鲁伊身上。“他没收到自己的银行对账单吗？一封也没有？”

“没有。他很郁闷，我祖父是个容易焦虑的人，我觉得这就是他中风的主要原因。他非常……什么来着，你明白的。”

“很难取悦？”年轻小伙子说，“注重细节？”

“是的。当他发现自己一直没能收到银行的对账单时，他大为光火。”

“他的账号是多少？”

鲁伊开始在包里翻找。一分钟过去了，两分钟过去了。她听到米尤扎克背景音乐[①]从大厅里传来。她看着自己乱糟糟的包。“我似乎找

①又称电梯音乐，指公共场所经常播放的单调轻音乐，通常为纯音乐。

不到了。不管怎么说，就算找到了，我们或许也看不懂。他试着写下来，但无法很好地控制住自己的右手，这让他很沮丧，而我也不想给他无谓的刺激。”

“没有账号的话，我没办法——”

“他的脸通红，眼睛凸出，我觉得他快爆出——”

“他叫什么名字？”他快速问道，胡子抽动了一下，身体往电脑那儿靠去。

“维克·赛明顿。呃，维克多。”

他把名字打了进去，接着皱起眉头，又打了一串东西，手指在键盘上飞舞。他看着屏幕，又皱起眉头。“我不明白。您的意思是，您祖父想要一份最近的对账单，是吗？”

“最近的账单？你瞧，他搬了家，账单没寄到他的新住处。你上面的最新地址是什么？”

“我们目前碰到了一个问题，小姐。”这位像是卖汉堡的副行长抬起头来。

鲁伊感觉自己在出汗，有点反胃。她觉得自己搞砸了。他也许按了某个秘密按钮，已经向门卫发出了警报。该死。她问道：“问题？”

“有人两天前关闭了您祖父的账户。要是他觉得自己还能从我们银行取钱的话，可能办不到。”

“他怎么可能过来关闭自己的账户呢？这个可怜人甚至连吃饭都无法自理。”

“他没有亲自来办。在已关闭账户的旁边写着‘授权书’三个字。他起草了一份授权书，让代理人关闭了账户。”

“我妈！她不会这么做的！”鲁伊的手放到了脸上，“她一直声称要抢走祖父的所有财产。她怎么能这么做？”鲁伊又开始抽泣起来，泪水涌入她的手心，“告诉我！你必须告诉我！是我母亲吗？我必须知道。”

“抱歉，小姐，未经允许透露客户信息是有违规定的。”

噢，这句话真耳熟。让人想起那部电影。

她倾身向前。“让规定滚一边去吧，一个人的生命正危在旦夕。”

“他的生命？”副行长往后靠来靠，平静地问道，“为什么这么说？”

“呃，因为……”（在德·尼罗、凯尔特或是康纳利的电影中，这会儿银行的办事员往往就屈服了。）

“为什么呢？”他问道，他不是在怀疑什么，仅仅是好奇而已。

“中风。要是我母亲把他的钱全偷走了……那么很可能会结束他的生命。他会气得再中一次风，也许会是心脏病。我真的很担心他。”

这位年轻小伙叹了口气。胡子再次抽动，又一声叹息。他看着电脑屏幕，“支票寄给了拉尔夫·斯坦先生，他是位律师……”

“噢，感谢上帝，”鲁伊惊叫道，“他是祖父的律师。S–t–i–n–e是吗？”

“e–i–n。”

“噢，对的。我们都喊他拉尔夫叔叔，他人非常好。”鲁伊站起身来，“就在这儿，曼哈顿，对吗？”

“花旗集团的大楼里。”

“就是那儿。”

这位副行长就像旅行社的员工那样打着字。他问：“可是您祖父还知道他在这儿有个账户吗？”

鲁伊朝出口处走去。“这个可怜人，他真的就跟个孩子似的，你知道吗？”

* * *

那个男人十指交叉。他的手指又短又粗，鲁伊觉得他会在任何触碰到的东西上留下肥厚的手印，就像一个指头化脓的人。他的指甲也很脏。

他们坐在一个很大的办公室里，黄颜色的墙壁，四周堆满了各种盒子，还有布满灰尘的书籍。油腻腻的窗户旁放着一株死掉的植物。钟的旁边挂满了鲁伊听都没听说过的证书。

这会儿是下午两点——她花了这么多时间才找到斯坦律师。她四点要回去上班，不过时间足够了。别慌张，她告诉自己。

律师冷冷地看着她。中立，这个词浮现在她脑海里。他似乎想从你身上发掘出一些弱点，尽管他不会讲出来，但他会让你感觉到自己的弱点被他发现了。

他穿着一套非常合身的西装，袖口处露出带有姓名首字母的袖扣，香肠般的手指紧紧地扣在了一起。

“你是怎么认识维克多的？”他的声音柔软而中性，这让鲁伊很吃惊，因为她觉得律师的声音应该很沙哑、轻蔑、刻薄。

鲁伊咽了一下口水，突然意识到自己没法再扮赛明顿的孙女了。斯坦很有可能帮他做了遗嘱；所有的亲戚他都熟记于心。而他的女儿，艾米丽，很可能是第一继承人。于是，她微笑着说：“我是他朋友。”重音放在了朋友两个字上。

他不露声色地点点头。“哪儿认识的？”

“我们住得很近，在东村，我会时不时过去拜访他。”

“啊，那你是怎么知道我的呢？”

“他提到过你，他总夸你。”

“嗯，你会去拜访他？”律师用色迷迷的眼神上下打量着她。

“一周一次，有时两次。对于一个上了年纪的人来说……呃，他真算精力充沛。那么，你能告诉我他现在住哪儿吗？”鲁伊问道。

“不能。”

她又咽了一口口水，对于这个老让她咽口水和浑身紧张的男人，她生气极了。扮演成年人有时真的很难。她清了清嗓子，往前坐了坐。“为什么不能？”

律师耸耸肩。“客户机密。你为什么要见他？”

“上次见面时他走得很匆忙，我想好好跟他谈谈，可是一直没有机会。他今天在第十街，明天就消失了。”

“你多大了？”

“刺探他人年龄，难道不算是某种冒犯吗？”

“我不会基于你的年龄而产生任何的歧视，我只是好奇你多大了。”

鲁伊说：“二十。你多大了？”

“我猜你不是真的想跟他聊天，对吗？不管你有什么理由去找他，就你们的关系而言，你不可能是为了聊天。好了——”

“五百，”她脱口而出，“他欠我五百美元。”

“一晚上这么多？”斯坦又开始打量起她。

“一个小时这么多。”

“一个小时。”他重复道。

“我很厉害。”

“不算特别厉害，”律师说道，“我有一个客户，他付了四千，就两小时。”

四千？里面会有些什么花样？她想起华盛顿广场音像店里卖得最好的那几部片子：《情妇Q》，还有《痛楚屋》。

外面的世界太恶心了。

律师又以没有情绪的声音说道：“如果我马上给你五百美元，你会忘记赛明顿先生吗？你会忘了他匆匆不辞而别吗？你会忘记他的一切吗？”

“不会。”鲁伊唐突地说。律师眨了下眼睛，这让他感到恼怒。她又试着穿上成熟的外衣，“要是给两千，我就会忘掉。”

这会让他更为恼火，但他却回了她一个微笑。当然了，尽管没带任何情绪在内，但这依旧算是个微笑。他说：“一千五。”

“成交。”她正打算伸出手与他握手，但显然这种情况下的交易不适用这样的礼仪。

他拿起一本便签。“我该把支票寄到哪里？”

“这儿。”鲁伊将张开的手掌伸了过去。

又是微笑。带了点儿恼怒的微笑。她本该很傻或是被他吓到，但她现在看着他的眼睛，表现得多多少少有些成熟。

最终他起身说道：“就一会儿。你要现金，对吧？”

“正是这样。”

他默默离开办公室，边走边扣好外套的纽扣。他离开的时间比鲁伊想象的要久一些——她觉得他只要出去吩咐秘书撕张支票就行——但实际上不是，他离开了足足有五分钟。

这点时间足够鲁伊前倾着身子，去翻斯坦的联系簿，然后找到了维克多·赛明顿。地址栏被划掉了好多次，最新的地址写在了上面。

在布鲁克林，新地址在布鲁克林区。她轻声念了好几遍，闭上眼睛，又检测了一遍，发觉自己已经记住了。她把联系簿翻回到原来的那一页。

鲁伊又懒散地坐回到椅子上，开始看着律师办公室的墙壁。她不知道裱证书需不需要专用的边框。那位宣扬去学习、过更好生活的理查德先生，他家里那米黄色丑陋又土气的墙上，一张该死的证书都没有。

她敢打赌，菲利普·迪克森，那位美国法警，甚至都没上过大学。他似乎快乐极了。鲁伊正准备为他编造一个美妙的故事，故事的一开头，他的搭档就被枪射中，死在了他怀里。但斯坦律师回来了。

他手里拿着一个信封，还有一张纸。他把两样东西都递给了她。她快速地浏览着文件，但里面都是“鉴于”、“赔偿”、“弃权”这类字眼，因此看完第一段，她就放弃了。

“这是收款凭证。你得明白，要是你没遵循承诺，那么我们可以起诉你，收回这些钱，同时还要加收你律师费，还有……”

鲁伊凝视着桌子。

“……惩罚性赔偿。”

无所谓。

鲁伊在纸上签了名，把信封塞进了包里。

“那么，赛明顿先生压根就不存在，对吗？”

“赛明顿先生是谁？”

第二十章

“嗯，你的约会怎么样？”斯蒂芬妮问。

“和理查德吗？”鲁伊反问道。

“还有谁？”红发姑娘问。

鲁伊思索了一会儿，接着问：“你见过拉顿[①]吗？”

她们俩正坐在华盛顿广场音像店里的柜台处。

“你是指他的雕塑？”

什么？这就跟史泰龙会写诗一样。“不，我是指那条会飞的恐龙，它摧毁了东京，要么是纽约，要么是别的什么地方。是一部五十年代的电影。”

“没看过。”

“总之，我的约会就是那部片子。一场灾难。而且还不是斯皮尔伯

①鲁伊指的是《空中大怪兽拉顿》（*Rodan*），一九五六年的日本电影，而斯蒂芬妮以为是雕塑家奥古斯特·罗丹（Auguste Rodin）代表作有“思想者”等。

格的灾难片，而是一部 B 级灾难片。”

她跟斯蒂芬妮讲了凯伦的事。

“妈的，这可不妙。第三者，很难摆脱她们的。”

生活中的小插曲……

鲁伊说：“拿着。”她把手伸进包里，拿出橘黄色的耳环给斯蒂芬妮。

“不，”后者抗议道，“你留着。”

“不要，我无法驾驭高端的时尚。听着，你能帮我个忙吗？”

“什么忙？”

“我得去趟布鲁克林。你能替我的班吗？”

“我想可以，但托尼不会生气吗？”

“就跟他说……我不知道。就说我得去个地方，去医院看弗兰基的姐姐。”

“她已经出院了，和孩子在家里。”

“呃，我得去她家看望她。”

“托尼会打电话查的。”

鲁伊点点头。“你说得对，你就随便编个理由吧，我都可以的。”

“你去布鲁克林干吗？”

“那笔钱，我找到那笔钱的线索了。”

“不会是那笔银行赃款吧？”

“正是。你可不要忘记红色小母鸡的故事。”

斯蒂芬妮笑了。“我还没打算辞掉这份正业呢。”

“也许是个好主意。”鲁伊把豹纹皮包甩到肩上，往门口走去，“但是你要有信心，我已经在接近真相了。”

* * *

十分钟后她踏上了去布鲁克林的征程，去寻找维克多·赛明顿。

地铁里的乘客都很安静。有个女的在低声自言自语。一对年轻夫妇在座位旁放了一台珍贵的新电视机，它被很粗的绳子绑着，盒子上还贴了一张“疯狂艾迪”的收据。一位拉丁裔男子站着，身体前倾，茫然地看着线路图；他好像不太在乎这趟车正开往何方。地铁里几乎每一个人都裹着一层荧光绿，不过当列车驶进曼哈顿的最后一站时，大家都显得萎靡而阴沉。接着，列车颠簸地往下开至东河下。

她又开始心神不宁。

离开西戴，离开她的领土。

正当门要关上的时候，一个男人硬挤了进来。他是个白人，但皮肤被晒成了黄褐色。她猜不出他的年龄来。车厢并不拥挤，但他就直直地坐在了鲁伊的正对面。他的衣服上满是灰尘，似乎是从建筑工地或是干重体力活儿的地方回家去，看起来很累，一副体力透支了的样子。他非常瘦，她怀疑他是不是病了。他刚坐下就立马睡着了，鲁伊忍不住盯着他，他的头来回晃动，眼睛紧闭，完全没注意到鲁伊。

她心想：他是死亡。

她内心深处感觉到了死亡，这让她不寒而栗。死亡，冥王哈迪斯，末世的骑士。黑暗天使飘进她父亲的医院，将他带走。幽灵张开鬼魅的双臂抱着凯利先生，将他死死地按在发霉的扶手椅上，这时有人向他的胸膛射出了几粒可怕的子弹。

列车变轨时车厢里的灯闪烁了一下，接着速度慢了下来，驶进了一个站台。接着又是加速，五分钟后他们往前一倾，列车又停了下来。门打开的声音把他吵醒了，他睁开眼睛，直勾勾地看着鲁伊的眼睛。她战栗地直起了身子，目光却无法移开。他朝窗外望了一眼，接着快速站了起来。“妈的，坐过站了，坐过站了。”他匆忙跑出了车厢。当列车驶出站台时，她依旧看着他，看他在站台上走来走去。正是因为这样，鲁伊才看到了之前跟踪过她的那个人。

她的目光稍稍往右，朝后面的车厢里望去。她看到一位年轻男子，身材结实，意大利长相。

她眨了眨眼，不确定自己为什么会记得他，接着回想起来自己曾在某个地方见过一个跟他长得很像的人。在阁楼里？不，在东村，凯利先生的公寓附近……

就在她闯进凯利先生公寓楼的那天，在外面。对，就是他！是同一个人，当她站在华盛顿广场音像店门口时，他溜进了熟食店里。

很帅的小伙子，穿着公共事业部的制服，坐在门旁的座位上，抽着烟，看着《邮报》。

是他吗?

长得很像他，但她不确定。他今天没穿爱迪生联合电器公司的制服。

那位男子并没有朝她这儿看，似乎压根儿就不知道她的存在，坐在座位上全神贯注地看着报纸。

不，不可能是他。

她一定是得了妄想症。看到黄色眼珠的男人，看到死亡，这让她产生了妄想症。

这是一个疯子们生活着的城市。发出刺耳声音的肮脏地铁，每年一千五百起杀人案，一千个双眼靠得很近的警探，还有爱跟人调情的联邦法警。

妄想症。不然还会有什么原因呢?

该死的，她想，现实点儿吧，也许是一百万美元造成的。

也许是谋杀案造成的。

这就是另外的原因吧。

当列车再次变道时，灯又熄灭了。她跳了起来，心跳加速，准备逃跑。她确定那位帅哥会推开隔门，过来勒死她。

但当灯又亮起时，那男人不见了，或许他站到了门口的人群中，准备下车了。

瞧，妄想症吧。

她坐了下来，深呼吸，让自己恢复平静。当人群离开车厢后，那人已经不在车厢里了。

两站过后，到了贝瑞吉站，鲁伊走出车厢，四处张望了一下。没看到那位帅气的抄表员。她推开闸机的旋转杆，走到了外面的人行道上。

她来回张望，试着确定东南西北。

接着，她看到了他。从另一个地铁出口走了出来，就在离她半个街区远的地方。他也在四处张望——试图找到她。上帝啊……

他一直在跟踪她。

她转移视线，试图保持冷静。千万不能让他发现自己已经暴露了。他匆匆推开熙熙攘攘的乘客和路人，直朝她的方向走来。

鲁伊试着让自己看起来若无其事，沿着街道漫步，假装在看商店橱窗里的展示品，实际上却希望从玻璃的反光中看到过来的出租车。帅哥离得越来越近。他一定是撞到了某人：她听到了两个男人的对骂："我操你妈。""不，是我操你妈。"他可能随时会冲上来，随时掏出手枪，用特氟龙子弹将她射杀。

透过一家药店的玻璃，她看到一辆亮黄色的出租车正在街上游荡。鲁伊转身，跃过一名孕妇，猛地拉开出租车门，都没给司机停下车的机会。

司机操着一口浓重的中东口音大声说道："你他娘的在干什么？"

“开车！”

司机摇摇头。“不行，嗯哼，不行……”他指了指黄色雪佛兰上面暗着的顶灯。

“我知道，”鲁伊大喊道，“开车，开车，快开车！”

鲁伊看到那位帅哥停了下来，一脸惊讶，不知所措。他站在那里，手里拿了支烟，接着开始小心翼翼地朝他们那儿走来，他也许在担心，鲁伊在出租车里的这一幕会吸引到警察的注意力。

然后他确定没有问题了，就朝她这儿跑了过来。

鲁伊开始乞求司机：“求你了！就几个街区的路！”她给了他一个在汉密尔顿堡大街的地址。

“不行，不行，嗯哼。”

“二十美元。”

“二十？不行，嗯哼。”

她看着身后，帅哥离她不远了，他的手藏在了外套里面。

“三十？求你了，求你了，可以吗？”

他盘算道：“嗯，好吧，三十。”

“开车，开车，快开车！”鲁伊大喊着。

“你为什么那么急？”司机问道。

“他妈的我给四十美元，快开！”

“四十？”司机猛踩油门，汽车飞奔出去，在雪佛兰和帅哥之间留下了一股轮胎摩擦后的青烟。

鲁伊缩在斑斑点点的人造革后座上。“该死的。”

她心怀憎恶地嘀咕着，与此同时，心跳也慢了下来。她擦了擦手掌里的汗。

他是谁？赛明顿的共犯？她觉得那人很可能就是杀害凯利先生的

凶手。那个扣动扳机的人——在《心跳曼哈顿》里，警察们把杀害罗伊的人称为恶棍。

而且，从他深邃的眼神中，她看出来了，他想把她也杀了。

是不是到了该求助警察的时候了？她心想，打电话给明内利，打电话给菲利普·迪克森……这是明智之举，这是节骨眼上唯一能做的事情。

但紧接着，又是一百万美元的问题……她想到了阿曼达，想到自己岌岌可危的事业，想到自己是多么希望将一辆加长版豪华轿车停到理查德和凯伦面前。

于是她决定：不报警，至少目前不报。

几分钟后，出租车停在了一栋淡绿色砖墙的双层联排房前。

司机说："一共四十美元。没有小费也不要紧。"

她站在人行道上，躲在一些不太茂密的绿色植物后，看着这栋联排房。根据那位律师的地址簿，这里就是维克多·赛明顿现在的住址。门口的草坪上有一只粉色的火烈鸟，它的腿是一根金属丝。台阶旁放着一个棕色的圣诞花环，还有一根棒子。一位铁制的赛马骑师，手里正拿着一个圆环，想要套住一匹赛马。

"行动吧。"她低声对自己说。要不了多久，帅哥就会找到一部公用电话，告诉赛明顿他没法阻止她，她已经在去他那儿的路上了。况且，要不了多久，帅哥自己也会过来。

她觉得就赛明顿一个人而言，自己还能搞定。但加上那位暴烈的伙伴，说不定还是个冲动鲁莽的家伙，那可就麻烦了。

她按响了门铃。故事已经准备好了，而且她自认为编得不错。鲁伊会告诉他，她知道他跟那位帅哥干过的勾当；她已经写了封信给自己的律师，上面详细讲述了这件事情，还提到了他们俩的名字。她告诉律师，万一她出了什么事，就把那封信转交给警方。

整个故事只有一处漏洞——赛明顿不在家。真该死，这一点她之前完全没料想到。

她开始用拳头砸门。

依旧没有回音。她转了一下门把手，是锁上的。

她朝街上张望了一下，没有看到帅哥的踪影。她拖着沉重的步子走下灰色的台阶，绕着房子走到后门。房子的一侧放着石膏做的七个小矮人，后院有个廉价铁丝网做的栅栏门。

在后门处，鲁伊将脸凑近玻璃，用手遮住阳光。里面很暗，她几乎什么都看不清。

理智提醒她，帅哥随时会赶到这儿来。

冲动的她已经用胳膊肘把一小块门玻璃给砸碎了。她把手伸进去打开门，接着将碎玻璃扔在后院里，那儿是一片茂盛的草坪。她踏进屋去。

她穿过起居室。“呃，真是极简主义啊。”她小声嘀咕道。卧室里只有一张床，一个梳妆台，还有一盏落地灯。厨房有一张桌子，两把椅子。类似杰克逊·波洛克画风的复古福米加台面上放着两个玻璃杯。一些有缺口的盘子和银器。客厅里就放着一张单人折叠椅，没别的东西了。

她停在了卫生间门口，门上镶着一块彩花玻璃。“噢，真讲究啊。”她又嘀咕道。某人名字的首字母也在门上，“W．C．”。也许是设计整栋房子的人。

她翻看了所有的衣柜——除了卧室里的那个之外，那个衣柜被一个又大又亮的新锁给锁住了。吱吱作响的床下有两个手提箱，又重又旧的皮箱子。她把它们拖了出来。整个公寓都密闭着，空气很不流通，鲁伊开始出汗。她站起来试着将窗户打开，但窗户都被钉死了。为什么会这样？她心想。

她又回到了箱子那儿，打开其中一个。全是陈旧的衣物，袖口和领尖都磨损了，棕色变浅，白色变黄。她把它关了起来，推回原位。第二个箱子里有一把老旧的吉列双面刮胡刀，一罐像牙膏一样的剃须膏，一把瑞士军刀，钥匙，一个装了袖扣的金属小罐子，指甲剪，还有牙膏。

她继续往下一层搜寻，然后发现了一个用皮筋扎好的小型棕色文件夹，又重又旧。她打开文件夹，在里面发现了一封信——来自斯坦鲁宾公司，一个叫韦斯曼的人——上面记录了他五万五千美元的存款被转到了开曼群岛的一个新户头上。一张飞往大开曼岛上乔治敦的单程机票，起飞时间是后天。

机票的旁边，她找到了他的护照。这样的护照她还没见过，又旧又皱，上面还沾满了污渍。护照的背面有很多看似很官方的印章。

当她准备将护照放回去时，突然注意到了上面的名字。

等等。文森特·斯皮内洛是谁？

噢，该死的！在斯坦办公室里翻看他的通讯簿时，她太紧张了，居然看错了名字。她看到的是文森特·斯皮内洛，却把他当成了维克多·赛明顿。哦，上帝啊！她全都搞错了。如今她还把这可怜家伙的窗户给打碎了！

全部白费了。她简直无法相信。什么危险、探险、帅哥……都是一场空。

“该死的。”她愤恨地小声骂道。

只好作罢。等等……那封信。

她再次将信打开，确实是寄给赛明顿的，地址写的也是这儿。那么他拿了文森特·斯皮内洛的护照又是怎么回事？

但当她再次看着护照上那张冰冷的小照片时，心中的疑虑已被彻底打消了。斯皮内洛就是她在凯利先生公寓看到的那个人。他是谁？

她翻到文件夹的最后一层，终于找到了整个文件夹会这么重的原因。有样东西被报纸包住了—— 一把手枪，还有一个廉价硬纸板做的小盒子，上面有棕绿色的斑点。这个盒子也很重。侧面印了一些字，她觉得是德语。她只看懂了一个词，特氟龙。

噢，上帝啊……

赛明顿——或者说斯皮内洛——就是杀死凯利先生的凶手。他和那个帅哥发现了联合银行赃款的秘密，他们把钱偷走，还把凯利给杀了！

赃款就在那个衣柜里！

鲁伊跪下来，仔细研究着衣柜上的挂锁。向前靠近，眯眼盯着它。然后开始拉它，用力地拽了一阵。

接着她僵在了那儿。外面传来了开门和关门的声音。

是前门还是后门？她分辨不出来。但是有一件事情她很清楚，进来的人不是帅哥就是赛明顿。她还知道，他们俩都希望自己死掉。

鲁伊最后一次猛拽了一下挂锁，但它纹丝不动。

房间里传来脚步声。就在附近。要是他发现我在这儿，会立马杀了我的！她把文件夹塞进自己的包里，接着甩到了肩上。

地板发出了吱嘎声。

不，不……

她认为他们在公寓前方，也许是客厅，反正看不到她现在的位置。她也许能悄悄从后面溜出去，而不被发现。她快速瞥了眼门廊，又闪回了卧室。是的，后门那儿没人。

鲁伊深呼吸了一下，从卧室里跑了出去。

她和赛明顿撞了个满怀。

他惊恐地倒吸一口凉气，后退了几步，那顶难看的帽子从头上掉了下来。出于条件反射，他冲上去，一记重拳打在了她的胃上，她弯下了腰。“哦，天哪！”她开始气喘吁吁，一阵剧痛直穿胸口，到达下巴。鲁伊想要大叫，却发不出声。她摔倒在地板上，快无法呼吸了。

至于赛明顿，他非常生气，一把揪住她的头发，让她到处乱滚。接着他跪了下来，手上散发着一股大蒜和烟草的味道。他开始粗鲁地搜她的身。

“你跟他们是一伙的吗？”他喘着粗气，“你他妈到底是谁？”

她没办法回答。

“你是的，不是吗？你在替他们工作！”他举起拳头，鲁伊则举起手臂挡住自己的脸。

“谁？”她试着问道。

他问：“你是怎么……”

他突然停了下来。鲁伊挣扎着喘了口气，她往上看，赛明顿正盯着门廊处。有人站在那里，是那个帅哥吗？鲁伊眨了眨眼睛，打了个滚，跪了起来。

不是……谢天谢地，谢天谢地，谢天谢地……是他的女儿，艾米丽。

看到她，鲁伊感激涕零。但一秒钟后，她开始迟疑：艾米丽是怎么找到这个地方的？她一路跟踪我过来的吗？

等等，情况不对。

赛明顿放开鲁伊，往后退了几步。

艾米丽说："你一定想问，我们是怎么找到你的？哈尔特有不少好的线人。"

哈尔特？鲁伊不解。"心脏[①] 是谁？"她问。

"噢，不，是哈尔特？"赛明顿低语道，接着他点点头，"我早该猜到的。"

"到底是怎么回事？"鲁伊问。

赛明顿用乞求的目光看着艾米丽。"求你了……"

艾米丽什么话也没说。

他继续说道："如果说，我手头上有很多钱，你能放过我吗？"

"钱！"鲁伊说，"他杀了凯利先生，还把钱都偷了。"

赛明顿和艾米丽都没理会她。

"我还能做什么吗？"赛明顿恳求道。

"不能。"艾米丽说。接着她从口袋里掏出手枪，朝他的胸口开了一枪。

①鲁伊将哈尔特（Haarte）听成了心脏（Heart）。

第二十一章

他倒下去的方式恰巧救了鲁伊。

枪很小，但造成的冲力让赛明顿向后倒去，砰地撞在了落地灯柱上。灯柱砸在了洗手间的门上，于是门廊处下起了碎玻璃雨。

艾米丽试着摆脱这些玻璃碎片，恰巧给了鲁伊逃进卧室的机会。但是那女人恢复得很快，她又开了一枪。鲁伊听到了一声可怕的声响：枪里射出的强烈气流从后面赶超了上来，子弹射进了离她脑袋几英寸远的石膏墙中。

接着——又是一阵剧痛——她飞出了卧室的窗户。

她用双手护住脸部，玻璃碎片在她身边飞舞，窗帘在她身后摇曳。她摔到了灌木丛上，接着滚到了草坪上，停在了其中一只石膏小矮人旁。她气喘吁吁地躺在草坪上，泥土和潮湿的青草味将她包围。她听到小鸟在头顶的树上叽叽喳喳。

紧接着，她周围的空气开始爆炸。一只小矮人的脸被打得稀巴烂，瞬间变成碎屑和粉尘。五十英尺外的街上，鲁伊瞥到了一个拿着霰弹枪的男人。她看不到他的脸，但她知道是那个帅哥——也许就是“心脏”，赛明顿提到的那个。或者是心脏的同伙。他和艾米丽也是一伙的……她不知道这些人到底是谁，他们为什么要杀赛明顿；她没时间停下来好好思考这些问题。她滚到另一株植物下，试着让双脚着地，接着她抓紧自己的包，健步如飞地跑进后院，吃力地翻过铁丝网围栏。

接着，她开始全力奔跑。

在她身后，从赛明顿的后院处传来一声喊叫。霰弹枪里射出第二发子弹，她听到头顶上嘶嘶作响的声音。子弹打偏了，她拐了个弯跑进小巷子里。继续往前跑。

一直跑到她视线模糊、胸腔着火，再也吸不进一盎司空气为止。

终于，鲁伊似乎已经跑出了几英里远。她停了下来开始喘气。她弯下腰，觉得自己快要吐了。但她只是往草丛里吐了几次口水，并且待在原地一动不动，直到恶心和痛楚消失。她又一路小跑过一个街区，直到身体的一侧开始抽筋，又停了下来。她溜进另一家人的后院——在一栋窗户都被木板钉死的房子后面。她爬到一片草地上，一边是微笑着的小鹿斑比，另一边是另外一组七个小矮人。她将头放在自己的包上，决定休息十到十五分钟。

当她再次睁开眼睛时，一辆很大的垃圾车正在五英里外制造出悲切而又巨大的声响。已是拂晓时分了。

他们一直在监视着她。

也许在中城隧道中，也许在地铁站那儿。艾米丽和帅哥。肯定还不止他们两个，还有很多其他人。她现在将他们全都看清楚了——

“他们”。在这个晴朗舒爽的春日上午，走在布鲁克林的街上。形形色色的面孔窥视着她，知道她就是目击证人，知道她和她的朋友都将死去——就像罗伯特·凯利，就像维克多·赛明顿。

他们都在追杀她。

她蹒跚地回到了曼哈顿，回到她的西藏。她搭了辆货车，司机是一个眼睛瞪得老大的波多黎各人，还留着一小撮山羊胡。他以超乎寻常的热情咒骂着一路的交通，这个时间段里，到布鲁克林大桥一般要花上四十五分钟，而他只花了十五分钟。

他一个劲儿地道歉说，自己不能擅自将她带到曼哈顿。

下车后，她又跑了起来。

她走在布鲁克林大桥的木质人行道上，回到了城市。城市美好的一天即将开始。脚下是繁忙的交通，远处出租车的喇叭声就像是动物们的低吟。她走到一半停了下来，靠在栏杆上休息。年轻的职场精英从她身边走过——西装和裙装下，都是一双双跑步鞋——他们从布鲁克林高地赶去华尔街上班。

她脑子里他妈的在想什么？

探寻？冒险？

骑士、巫师，还有少女？

不，她苦涩地想道，这些人才是活在神奇王国里的人：律师、秘书、会计、送货员。这压根儿就不是什么神奇的地方；这只是一个又大又活色生香的城市，里面住满了好人与坏人。

就是这样。只是一个城市。只是普通人。

这是一个工厂，鲁伊。里面全是垃圾和污染。它能养活一部分人，这些人缴税、搞慈善、给自己孩子买球鞋。等这些孩子长大后，他们会成为律师、教师、音乐家，或者去别的工厂打工。不过如此。

经过大桥后，她一直往北走，路过法院和市政厅。她抬头看着一栋扭曲的哥特大楼——朝北的那一面没用大理石，而是用廉价石头建成的，因为人们从来没想过这个城市会往华尔街区以北发展。她继续走过唐人街、苏荷区，来到了华盛顿广场公园。

即便这么早，这里也已热闹非凡。就像中世纪的狂欢节。耍杂耍的、骑独轮车的、玩滑板的，还有几个小孩在猛弹吉他，技术太差，只能听到节奏。她坐在了一张长凳上，没去搭理一个买假劳力士的高大塞内加尔人，也没去理会一位在说唱的壮硕白人小伙——“大麻，大麻，无籽大麻，无籽大麻，嗨起来吧，无籽大麻。”穿着名牌慢跑服的妈妈们，推着昂贵的婴儿车，里面躺着未来的律师；她们走过毒贩身边，走过醉得不省人事的老兵身边。这就是格林尼治村。

鲁伊在那儿坐了一个小时。一些模糊的想法在她体内形成。她站了起来，但这些想法瞬间消散了，于是她又坐了下来，闭上眼睛，让炙热的阳光照在自己的脸上。

他们是谁？艾米丽是谁？帅哥是谁？

钱去了哪儿？

她又睡着了——直到一个飞盘掠头而过，这才惊醒过来。她惊慌失措地环顾四周，试图搞明白自己这是在哪儿，又是怎样来到这儿的。她向一位妇女询问了时间。已是正午时分。似乎有很多人都在用猜疑的目光盯着她看。她起身快速穿过草地，向北穿过白色的石拱门，那是一座微型的巴黎凯旋门。

都是老电影，两部都是。

一部是《黄巾骑兵队》，约翰·韦恩在片中扮演一名骑兵。现在放的就是这部，鲁伊没留意另外一部的片名。也许是《搜索者》，也许是《红河谷》。当她坐下时，荧幕上放的是《黄巾骑兵队》。第十二街上的老电影院里，座位真的很硬——皱巴巴的座套里是薄薄的填充物。老片放映室里只有十五个人左右，对此她并不感到惊讶——这里唯一会人头攒动的是周六晚上，届时会放映一些从纽约色情电影节里精选出来的影片。

她盯着荧幕。

她很了解这部约翰·福特导演的老式西部片，她已经看过六遍了。但今天，这片子对于她来讲是一系列脱了节的图像。风趣的老维克多·麦克拉格伦，正在渐渐衰老的知名影星韦恩，四十年前电影的强烈色彩，穿着蓝衫的骑兵互相推搡着肩膀，表达最纯真的好感……

但是今天，整部电影对她来说都没有意义。离她五十英尺远的地方，是一连串并无关联的图像，男人女人们在一个巨大的长方形白色荧幕上走来走去。他们在说很可笑的话，穿着很怪异的服装；他们演到了高潮部分。这些全是精心策划好的，全是假的。

她心生怒火，为电影的虚幻和假象而生气。她感觉自己被深深地出卖了。不仅仅是被艾米丽·赛明顿——或者她还有另外一个名字，也不仅仅是在布鲁克林发生的那一切，还有别的。是更加根本的问题，她一直以来的生活方式，还有她坚信的事情，最终给予她的结果。

她站起身，离开了电影院。到了外面，她在街边的小贩那儿买了一副厚框墨镜，戴在了脸上。她转了个弯，走过大学城，来到了华盛顿广场音像店。

当然，托尼开除了她。

他的措辞跟她想象的很不一样，既没装可爱，也没有讽刺，更没有生气。他只是抬头瞟了一眼，然后说："你连续两个班都没来，也没有打电话来。你被解雇了。这次是真的。"

但鲁伊没有太在意他的话。她盯着柜台上的报纸，它们正躺在托尼身前。

大标题：黑手党目击证人被杀。

她的注意力立刻被下面的照片给吸引住了：一张充满颗粒感的照片，维克多·赛明顿在布鲁克林的房子在闪光灯下被充分曝光，还有六个残存的小矮人，碎掉的窗户。鲁伊将报纸一把抓了过来。

"嘿，"托尼打了个响指，"我正在看呢。"但看到她的眼神时，他停止了抗议。

> 一名犯罪财团的洗钱人，同时也是今年早些时候，中西部一系列诈骗操纵和贿赂的有组织犯罪行径的重要目击证人，昨日在布鲁克林被射杀，手法很像黑帮所为。
>
> 文森特·斯皮内洛，七十岁，胸口被多次枪击致死。一位匿名目击者称，一名年轻的短发女子从案发现场慌忙逃离，目前她是案件的头号嫌疑人。
>
> 这一系列罪行的另一名目击证人，阿诺德·吉特尔曼，连同保护他的两名联邦法警，已于上个月在圣路易斯的旅馆内统统被杀。

报纸在她手里变得皱巴巴的。我！她心想，那是我，年轻的短发女子。

她利用了我！艾米丽。那个贱人利用了我。她早就知道赛明顿的下落，引诱我上那儿，是为了让我背黑锅。

况且，该死的，那儿到处都是我的指纹！

头号嫌疑人……

托尼将报纸从她手里抢了过去。“你周一就能拿到工资支票了。”

“求你了，托尼，”她说，“我现在很需要钱，我能拿现金吗？”

“没他妈的可能。”

“我得离开这座城市。”

“周一。”他边说边看起了报纸。

“你瞧，我手头上有张一千五百美元的支票。你要是现在能给我一千现金，我就把支票签给你。”

“嗯，你手头上有一张很快会被消户的支票，我敢打保票。”

“托尼！那是一张可兑现的支票，是一家律师事务所签发的。”

“赶紧走人吧。”

弗兰基·格里克的头从仓库里探了出来，他说：“嘿，鲁伊，好几个人打电话来找你。那个警察，明内利。还有那位法警，迪克森。哦，对了，还有斯蒂芬妮。”

托尼大吼道：“不要用我店里的电话回，去用外面的公用电话回。”

斯蒂芬妮！鲁伊心想，要是他们一直在跟踪我，那么他们一定看到过我跟她在一起。”

哦，上帝啊，她也身处危险之中。

她跑到柜台边，一把抓起话筒。托尼开始唠唠叨叨，但很快他发现这样的对峙没有任何意义；毕竟他已经赢了。他挪了挪脚后跟，拿着报纸撤回另一个柜台旁。

斯蒂芬妮醉醺醺的声音终于出现在了电话的那一头。

“鲁伊！你去哪儿啦？你昨天晚上没来上班，托尼真的大为光火——”

“斯蒂芬妮，你听我说。”鲁伊的声音非常生涩，“他们把我要找的人杀了，赛明顿，而且他们让整桩事情看起来像是我做的一样。”

“什么？”

“而且他们想要把我也杀了！”

“谁？”

“我不知道，他们为黑手党什么的效力。我觉得他们应该也注意到你了。”

“鲁伊，你是在编故事吗？这是你的幻想之一吗？”

“不！我是认真的。”

几个顾客朝她瞥了几眼，她感到一阵恐惧的寒意。她用手遮住话筒，把声音放低。“看看《邮报》的头版，事情全写在上面了。”

“你得打电话给警方。”

“我不能。赛明顿被杀的房子里全是我的指纹，我现在是一名嫌犯。”

“上帝啊，鲁伊。真是一团乱。”

“我打算回俄亥俄。”

“什么时候？现在吗？”

“我一拿到钱就走。托尼不肯现在给我。”

“滚蛋，”斯蒂芬妮脱口而出，“我能借给你一点。”

“我能还你一张一千五百美元的支票。”

“真的吗？”

“是的，能兑换成现金。你拿去吧。但是，听着，你要跟我一起走。”

“跟你一起走？”斯蒂芬妮问，“去哪儿？”

“去俄亥俄州。”

“不可能。我下周要去试镜。”

“斯蒂芬妮……”

“我能借你几百块，我先去趟银行。你去哪儿方便？”

“联合广场公园怎么样？地铁入口处，东南角那个。”

“好，好。半小时到。”

“外面安全吗？”斯蒂芬妮小心翼翼地问。

“非常安全。”

一阵停顿。“我不想被狠揍一顿，我很容易起淤青。有了淤青，我就没办法去试镜了。

当她踏上街道时，鲁伊听到后身有个男人的声音。

“你这人还真难找啊。”

鲁伊惊恐地转过身去。

理查德正倚在一根停车计时器上。先前的雅皮气息已被驱散，都市先生又回来了。他穿了靴子、黑色牛仔裤、黑色T恤。耳朵上还戴了一个金环，鲁伊注意到了，那耳环是夹上去的。他看起来很累。

“你总是——”他继续说道，“像罗斯福的明言说的，热衷于玩消失。我给店里打了好几次电话找你。我很担心你。”

“我有一段时间没来上班了。”

“昨晚有个派对，我觉得你会想参加的。”

“你没去问……她名字叫什么来着，凯西？”

“凯伦。”他抓住停车计时器，慢慢绕着它转圈，“我们就吃过那一次饭。不用担心，我们没在约会。”

“那是你的问题。我不在乎。”

“占有欲别那么强。”

“我说我不在乎你跟凯西或凯伦之间的事，这怎么是占有欲强呢？”

“你怎么了？”他皱起眉头，跟随她的视线，看到一位个子很矮、肤色很暗的鬈发男子，正站在离他们两家店远的地方，后背对着他们。

鲁伊倒吸了一口凉气。那位男子转过身，从他们身边走过。不是那位帅哥。

她转向理查德，试着将注意力集中在他身上，尽管目前她满脑子都是小矮人的傻笑，以及它被枪打得粉碎的样子。枪的声音异常响亮，就跟炸弹爆炸一样。

理查德将手放在她的肩膀上。“鲁伊，你在不在听我讲话？你怎么啦？”

她后退了几步，眼睛慢慢眯了起来。“别来烦我。”

“什么？”

“离我远点儿。你想受伤吗？我是一剂毒药，离我远点儿。”

“你到底在说些什么？”他伸手想要握住她的手。

“不，不！”她大喊道。泪水夺眶而出，她犹豫了一下，接着拥抱了他。“离我远点儿！忘了我！忘了你曾经遇到我！”

她转身跑了起来，穿过格林尼治村的人群，朝联合广场奔去。

鲁伊懒洋洋地靠在冰凉的瓷砖上，在有新艺术风格的地铁入口处等待着。

她心不在焉地看着一辆吊车，一个歪着的T字形物体正从联合广场一项巨大的房产项目中升起。这只是一辆吊车，她告诉自己，仅此而已。不是上帝的工具，不是巨大的神奇动物骨架。她看到的，只是一辆工程吊车罢了。一位面无表情的工人正在操控着它，让它缓缓移动，为满身灰尘的工人们运来待装的钢筋。

魔法……该死的。

她又开始考虑要不要打电话给明内利或是迪克森。

但他们凭什么相信她呢？也许警局的公告板已经贴满了她的信息，就跟《心跳曼哈顿》里罗伊偷走赃款后，警察们所做的一样。至少她很有远见地处理掉了一些证据：她特意回了一趟家，拿走了那张支票。她还意识到斯皮内洛的文件夹在自己那儿，于是将它扔进了垃圾桶。要是警察发现了这样东西，那将是铁证。

不，她必须离开这儿，离开西戴，离开魔法王国。回家，找工作，上学。

嗯，现在正是时候。

是时候长大了。忘掉历险……

她看到了斯蒂芬妮，她正穿过公园，红色的头发在午后的阳光下闪耀。她们相互招了招手。这看起来纯真得可笑，她心想，就像两个朋友下班后约去喝一杯，抱怨一下老板、男人，还有老妈。

鲁伊往四周张望了一下，没有发现可疑的人——呃，和平日里的联合公园没什么两样——接着向斯蒂芬妮走去。

"你受伤了。"斯蒂芬妮看了一眼鲁伊的前额，上面被一块石膏碎片刮了一道伤痕。

"没关系。"

"发生了什么？"

鲁伊把整件事告诉了她。

"上帝啊！你该去找警察。你要跟他们说说，告诉他们发生了什么。"

"是啊，对。我出现在了两个不同的犯罪现场，我是头号嫌疑人。"

“但是警方不会上俄亥俄找你吗？”

她微微笑了一下。“他们也许会的——如果他们知道我真名的话。可惜他们不知道。”

斯蒂芬妮也笑了。“确实。哦，给你。”她递给鲁伊一包钱，“大概有三百美元，够吗？”

鲁伊拥抱了她。“我不知道该说什么好。”她把支票给了斯蒂芬妮。

“不，不，这太多了。”

“红色小母鸡，还记得吗？我只要回家的钱就够了，这个你拿着。托尼很可能也会把你炒了。多谢你帮助我。”

“别这么说。”斯蒂芬妮对她说，“我来帮你打包，然后送你去机场。”她们往下走进地铁站，“回你住的阁楼，现在还安全吗？”

“艾米莉和帅哥不知道那个地方。明内利和那个联邦法警知道，但是我们能从建筑工地上偷偷溜进去。没人会发现我们。我们能——”

一阵寒意爬上背脊，她倒吸了一口凉气。

帅哥从离她十英尺远的柱子后面走了过来，手里握着一把黑色手枪。“你他妈的不许动。”他对鲁伊低语道。

他的表情很生气。他向前走向鲁伊，完全没在意旁边的斯蒂芬妮。显然，他没觉得这两个人是一块儿的。

鲁伊僵在了原地，斯蒂芬妮却没有。

她快速走过他身边，这招出乎他的意料，让他毫无防备。她大喊道：“抢劫，抢劫！”接着五指伸直张开，猛地朝他脸上打过去。他的头往后一仰，人跌跌撞撞地靠到了墙上，鲜血从鼻孔里流了出来。

“妈的！”他大喊道。

这是她自卫课上学到的……

斯蒂芬妮又朝他走了过去，这次她似乎准备上去给他两脚。

但是帅哥的身手也很棒；他很清楚自己要做什么。他没试图反击，而是跳到了旁边三步远的地方，逃离斯蒂芬妮的攻击范围，擦掉嘴上的血，准备扬起手枪对准她。

这时候，一条手臂锁住了他的脖子。

一名乘客—— 一名身材魁梧的黑人——听到斯蒂芬妮的叫喊声，就走到了这位袭击者身后，用满是肌肉的手臂锁住了帅哥的喉咙。他呼吸困难，将手枪丢在了地上，开始狂抓黑人的前臂，无力地想要掰开它。

这位高大魁梧的男人似乎很享受这一切。他欢快地对帅哥说："乖，浑蛋，离那位女士远点儿，听到没有？"

她们开始跑。

斯蒂芬妮带头。

她一定经常去健身房——她的移动速度就跟灰狗一样。如果帅哥在那儿，鲁伊心想，那说明艾米丽也在附近。另外，地铁站里卖纪念币的小贩这会儿肯定报了警，鲁伊要尽快离开地铁站。

喘气，接着跑。她竭尽全力跟着斯蒂芬妮。

在离地铁站两个街区远的地方，可怕的事情发生了。

在第十三街和百老汇大道的交叉口，一辆出租车闯了红灯。

正巧在这个时候，斯蒂芬妮跑到了这个路口，夹在了两辆并排停着的卡车中间。

她完全没有机会……

她能做的就是滚到车前盖上，防止自己被轮胎碾到。司机踩了刹车，汽车发出一阵低沉又刺耳的声音，但依旧重重地撞上了她。她身体的一部分——应该是脸部，鲁伊绝望地想——猛撞到了挡风玻璃上，玻璃出现了白色的碎纹。斯蒂芬妮侧翻到了地上，花衣服、红头发和雪白的肌肤形成了一道旋涡。

“不！”鲁伊尖叫道。

有两名妇女也赶上前来。鲁伊在她们旁边跪了下来。出租车司机不停地说着：“她闯了红灯，这不是我的错，不是我的错。”鲁伊根本没有理会他。

鲁伊把斯蒂芬妮血迹斑斑的头抱在自己怀里。

“你会没事的，”她轻声说道，“你不会有事的。不会有事的。”

但是斯蒂芬妮已经听不到了。

第二十二章

鲁伊站在医院的窗边，看着外面的公园。

这是个在第一大道上的破旧城市公园。石头和泥土比草地还多，多数鹅卵石上都画了涂鸦，石头被染成了红色和紫色。它们似乎是从城市腹地里渗透出来，暴露在外的器官。

她转身离开了床边。

一位医生从她身边经过，没有看她。医院里没人看着她——医生、清洁工、护士、护工都没有。她放弃了等待，不再奢望一位穿着白大褂的友善长者走过来，用手臂搭着她，然后说："关于你那位朋友，不必担心，她会好起来的。"

电影里都是这么放的。

但是电影都是虚构的。

理查德的话在她脑海里回荡：他们——不是——真的。

没人停下来跟她讲话。如果她想要知道任何信息，就又得去问一遍护士。

然后她会得到跟之前二十几次一样的表情。

有进展的话，我们会通知你的。

她又朝窗外望了望。看看帅哥有没有出现。他也许从地铁里那个人手中逃脱了，躲过了警察，一直跟着救护车追到了这儿。

又是妄想症。

但是，要是他们真的追了上来，那就不是妄想了。

希望斯蒂芬妮在打他时把他弄得很惨。她钟爱的童话故事里的一个人物，一位友善的女巫，曾对一个人说过，不要伤害任何人。对于自己想要的，尽可能往好的方向去想，但是不要想着去伤害别人。因为，那个女巫说，伤害就像是罐头里的黄蜂，一旦将它们释放，就无法预知它会去叮谁。

但现在，鲁伊希望斯蒂芬妮真的把那个浑蛋揍得很惨。

她又晃到了护士站。

一位年长的护士脖子上挂了一个听诊器，她终于抬头说："哦，我们刚得到你朋友的消息。"

"是什么？快告诉我！"

"他们刚把她送进放射科，要再做几次扫描。她还处在昏迷之中。"

"你就打算跟我讲这些？你什么都不知道？"

"我以为你想知道一下她的进展。她会在四十分钟到一个小时后回到重症监护室里。这要看情况而定。"

除非……鲁伊心想。

"我会回来的。如果她醒了，请转告她，我会回来看她的。"

* * *

哦，求求你们了，潘神[1]、艾西斯[2]、珀耳塞福涅[3]，让她活下来吧。

鲁伊站在东河旁，看着拖船正在奋力逆流而上。还有环河游船也是，那是艘小游艇，只有三到四个舱室。河水很脏，散发出阵阵腐烂的味道。来自罗斯福路的车辆疾驰而过，发出沉闷的撕裂声，这声音就跟撕掉绷带一样，让她焦躁不安。

仅仅是一次历险。这是我想要的全部，只是一场历险罢了。

兰斯洛特追寻圣杯，普赛克追寻离自己而去的爱神。在书中或是电影里，鲁伊将会是个英雄般的人物。她会找出杀死凯利先生的凶手，她会找到那一百万美元，她会拯救阿曼达与水火之中，然后和理查德永远幸福快乐地生活在一起。

噢，万能的主，请用您神圣的力量，驱散此人体内的病痛，请显现出您的仁慈……

她在父亲生命中的最后一个星期里一直在叨念这些话，至今还记忆犹新。

她的父亲是个年轻、潇洒的男人。他总是陪鲁伊还有她姐姐玩，教她们骑自行车，给她们念故事，带她们去看戏的热情丝毫不比去看球赛少。他总有时间与她们交谈、倾听她们的烦恼。

不，并不是每个童话故事都有完美的收场，但结局往往是正义的。人们死去或者失去财富，往往是因为自身的不诚实、不小心或是贪婪。不过，她父亲的死毫无正义可言。他努力生活，最终却在谢克海茨花园疗养院中被病痛慢慢折磨致死，死状很惨。

凯利先生的死毫无正义可言。

---

①希腊神话中的牧神。

②古埃及的母性与生育之神，是一位反复重生的女神，主司生命与健康。

③希腊神话中冥界的王后。

斯蒂芬妮这次受伤，也毫无正义可言。更别说她有可能会死掉。

上帝啊，求您了……

她开始大声说道："您的圣徒斯蒂芬妮，她的病痛将消散，力量将重回体内。"

她的声音慢慢变轻，最终她停止了祷告。

她盯着面前肮脏的河水，把自己手上的银手镯一个个拿了下来，然后将它们扔进水里。它们瞬间消失，没有发出任何声音。鲁伊将这视为一个好兆头，洞穿世间悲喜的上帝欣然接受了她的祭品。

不过，当她拿下最后一个手镯——就是之前买给理查德的那个——她停了下来，看着手镯上紧握的两只银手。她又一次听到了他的声音。

你很快就会发现我不是个骑士，而且，好吧，也许真有一笔赃款——这是我听过最疯狂、最荒谬的事情——但是，很多年前它就被花掉了、偷走了、或者弄丢了，你不可能找到的……

她紧紧握住那个手镯，准备像其他手镯一样，将它扔进河里。但继而又决定，不，还是留着这一个吧——作为对自己的警醒：历险会让身边的朋友和家人受伤，甚至被杀；探险只能存在于书本和电影之中。

如今你把人生浪费在一家音像店里，在幻想中蹦来蹦去，等待着一个连你自己也不知道是什么的东西。

她将最后这个手镯又套回到手臂上，慢慢走回医院里。

到了楼上，护士换班了，没人知道斯蒂芬妮在哪儿。一名护士看了看从急诊室转放射科的名单，上面有个人的名字被涂黑了。鲁伊惊慌得快失控了，她感觉到自己的手在抖。接着护士找到了斯蒂芬妮的名字，说她目前还在楼上。

"有消息我会马上告诉你的。"护士向她保证。

鲁伊在窗口又站了好久，突然听到有人在叫她的名字。

她转过身去，僵住了。医生很年轻，脸上的表情十分悲哀，看起来似乎一个星期都没合过眼。鲁伊都怀疑他先前有没有过通知家属病人已去世的经历。她的呼吸变得急促，狂躁地握紧了手镯。

“你是那位被出租车撞了的女士的朋友？”他问。

鲁伊点点头。

他说：“她的病情没再恶化。”

鲁伊盯着他。他也盯着她，等待着她的回复。

最终，他又开口道：“她目前情况稳定。”

“我——”她摇着头，似乎听不懂医生说的话。

“她会好起来的。”医生说。

鲁伊哭了起来。

他继续说道：“她有点儿脑震荡，但失血不多。身上有几处严重的擦伤。”

“什么样的擦伤？”

“淤青。”

“噢。”鲁伊小声说道。

斯蒂芬妮要去试镜，她可不想身上留下淤青。

她问：“她醒了吗？”

“没有。短时间内她还醒不了。”

“谢谢你，医生。”她上前用力拥抱了他。这个姿势让他忍受了好一段时间，接着他疲倦地回到了摆动着的门里面。

鲁伊到护士站要了一张纸和一支笔。

她写道：

斯蒂芬妮：

我走了。谢谢你为我所做的一切。不要再走近我，不要试着联系我。我只会让你再次受伤。

爱你的，

鲁伊

她将纸条递给护士。“当她醒来，请把纸条给她。哦，对了，请转告她，我很抱歉。”

又开始奔跑。

她不断回头张望，跟往前看一样频繁。她跑过垃圾桶、街边的垃圾堆，还有水塘。她跑过苏荷区艳俗的金色普克大厦，周围还散发出下东城的酸味。跑啊跑，跑啊跑。鲁伊感到后背和两肋的汗水正在细细流淌，还有脚底心的疼痛，因为这一路上她都穿着便宜的薄底靴子，在水泥地上猛踩。

空气涌入她的肺部，她的胸口开始疼痛。

在离她的阁楼还有一个街区的地方，鲁伊停了下来，将身体贴在一栋大楼的墙上，往后看了看。没人在跟踪她。这是条安静又破落的街道。她又开始检查家门口那条街：没有警车，连无标志的警车也没有。熟悉的影子，熟悉的垃圾，还有那辆停了好久的坏掉的蓝色面包车，上面贴满了各种停车罚单。鲁伊一直等到自己的心跳平缓下来。

如果艾米丽和帅哥发现了她住的地方，他们会来吗？也许不会。他们知道，警察很可能会监视这里。另外，他们很可能走了。她只是他们找的替罪羊；他们的任务已经完成了。他们也许已经离开了纽约。

这也正是我现在要做的。

两头圆中间高，俄亥俄。

鲁伊绕着大楼转了一圈，接着一下子溜进了建筑工地上的三夹板围墙里。戴着硬帽子的工人们正在进进出出。

她迅速走过他们，走进她的那栋楼里。她坐货梯上行，闻着机油、油漆和各种混合溶液的味道。她本来就感觉很恶心——来自疲劳和恐惧——如今这些气味让她的胃里更加翻腾。

电梯停在了顶楼，发出一声低沉的金属声。她拉开铁链门，走了出去。上面的阁楼一点儿声音也没有。但也可能会有人在。她喊道："鲁伊？是我，你在家吗？"没有应答。"我是你的朋友詹妮弗，鲁伊！"

依旧没有反应。

接着她慢慢走上楼梯，边推开门边往里面窥视。空荡荡的阁楼展现在了她面前。她迅速跑到自己的那半边，抓起一直用来当梳妆台的旧行李箱，将它打开。她在房间里走来走去，试着决定要带哪样东西。

不带衣服，不带首饰——除了那些手镯，她也没什么别的饰品。她带了些照片，都是家人的，还有几个纽约认识的朋友。还有书——二十来本，都是她无可替代的收藏。她考虑过带上电影——大部分都是迪士尼的，但她觉得自己能回头再买。

鲁伊看到了《心跳曼哈顿》这盘录像带。拾起它，气势汹汹地穿过房间，将它往桌子上砸去，桌子裂开了几个口子，录像带也被砸了个粉碎。

她找到一支笔和一张纸。她写道：

桑德拉，跟你合住真的很疯狂。我得到一个机会，能去英国几年。要是有人过来找我，你就告诉他们我在那儿。我不确定自己会住在哪座城市，但应该在伦敦或是爱丁堡附近。希望你的首饰能大卖，你的设计真的很棒，要是你打算到伦敦开店，我一定会去光顾的。祝你好运。鲁伊。

她将纸折好，放在了桑德拉的枕头旁，拎起沉重的行李箱。

就在这时，她听到了脚步声。

它们从楼下传来。

不管这人是谁，他都没坐电梯上来。他是爬楼梯悄悄潜行而上的，所以才没发出任何声响。

唯一的出口就是这个楼梯——而这位入侵者正从那儿走了上来，她听到小心翼翼的脚步沙沙作响。

她看了看阁楼里自己的那一半房间——看着她的行李箱和豹纹皮包。

没时间去拿武器。没时间拿任何东西。

无处可逃。

她看着玻璃包围着的房子。

无处可藏。

第二十三章

他一次只跨一个台阶，慢慢地，慢慢地。

停下来，侧耳倾听。

他试图控制自己的怒火。他的怒火跟着脸上的疼痛一起悸动——之前在地铁里一个该死的红发娘儿们抓了他一把。他听着上面的动静，也听着下面的动静。他现在身上没穿制服——不久前他把抄表员的外套给扔了，在他跟踪那个小个子的短发婊子到布鲁克林之前。因此在楼下，一些建筑工人啰里八嗦了一大通，不让他进去。他径直走了进来，给了他们一个“滚远点儿”的表情，甚至都懒得编个理由。

他听了听上面是否有人正等着他来，听了听下面是否有人跟着他。

但他完全没有听到脚步声、呼吸声、子弹上膛声。

他停在了楼梯的最上方，将头低下。

好了……进去!

快速走进阁楼，眼睛在迅速寻找掩护的地方。

但他不必担心了，她不在这儿。

妈的。他一直肯定她会回来的，会在离开前回来拿点儿东西。他把枪指向前方，在阁楼里晃了一圈。她之前来过这里——有个装得半满的行李箱，还有她那个难看的包，那婊子人却不见了。

也许——

接着他听到了。

一阵咔嗒声，还有刺耳的摩擦声。

电梯！他跑到楼梯上，想着她也许偷偷从自己身后溜出去了。但是，没有，电梯里是空的。它正在往下降。所以，是她要回家了。原来他赶在她之前到了。

他躲在一堵半人高的煤砖墙后，从楼梯上来是看不到那儿的，他等着她走到自己面前。

鲁伊就在离帅哥八英尺的地方，阁楼外面的微风之中，离下面的人行道有一百英尺。

她穿着靴子站在大楼正面向外凸出六英寸的窄金属屋脊上，比阁楼的位置要稍矮一些。她大部分身体都在玻璃窗以下，要是蹲下一点，帅哥是无法看到她的。

除非她不得已要往里看。

因为她听到了电梯向下降的声音。有人上来了！

帅哥会把他们都杀掉的。

她的手在颤抖，腿在发软，好像肌肉都在融化。上面的风很冷，味道似乎也有所不同。刺骨的阴冷。她又往下看了眼从沥青马路延伸过来的鹅卵石小径。她闭上眼睛，将脸紧贴住手臂，寻求一个舒适的姿势。

鹅卵石——《心跳曼哈顿》的最后一个镜头。露比·达尔缓步行走在潮湿的街上，她可怜的未婚夫在格林尼治村被枪杀了，她正在为他而哭泣。

罗伊，罗伊，就算你很穷，我也依旧爱你。

鲁伊往阁楼里望去，看到帅哥正轻轻移动着，他竖起耳朵听着门口的声响。

是谁进了电梯？桑德拉？还是那些建筑工人？

拜托，最好是警察——明内利或者迪克森，为布鲁克林枪击案而过来逮捕她。他们有枪，至少有机会火并一下。

突然，帅哥屈膝蹲下，举起枪口，右手的食指放在了扳机上。他环顾四周，似乎在听声音。

不管上来的是谁，嘴里都在喊着什么。是的，她能模糊地听到一个声音。“鲁伊？鲁伊？你在吗？”是一个男人。

理查德一边往楼梯上跑，一边喊着什么。

不，不，不！她默默地尖叫着。哦，不要是他。请不要伤害他！

她闭上眼睛，试图给他发个危险信号。但当她再往里看时，理查德已经走到了离她很远的阁楼深处。“鲁伊？”

帅哥躲在另一侧的墙后，看不到理查德，但他的枪口一直跟随着理查德的脚步。鲁伊看见他用长长的大拇指抚摸着枪，指向理查德快要经过的地方。

噢，不……

别无他法了。她不能再让别人因为自己而受伤了。她将右拳举到窗边，准备打碎玻璃，对理查德大喊，叫他快跑。帅哥会一下子很慌乱，会转过身来射杀她。但这么做可能会给理查德留下足够的时间跑下楼梯并且逃跑。

好，就现在！就这么办。

但是，正当她将拳头举向窗户时，理查德停了下来。他看到了那张字条——那张她写给桑德拉的字条。他拿起来读了一下，摇摇头。他再次环顾了一下阁楼，接着走下了楼梯。

帅哥从墙后往外瞥了一下，将手枪放回了腰间。站了起来。

谢天谢地，谢天谢地……

鲁伊放下右臂，再次紧紧地抓住了窗台。帅哥又搜了一遍阁楼，试图找到她。最后，他终于沿着楼梯下去了。鲁伊的指尖麻木了，手臂上的肌肉极其酸痛，双腿也像被火烤了一样，疼痛至极。但她依旧待在原地，直到她看着帅哥从大楼里出来，并往东消失在视线中。

她缓缓移到一扇很小的检修门前，爬进了室内。她在自己的床上躺了五分钟，直到肌肉不再颤抖。

接着，她拎起行李箱和包，离开了阁楼，甚至都没想过要和自己的空中城堡说声再见。

她停在了翠贝卡街上，环顾四周。

路上有建筑工人、男女商人，还有邮差。

她之前认为帅哥和艾米丽已经离开了纽约，不会再来烦她了。如今事实证明，她错了。这意味着他们还有更多的同伙。会是这些人中的某一位吗？

有几个人瞥了她一眼，他们的表情深沉又可疑。她缩回一条小巷子里，躲在了一个垃圾桶后。她开始等天黑——就躲在那儿——然后步行去汽车站。

接着她看到一个流浪汉出现在巷口。在她看来，这人并不太像流浪汉，虽然他身上很脏，衣衫褴褛，但他的眼神十分敏锐，甚至有些危险。他往巷子里一看，看到了鲁伊。他停顿了一会儿，将头低下，继续往巷子里走。

无视她。尽最大努力地无视她。

他是他们一伙的！

快跑，姑娘，快跑起来！她把包往肩上一甩，抓起沉重的行李箱，箭一般地从垃圾桶后飞奔出去。

那个流浪汉看到这样的场景，犹豫了一会儿，于是也跟着跑了起来，直直地跟在她后面。

鲁伊没办法跑得很快，因为行李箱太重了。她磕磕绊绊跑到了富兰克林街，停下来喘气，试着思考该走哪条路。那个流浪汉离得越来越近了。

突然传来一个男人的声音："鲁伊！"

她四处搜寻声音的来源，心脏正在猛烈地跳动。

"鲁伊，在这儿！"

是菲利普·迪克森，那个联邦法警。他正在朝她挥手。她出于本能朝他走去，但又突然停了下来，想到他是个要逮捕自己的人。

她该怎么办？

她正站在街道中间——离地铁站有三十英尺。她听到地下隆隆的声音——一辆列车正在进站。她可以越过闸门，直接搭上去市中心的车，这一切只需十五秒。

她离那个流浪汉也只有三十英尺，他正朝她跑来，一脸愤怒。

她离迪克森也只有三十英尺。

"鲁伊！"法警喊道，"快点儿，站在那儿不安全。他们就在这附近，那些杀手们。”

“不！你是要来逮捕我的！”

“我知道你没杀赛明顿。”迪克森说。

但他还能说些什么呢？等到给她戴上手铐时，他就会说：你有权保持沉默……

流浪汉离她越来越近了，用他阴沉、冷酷的眼睛盯着她。

列车几乎要到站了。要开跑了！就现在！

“我想帮你！”迪克森大喊道，“我一直都很担心你！”他开始穿过街道朝她走来，但她转身朝地铁站走了过去，于是他停下了脚步。

他举起手。“拜托了，他们在追杀你，鲁伊。我们知道是怎么回事。他们给你设了个套，他们没料到你能从布鲁克林逃出去。但我们知道，这不是你干的。你只是在错误的时间去了不该去的地方。”

快点儿选，她告诉自己，快点！

她试探性地穿过街道走向迪克森。流浪汉离她很近了，但他放慢了追赶的速度。

“拜托了，鲁伊。”法警说道。

栅栏另一边，列车已在慢慢进站，脚下传来一阵又长又尖的刹车声。

选择！

快点儿，你得试着去信任别人……

她朝迪克森飞奔过去，跑到他身边。他用手搂住了她。“好了，”他说，“你会没事的。”

她迫不及待地说：“有人在跟踪我，就在巷子里。”这时一辆车停到了他们旁边。

流浪汉从巷子里转了出来。这时，迪克森掏出一把黑色的手枪，流浪汉钉在了原地。

“妈的，”流浪汉边说边举起双手，“嘿，伙计，真不好意思。我只是想从她皮包里偷点钱罢了。这没什么大不了的，我正要去——”

迪克森开了一枪，子弹射进了流浪汉的胸膛。他人往后飞了起来。

“天哪，”鲁伊惊呼道，“你为什么要这么做？”

“他看到了我的脸。”菲利普如实说道，接着他把行李箱和包从鲁伊身边拿走。

从刚开上来的那辆车里，一个女人的声音传了出来。她对迪克森说：“好了，哈尔特，你在光天化日下站在外面好久了，警察随时会赶到的，我们走吧！”

鲁伊盯着这个女人。是艾米丽。她开的那辆车是绿色的庞蒂克，就是那辆在凯利先生公寓旁，想碾过她和另外一个目击者的车。

错误的时间，错误的地点……

菲利普——或者说是哈尔特——打开庞蒂克的后座门，把鲁伊塞了进去，把她的行李箱和包扔进了后备箱。哈尔特坐进了车的后排，就在鲁伊旁边。

“去哪儿？”艾米丽问。

“去我那儿比较好，”他镇定地回答道，“我那儿有地下室，更安静，你知道的。”

第二十四章

迷失在森林之中。

汉泽尔与格莱特[①]。

鲁伊盯着天花板，不知道几点了。

想着自己居然这么快就丧失了时间观念。就跟这几天她丧失了自己的生活一样。

这让她想起小时候，有一次跟着父母去俄亥俄乡下拜访亲戚。他们去了一个很小的国家森林里野餐，而她中途走开并且迷了路。她在公园里晃荡了好几个小时，觉得自己知道该往哪儿走，觉得自己知道家人的餐桌在哪儿。也许有点小困惑，但是凭着一个孩子的自信和全神贯注，她从来没想过自己已经走丢了，她也从来没想过，这几个小时里，她已经离发疯的家人好几英里远了。

---

①指格林童话《汉泽尔与格莱特》，一对在森林里迷路的兄妹。

现在她知道了，自己迷失了多么远；而且她也知道，回到家里是多么不可能。

欢迎回到现实中来，理查德早就提醒过她了。

屋子狭小无比，是一间地下储藏室。高处有一扇很小的窗户，她够不到，窗户前安装着歪歪扭扭的铁栅栏。部分水泥地被敲掉了，下面的泥土被翻了上来。当哈尔特把她推进这间屋子时，她就注意到了。被挖出来的泥土，她告诉自己，只是他修水管或者铺新水泥要用的。

但是她心里很清楚，这是个坟墓。

鲁伊躺在地上，看着微弱的街灯射进无法触及的窗户。

小街的灯光。

死亡时的灯光。

一阵金属的咔嗒声传来，她跳了起来。

门外传来一连串脚步声。

接着第二道锁的咔嗒声，门开了。哈尔特站在了门口，他很警觉地环视四周，也许是在检查她是否设了陷阱或是拿了武器。他很满意，点头示意她跟他上去。惊恐的泪水在她的眼眶里打转，但她没让它们掉落下来。

他带着她走过一段快散架的楼梯。

艾米丽注视着她。她心情很好，打量着鲁伊，就像一名房产经纪人在评估一间公寓。当鲁伊在门口犹疑不决时，哈尔特一把将她推进了房内。艾米丽似乎很不喜欢他的做法，但她什么也没说。

没人开口讲话。鲁伊感觉到空气中紧张的气氛。就像《心跳曼哈顿》里警察走进银行跟歹徒谈判的那一幕。他站在原地，伸出手，一遍又一遍地说："把枪给我，孩子，把枪给我。"灯光变得朦胧、黯淡，摄像机镜头移到了点三八的枪口。

歹徒会开枪吗？这样的紧张氛围真叫人想尖叫。

哈尔特把鲁伊推到了一张廉价的餐椅边，低头盯着她。鲁伊抽泣着，觉得自己一点儿也不像个成年人。

但紧接着，她脑子里突然蹦出了一个画面。是她某本童话故事中的插画，迪尔姆德，接着是亚瑟王。

她把哈尔特放在自己肩膀上的手移开。“别碰我！”她怒气冲冲地说。

他眨了眨眼睛。

鲁伊站在原地，直视他的双眼，接着慢慢走向那把椅子。她调整了一下座位，好让自己正对着艾米丽，然后坐了下来。她用一种圆滑、强硬、琼·里弗斯[①]的口气说道：“能开始聊了吗？”

艾米丽眨了下眼睛，大笑了起来。“我们也是这么想的。”

哈尔特拉了把椅子，也坐了下来。

鲁伊玩弄着手腕上唯一的手镯，把它滑上滑下。试着让自己看起来很强硬，摆出一副玩世不恭又愤世嫉俗的样子。银制的圆环转啊转，她看到牵在一起的两只手，试着让自己不要去想理查德。

艾米丽说：“我们要知道，关于我和斯皮内洛的事，你都告诉了哪些人。”

鲁伊声色俱厉地说：“你杀了罗伯特·凯利。为什么？”

艾米丽看了一眼哈尔特。后者说：“可以说，这完全是他自己的错。”

“什么？”

“他住进了错误的公寓，”艾米丽说，“我们也感觉很糟糕。我是

---

①美国女演员、作家、电视节目主持人。

说，犯这样的错误，让我们也很难堪。当然，我们也为他感到难过。”

鲁伊震惊地呼了口气。“他只是……你们误杀了他？”

哈尔特继续说道：“斯皮内洛一月份在圣路易斯，为一系列诈骗和贿赂案出庭作证，于是联邦法警将他带到了纽约。证人保护计划。他们给了他一个新的身份——维克多·赛明顿——然后把他安顿到市中心的一个住处，但是，呃，你瞧，他这人疑心病很重。他并没有住在警方安排的住处，而是自己住进了东村的一栋公寓楼里。他住进了 2B 号房。但后来他得知三楼还有间更大的，就搬去了三楼。你的朋友凯利搬进了斯皮内洛原本的房间里。”

“雇我们干活儿的人告诉我们，”艾米丽说，“目标人物住在 2B 房。”

“所以，你看，我们能说什么呢？”哈尔特沉思道，“我还在楼下大厅看了住户表，但上面全被涂鸦覆盖了，我什么也看不清楚。再说了，凯利和斯皮内洛长得也很像。”

“他们长得完全没有一丁点儿像的地方！”鲁伊与他争辩了起来。

“呃，对我来说，长得很像。嘿，意外总会有的。”

鲁伊问：“那你后来又回到公寓里，把他的东西翻得底朝天，是为了好玩儿吗？”

哈尔特像是遭到了侮辱。“当然不是。我们从新闻里得知这个叫罗伯特·凯利的家伙被杀了，这不是我们目标人物的新名字。所以我们觉得是杀错人了。我说，要不是你在半路上打搅我，我会好好进行核实的。我后来又去了那儿，发现一张凯利和他姐姐的照片，他们俩看起来都像是守规矩的老实人。”

鲁伊想起那张被撕毁的照片。也许，当哈尔特发现自己犯了个重大错误后，情绪失控，生气地将照片撕成了碎片。

他继续说道："重新安置证人时，警方不会造一张假的家庭相片。所以，我觉得我们是搞砸了。我们得做正确的事情。"

正确的事情？鲁伊心想。

"你来音像店找我时，"鲁伊说，"假扮成联邦法警迪克森，你说自己是处理凯利先生凶案组的一员。"

"妈的，我当然没在里面啦。"哈尔特大笑道，"这是说谎的技巧，让对方觉得你跟他是一条线上的。我说我当时在那儿，而你也觉得事实正是如此。"

鲁伊想起凯利先生的公寓，想起自己浏览那些书籍，发现那些剪报；室内又闷又热；椅子上沾着可怕的血迹；被撕毁的相片。

鲁伊闭上眼睛，任由自己沉浸在绝望之中。她人生的大探险——居然源自一个错误。压根儿就不存在什么银行劫案的赃款，罗伯特·凯利只是个无辜的局外人——一个喜欢看烂片的怪老头儿罢了。

"所以，亲爱的，我们需要知道，"艾米丽有点没耐心了，"关于我，你都告诉了谁？"

"谁都没说。"

"男朋友？女朋友？你从斯皮内洛家逃出去后，有足够的时间跟别人讲这件事。"

"你一直都知道斯皮内洛在哪儿？"鲁伊问，"你只是在利用我？"

"当然，"艾米丽说，"我得把你引到那儿去，通过银行和律师，这样警察才有迹可循。警察会发现你正在追踪他，然后发现你跟他的尸体——我们准备让现场看起来像是你先射杀了他，他再将你杀死的样子。他们抓到了罪犯，调查结束。警察跟普通人一样，希望工作越少越好。一旦他们找到了某个凶手，就不会再去调查别人了。很多案子都是这样，你知道的。好了，快点儿，你都告诉了谁？"

“我为什么要跟别人说这件事？”

“噢，得了，”哈尔特说，“你看见有人在自己面前被杀了，你会不告诉警察？”

“我能说吗？斯皮内洛的公寓里到处都是我的指纹，我知道自己已是嫌犯之一。我猜到了你们在干什么。”

“不，你没猜到，”哈尔特说，“你还没那么聪明。”

鲁伊没吭声。至少有一件事是好的，鲁伊想，他们不知道斯蒂芬妮。

突然，哈尔特从椅子上跳了起来，一把抓住鲁伊的头发，用力往后扯。她的头也跟着往后仰，都无法呼吸了。他的脸紧贴着她。“你瞧，你觉得无论我们怎么对你，只要你能活着就好。事实上却不是。我们放你一条生路的唯一办法——我们没打算真要杀了你——就是确保你不能跟任何人谈起我们，比方说，辨认嫌疑犯时你什么都看不到。”

他把一根手指慢慢移到鲁伊的眼睛那儿。她闭上了眼睛，不一会儿就感受到剧烈的疼痛。他正在用力地按她的眼球。

“不！”

他将手指移开。“我们对付你的办法很多，”他边说边揉着她的脖子，“我们能把你变成植物人。”他摸到她的胸脯，“或者把你变成一个男的。”他的手在她的双腿之间游走，“又或者……”

他迅速放开她的头发，她尖叫起来。艾米丽面无表情地看着这一切。

鲁伊大口地喘着粗气。“请放了我，我什么也不会说的。”

“那要看你怎么求我们。”艾米丽说。

“我会给你们一百万美元的。”她说。

“什么一百万？”哈尔特问，“那部老电影里的？那纯粹是胡诌。”

“噢，”艾米丽大笑道，“你的那些秘密财宝？”

“我有。我找到了。”

哈尔特冷笑道：“你找到了？”

“当然。你觉得我在过去的二十四小时里去了哪儿？布鲁克林那件事后，我干吗还在城市里到处晃荡？我为什么不在你们杀了斯皮内洛后，也就是昨天就离开纽约？我不走，是因为我得到了那笔钱的线索。”

哈尔特沉思起来。鲁伊觉得他被激起了好奇心。她捏着手臂上唯一的银手镯。“这是真的，我保证。”

他摇着头说：“不可能，这没可能。”

“凯利先生确实拿到了那笔钱，我找到了，在汽车站的某个储物柜里。”

“这听起来真像是电影情节。”艾米丽缓缓地说道。

“不管听起来像什么，反正这是真的。”

鲁伊看得出来，他们俩都开始有点儿相信她了。

鲁伊继续摆弄着手镯。“一百万美元！”

哈尔特对艾米丽说：“都是老版的纸币，流通起来要有多难啊？”

“没你想得那么难，”她说，“人们总会发现自己的一些旧账，银行必须全部吃进。好消息是，即便这些钱全是连号的，现在也没人会有那些记录了。”

“你认识收这个的人吗？”

“有几个。我们应该能拿到七八成的现金。”

但接着哈尔特又开始摇起头来。“不，这太疯狂了。”

“一百万美元。”鲁伊重复了一遍，“你们还没厌倦以杀人为生的生活吗？”

沉默。哈尔特和艾米丽避开了对方的目光。

屋内很暗、很阴冷，只有两盏昏暗的灯亮着。鲁伊朝窗外望去，外面一片漆黑，附近只看得见一盏暗淡的街灯。她紧张地把玩着手镯，不停地捏着它。

哈尔特和艾米丽低头低语了一番，最终艾米丽点点头，抬起头来。“好了，这是我们的条件。你跟谁说起过我，把那些人的名字给我，然后把钱交出来，我们就放你一条生路。你要是不告诉我们，我会让哈尔特带你去楼下，然后任由他处置。”

鲁伊想了一会儿。“不管我告诉了谁，你会对他们怎么样？”

哈尔特说：“什么也不做，只要没有警察来追捕我们。但如果有，我们也许会伤害他们。”

鲁伊又捏了好几次手镯，非常用力，手镯断成了两半。

她抬起头来。“你在说谎。”

“亲爱的——”艾米丽开口了。

这是说谎的技巧，让对方觉得你跟他是一条线上的。

“不过没关系，”鲁伊镇定地说，“因为我也说谎了。”接着她从椅子上跳了起来。

第二十五章

艾米丽大笑起来。

因为鲁伊本可以跑到房屋的前门或者后门那儿，甚至还可以试一下窗户。但是她没那么做，相反，她跌跌撞撞地朝客厅的一扇小门跑去。

“鲁伊，”艾米丽耐心地说，“你觉得自己在干什么？那是个衣橱。”

鲁伊发现衣橱是锁着的，她拉了一下玻璃把手。

哈尔特看着艾米丽。为鲁伊的愚蠢直摇头。没有出去的办法了，她把自己关在了这间屋子里。鲁伊转过头看着他们，发现他们松了口气，完全不知道自己将要做什么。

她跳到之前已经盯着看了五分钟的电源插座那儿。

“不！”艾米丽对哈尔特大喊道，“她要——”

鲁伊把手镯的两端插进了插孔里。

这个手镯，对你的人生很重要，很重要，不要轻易送给别人……

一阵强烈的白光出现，伴有爆裂声。刺人的火花涌向她的手指。

由于短路，保险丝烧了，屋内的灯全部暗掉。鲁伊闻到指尖烧焦的肉味。

她顾不上疼痛，立刻跑了起来。艾米丽和哈尔特受到强光刺激，一时什么都看不见，正在漆黑中摸索着朝前门走去。火光产生时鲁伊闭上了眼睛，因此她已经在他们三十英尺之前了。她猫着身子小心地跑向前门，左手紧紧抓住失去知觉的右臂。

从门廊到大门，中间有两个往下的台阶，鲁伊一脚踩空，重重地摔倒在地。她的右臂本能地朝前甩了出去，让她感到一阵灼烧般的疼痛，忍不住哼哼起来。

“在那儿——她在那儿，”艾米丽大喊道，“我去抓住她。”

鲁伊挣扎着站了起来，身后传来女人踩着高跟鞋的声音。她看不到哈尔特，也许下楼去换保险丝了。

鲁伊扑向前门，一想到艾米丽正在慢慢逼近自己，手里肯定握着武器，她慌张地出了一身冷汗。

她伸手去拔最上面的门闩。紧接着她停了下来，慢慢往后退了几步。不！上帝啊，不！

外面站了个人。透过花边窗帘她看不清楚，但肯定是那个帅哥，哈尔特和艾米丽的同伙。街上惨淡的灯光照出他卷发的轮廓，他似乎正在朝窗户里面看，猜测为什么里面全暗着。

鲁伊转身，逃向后门。

她一边慢慢走着，一边倾听艾米丽的高跟鞋和哈尔特的脚步。

但屋内一点儿声响都没有。他们俩都逃走了？鲁伊转了个弯，整个人都僵住了。就在四五英尺外，艾米丽正缓慢地贴着墙前行，手里握着一把枪。她把高跟鞋脱了，光着脚无声地走着。

鲁伊紧贴着墙。艾米丽转过头，眯着眼睛看着阴暗处，她似乎听到了鲁伊微微的呼吸声。她看到一个模糊的女人轮廓，于是提起枪，对准了鲁伊。

她会听到我的心跳声！她必须得听一听。

主乐意保护那些为生计而身处危险的人们。

手枪发出咔嗒声，子弹打进离鲁伊脑袋只有一英尺的墙里，产生了一股激烈的冲力。

我们祈求您能听到，上帝。

又是一枪，距离更近了。鲁伊竭尽所能地保持安静。

艾米丽朝前门走去。鲁伊用手指胡乱摸索着，抓到了一样离自己最近的东西——一个架子上的重花瓶。她举起花瓶，朝艾米丽身上猛砸了上去。这一击十分有力。艾米丽一下子跪倒在地，大声哀号起来。枪从手上滑落，掉进了阴影之中。花瓶砰的一声掉在镶木地板上，毫发无伤。

“我找不到保险丝！”哈尔特的声音从附近传来，“她他妈的在哪儿？”

“快来帮我！”艾米丽大叫道。

哈尔特往前走来。“我他妈的什么都看不见。”

鲁伊躲闪过他。

“那儿！”艾米丽喊道，“在你旁边！”

“什么——”哈尔特说。鲁伊穿过门廊，朝着后门的方向飞奔过去。

对！就在那儿。她看到了，而且外面看起来也没人。

她听到哈尔特的声音从房子的前面传来，他正在喊艾米丽。

鲁伊知道自己没事了，她能逃出去的。他们离她还很远，鲁伊只要再跑二十英尺左右，就能到达后门。她把门廊的门关了起来，将一把椅子抵在门把手下，继续往前跑。

几秒后，哈尔特就赶到了门边，试着将门打开，但是门被牢牢抵住了。

透过后门上的蕾丝窗帘，鲁伊能看到外面昏暗的街灯。

没有什么能够阻止她。她要跑出去，到巷子里，继续一路疯跑。到第一个电话亭里打九一一报警。

哈尔特拼命撞门，将门稍稍撞开了一点，但椅子仍旧没倒。

十五英尺。十英尺。

又是一阵撞击。

“去厨房，绕到那边去！”哈尔特对着艾米丽大喊道。

但他们的对话仿佛来自遥远的世界。鲁伊已经站在了门口，她安全了。

她解开链条，打开插销，转动门把手。她把门开得老大，踏进了后院。

接着僵在了原地。

噢，不……

帅哥站在离她两英尺不到的地方。他吓了一大跳，不过依旧像个神枪手一样，条件反射地把枪对准了她的脸。

不，不，不……

她往后靠在了门把手上，泪水直涌而下，手臂无力，摇着头。噢，不……结束了，一切都结束了。

但紧接着怪事儿发生了，是那种在西藏这样的神奇王国里才会发生的怪事儿。鲁伊似乎走出了自己的身体，她感觉到自己似乎死了，然后升到了空中，心里却在想——他对我开枪了吗？我死了吗？

慢慢飘走，毫无知觉，径直往空中升去。

从空中，从西藏上空的云上，她往下看见——

帅哥用手挽住她，将她从后门带走，并把她交给身后的另一个人，那人穿着蓝色外套，背上印着“联邦法警”几个字。那儿还有几个穿着类似防弹背心的人，他们身后印着“纽约警局”几个字。她被传来传去，最终被交给了明内利探长。那个眼睛靠得很近、名字很滑稽的探长。

维吉尔·明内利。

探长将手指放在嘴唇上，要她保持安静，接着将她带离那间屋子。她回头看着那排人，他们正包围着整间屋子。他们身材高大、面无表情，穿着厚厚的蓝色盔甲，手里握着又短又粗的机枪。

到了人行道上，明内利将她交给了两名医护人员。他们将她放到折叠床上，开始忙碌起来，往她烧伤的手上倒冰水，并且用绷带包扎好。

鲁伊完全不在乎这些。她盯着那些站在后门的人，眼睛一眨也不眨。接着帅哥对着领子上的麦克风说：“目标已安全撤离，我们进去，进去，进去！”

所有待命的人，所有的骑士们，冲进屋内，大喊道：“警察，警察，联邦特工……”手电筒将房子内部照得通明。

鲁伊听到一阵滑稽的声音，是笑声。她看着医护人员，他没在笑，他的同伴也没在笑。她意识到，那个声音出自自己。

其中一名医护人员温柔地问道：“什么事这么好笑？”

但她没有回答。因为这时屋内传来阵阵枪声，接着就有人大喊：“医生！医生！”

救护车里的两个人立刻拿起包，向后门跑去，听诊器在脖子上来回摆动着。

第二十六章

她从人群中走向他，走向帅哥。

“我要看样东西，我要看你的证件。”

他们正坐在一辆新的福特车后面，政府牌照。明内利站在车外。

这位纽约警局的探长摸了摸胡子，说：“他是货真价实的。”

“我要看！”她声色俱厉地说。

帅哥把自己的警徽和证件给了她。

她把证件反复看了三遍后，才开始阅读上面的文字。他名叫塞尔瓦托·皮斯托内。

“叫我塞尔好了，大家都这么叫我。”

“你是，嗯，联邦调查局的吗？”

“你这是在侮辱我。我是一名联邦法警。”他微笑着，但眼睛却异常冰冷。

“哈尔特也是这么介绍自己的。”

“是的，我发现了他的假警徽和证件。他之前就用过了。让我感到困惑的是，人们从来不愿意他妈的花点时间去好好看证件。如果看了，你就会发现他的是假的。”

一名医护人员走到车这边。“今晚睡觉前把手浸在必妥碘溶液里，明天再去看医生。你知道必妥碘是什么吧？”

鲁伊完全不知道，但她还是点了点头。

接着他对明内利说：“那家伙死了。”

塞尔讥讽道：“我朝那家伙的头上开了三枪，他有不死的可能性吗？”

“是啊，嗯，我只是过来确认一下。”

“谁？”鲁伊问，“哈尔特吗？”

塞尔说：“是的，哈尔特。”

“那个女的，她会没事吗？”明内利问。

“背上有一大块淤伤，不知道她怎么搞的——”

鲁伊想起了那个花瓶，真希望自己砸在了她的头上。

“——但除了这点外，她没什么问题。这婆娘绝对有机会去瞧瞧法庭内部的样子。”

明内利直起身子。“好了，女士，我现在要把你交给联邦调查局，这案子如今归他们管了。你应该听我的，不要插手——”

“我——”

他把手指放在嘴唇上，让她不要说话。“你应该听我的。”他走到自己的车子旁，用靠得很近的眼睛瞥了鲁伊一眼，不带任何情感。接着他坐进车里，发动引擎，开走了。

其他车子也都陆续开走了。大部分都是无标志的轿车，还有一些蓝白相间的城市警车和几辆小型应急服务车。那些男男女女们，就像刚打完仗的士兵一样，脱下背心，把枪放进了车里。

“他是谁？”

“塞缪尔·哈尔特，”塞尔回答道，“职业杀手。”

“我真的很困惑。”

她看着塞尔的脸。她觉得这人似乎有点儿疯狂，有种被洗过脑的感觉，就像那种宗教狂热分子一样。对于明内利探长，她爱恨参半，但总的来说，她很喜欢他。但塞尔让她觉得害怕。

“她杀了维克多·赛明顿，”鲁伊告诉他，“是艾米丽。”

“那么，她目前的名字是艾米丽。她姓什么？”

“里克特。”

“哈尔特总是跟一个叫赞恩的人搭档干活儿。我一直以为那是个男的，但肯定是她了，一个难缠的死女人。”

塞尔在汽车后排找了一圈，找到一个保温瓶，又坐了回来。他往盖子里倒了点咖啡，递给她。“黑咖啡，亲爱的。”她接过盖子，喝了一小口。味道太浓了，让她整个人都颤抖了一下。

塞尔直接喝着保温瓶里的咖啡。“赛明顿——我是说斯皮内洛——要是不那么惊慌，现在应该还活着。他不该擅自离开的。”

“发生了什么？”鲁伊问。

他解释道：“我是证人保护项目组的，你知道，我们会给那些联邦案件中的目击证人新的身份，包括斯皮内洛和另外一个目击者——”

“那个在圣路易斯的家伙？”

“是的，阿诺德·吉特尔曼。斯皮内洛和吉特尔曼为中西部的一系列诈骗和贿赂案出庭作证。”

“既然他们已经出庭作证了，为什么还要杀掉他们呢？”

对于她的单纯，塞尔报以一阵冷笑。“这叫报复，亲爱的。为的是传达一则信息：要活命就别乱讲话。总之，斯皮内洛自行离开了——他不相信我们能保护他，于是自说自话搬到东村去了，完全没和保护他的探员打招呼。当时在圣路易斯，我是吉特尔曼保护小组中的一员。”他冷酷的眼睛里出现了短暂的伤感之情，似乎他不常有这样的情感，“我出去买三明治和啤酒，那些浑蛋把吉特尔曼和我的搭档给杀了。”

“我很抱歉。”

对于她的同情，塞尔耸了耸肩。“所以我暗中决定要逮住这些混球。”塞尔看着这栋房子，“我们都他妈的很坚定。似乎就只有这两个人，我们尽可能地在屋外等待，看看还会不会有人过来。但没人过来。”

“你说你们尽可能地在屋外等待，是什么意思？”

他又耸了耸肩。“我们已经在外面等了足足有他妈的五个钟头了。”

“五个钟头！”她大喊道。事情变得很清楚了，“是我领你们到这儿的！我是你们的诱饵。”

塞尔思索了一会儿。“对，可以这么说。”

“你个浑蛋！你跟踪我多久了？”

“你还记得你家楼下的那辆蓝色面包车吗？那辆贴满罚单的车？”

“那是你的？”她目瞪口呆地问道。

“当然。”

“今天早些时候，你去我公寓干吗？”

他皱了一下眉头。“事实上，那会儿，我们觉得你已经死了。我去看看你的尸体在不在楼上。”

“上帝啊……”她朝后门那儿点了点头，用挖苦的语气对他说，“希望刚才我从里面逃出来的时候，没有破坏你们的计划。”

“没有，”塞尔边喝咖啡边说道，“我们原本就准备随机应变的。他们很有可能把你当成人质，但是你自己逃了出来——怎么说呢——我们就变得更加方便了。”

“方便？”鲁伊咬牙切齿地说，“你利用了我，就跟艾米丽一样。你跟踪我到布鲁克林，找到了赛明顿。你还跟着我到这儿来抓他们。”

现在塞尔也生气起来。“听着，整整一周时间里，我都觉得你可能和他们是一伙的。想想看，我们从纽约警方的报告中得知，凯利被杀后你就出现在了案发现场。接着，当我正在案发大楼——也就是第十街上的那栋公寓外监视时，你又进去了。然后斯皮内洛就从里面跑了出来，并且就此消失了，一副被你吓得屁滚尿流的样子。接着我们又得到报告说，有人闯进凯利的公寓进行了彻底的搜查，那人的相貌跟你很符合——只是有一点，她怀孕九个月了。”

“那人不是我，”鲁伊抗议道，“是他们一伙的。”

“但你确实也闯进过那里。”

“那扇门几乎是开着的。”

“嘿，我不是在指控你非法闯入。我只是在告诉你，为什么我没走上前来介绍自己。该死的。当我发现你是个无辜者，便试着跟你交谈，但你那位红发朋友把我的鼻子打出血了，还有某个该死的保镖锁住了我的喉咙。”

“我们怎么会知道你是谁？”

“不管怎么说，是的，他们在斯皮内洛位于布鲁克林的那间安全屋里发现到处都是你的指纹。但是我们彻查过你，你不像是哈尔特和赞恩雇来的杀手。我跟明内利聊过你，我们都觉得，你表里如一，是一个冲昏了头脑的小孩。”

“我不是个孩子。”

“是啊，我也不觉得你是个孩子。那你为什么会搅和在这摊浑水里呢？”

鲁伊跟他说了凯利先生、那笔钱，还有那部电影。

“一百万美元？”塞尔大笑道，“得了吧。要么买大乐透，要么博彩，最好买奇数，亲爱的。”他点着头，“但是，对，明内利就是这么认为的——凯利的死是个意外。呃，不管怎么说……那个女的已经被制服了，现在全看检察官的了。好在，我们有一位主要目击证人。”

“谁？”鲁伊问。接着，她发现塞尔正哭笑不得地看着自己，于是说：“嘿，想都别想，没门儿。他们会再派一个哈尔特来追杀我的。”

“嘿，不要担心，”塞尔喝完咖啡说，“证人保护项目，还记得吗？你会得到一个全新的身份，你能成为任何想成为的人，你甚至还能给自己取个新名字。”

塞尔皱起了眉头。他一定很奇怪她在笑什么。

“呃，你觉得怎么样？”鲁伊大声问道。

她正坐在离地五英尺高的工业废品堆上，周围全是铬合金、电线、卡车残骸、涡轮机和齿轮。

理查德拐了过来说：“棒极了。”

这个垃圾场在第七十街旁，在充满商业气氛的皇后区内，但出奇的安静。他们朝西望去，看着曼哈顿后方橙色光芒构成的巨大幕布，太阳光从乌云堆里射了出来。

“你经常来这儿吗？”他问。

“只有看日落时才来。”

阳光照在扭曲的废铁上，形成不同形状的阴影。成百上千的油桶也变得异常美丽。细长的铁条变成发光的灯丝，一卷卷电缆线则变成了发光的蛇。鲁伊说：“快点儿上来！”

她又穿上了那套西班牙服装。理查德爬到她身边，和她一起沿着废铁走到了一个平台上。

他们看着整座城市壮丽的景象。

平台上有一个旧野餐篮，里面还有一瓶香槟。

“酒是温的，”鲁伊拿起酒瓶抱歉地说，“但看起来是上等的好酒。”

半小时前他们偷偷溜进围栏时，理查德不安地盯着里面那些杜宾犬。有一只上前来闻他的裤裆，他就像瘫掉了一样。但鲁伊很了解它们，挠了挠它们光滑的脑袋。它们摇着又粗又短的小尾巴，闻着鲁伊事前放在篮子里的起司通心粉三明治，接着张开四肢，欢蹦乱跳地跑开了。

鲁伊和理查德等到了黄昏才开始吃饭，然后她点起了一盏煤油灯，把野餐篮当成枕头，躺了下来。

“我又去拿了一张新学院的申请表，”她对他说，“我似乎把你给我的那张扔了。”

“你打算申请吗？真的吗？”

过了一会儿，她问：“我想我得上很多课，是吗？”

“这是去学校的重要组成部分。”

“我也是这么想的。实话说，我还没有确定要不要这么做。”她朝他鬼鬼祟祟地瞥了一眼，“你瞧，那个在音像店里的家伙，弗兰基·格里克，你还记得他吗？反正，他姐姐刚生完孩子。她是个橱窗设计师。在她休产假的时候，我能顶替她干活儿，只要半天就行，剩下的时间我可以自由支配，做点儿别的什么。”

“做点儿什么呢？”

“你知道的，这样、那样的。”

“鲁伊。”

“噢，这是份不同寻常的工作，非常具有艺术气息。在苏荷区，一家上装、连衣裙和内衣的打折商店。”

“你已经无可救药了，你知道的。”

“呃，老实说，我已经接受了这份工作，把另一张申请表也扔了。”她望着天上的两三颗星星，它们的光芒足以洞穿迷雾笼罩下的城市。“我不得不这么做，理查德，我没办法。我很担心自己要是拿到学位什么的，会变得，呃，太文绉绉了。”

“我们无法达成共识，对吗？”

星星被云层完全遮住了，这时理查德趴到了她的身上，将嘴唇慢慢靠近她，她抬头吻住了他。他们吻了很长时间。鲁伊十分震惊，她居然会被一个穿传统衬衫和布克兄弟裤子的男人激起情欲。

很慢，这一切都很慢。

但不像电影慢镜头。更像是一幅幅插图，一帧一帧，就像是为了看最喜欢的一幕，你必须不断去按录像机的暂停键。

就像她看《心跳曼哈顿》时一样。

定格：他衣领的布料。他光滑的脖子。旋涡般的眼神。她手上的白色绷带。

定格：他的嘴唇。

“我们安全吗？”他低声问道。

“当然。”鲁伊同样低声回答道。她将手伸进裙子的口袋，拿出一个皱皱的方形塑料小包。

“事实上，”他说，“我是指，我们正在离地二十英尺的半空中。”

“不用担心，”鲁伊轻声说道，“我会紧紧地抱着你，不会让你掉下去。”

定格：她用手挽住了他。

第二十七章

“我没有大叫。”

在阁楼里，桑德拉正在往脚趾甲上涂鲜红色的指甲油。她继续酸溜溜地说：“我们说好的，还记得吗？我跟男人在床上时不大叫，而你得把所到之处都收拾干净。”

她头朝鲁伊之前拼命打包时留下的残局示意道：“有人来过夜，我安静得像只老鼠。是对方在大叫，这我也没办法。但是我，我问你，我是不是很安静，嗯？”

“你很安静。”鲁伊弯下腰开始收拾衣服，把碎玻璃扫掉。

“我大叫了吗？”

“你没有。”

“那你昨晚上哪儿了？”桑德拉问。

“我们去了垃圾场。”

“天哪，这男人真会选地方。”桑德拉将视线从她那艺术般的脚趾甲上移开，用审视的目光打量着鲁伊，“你看起来很快乐。交好运了，嗯？”

“你妈没教导过你，不要打探别人的私生活吗？”

“恰恰相反，我妈就是那个教我打探的人。那么，你确实交好运了？”

鲁伊没有理会她，继续整理衣服，把书都放回了书架。

她停了下来。书架旁边的地上，躺着支离破碎的《心跳曼哈顿》。鲁伊将它捡起，一圈圈不透明的带子从破损的卷轴上挂了下来。她盯着它看了好一会儿，想起了罗伯特·凯利，想起了电影，想起了那从来就不存在的一百万银行赃款——从来没有什么钱在等着她发现。

她把录像带扔进了垃圾桶，接着瞧了一眼桑德拉的那半边屋子，她拿起之前写给室友的告别信，那封信还没被打开。“你还没读这封信吗？”她问。

桑德拉瞥了一眼。“是什么？情书吗？”

“是我写的。”

“上面写了什么？”

“没什么。”鲁伊把信也扔了。接着她一头扎在枕头上，看着蓝白相间的天空。她想起在新泽西时，飘在疗养院草坪上空的白云，当时她正蹲在劳尔·艾略特的轮椅边。那些云朵有的像龙，有的像巨人。她盯着它们看了好久。经历了过去几天的可怕遭遇后，她希望云朵仅仅是云朵的样子就好了，可它们依旧看起来像龙和巨人。

事物变得越多，保持不变的东西也越多。

这话是她父亲说的。

她想到了那位年迈的剧作家，劳尔·艾略特。下周她要再过去看看他，给他带束花，或者一本书，她可以念给他听。故事书是最棒的，在这一点上，鲁伊完全赞同他的观点。

五分钟后，桑德拉说："该死的，我差点忘了。你上班的地方，或者说你之前上班的地方，一家音像店？有一个怪人，看起来像一个重金属爱好者。"

"弗兰基？"

"我不知道，也许是吧。他来过一次，带了好几条消息。"她拿起一张纸条，"一条来自阿曼达·勒克莱尔的留言。他说他听不太懂她的话，她似乎，嗯，是个外国人。他说，既然这些人来到了这个国家，为什么不能好好说话。"

"桑德拉，重点是？"

"这个叫阿曼达的人，她打电话来，说自己联系到了布鲁克林区的一个牧师……"桑德拉一边摆弄着指甲油，一边将纸条抚平。

鲁伊坐了起来。

一个牧师？

桑德拉努力在辨认字条上的字。"瞧，我这儿可不是消息中心，你知道。对，好了，我知道了。她说她跟这位牧师聊了一下。他有个行李箱，属于一个叫罗伯特·凯利的人。"

一个行李箱？

"而这位牧师不知道该怎么处理这个箱子，但他说，呃，它似乎很重要。"

鲁伊尖叫道："耶！"她仰面朝天，来回蹬腿。

"哇哦，你吃错药了，还是怎么的？"桑德拉将纸条递给她。

她念了一下字条。布鲁克林区大西洋大道上的圣泽维尔教堂。

"哦，这儿还有一则信息。"她从钱包里又找到了一张纸条。

是斯蒂芬妮的。她已经出院了，感觉好了很多。回头她会过来的。

“真好！”鲁伊大喊道。

“有人开心了，我很高兴。”桑德拉又补充道，“而我很沮丧，不过也没人在乎。”她继续仔细地涂着甲油。

“我得去找理查德，我们要去短途旅行。”

“去哪儿？”

“布鲁克林！”

“老人之家、垃圾场……对你，我都不会惊讶了。嘿，别拥抱我，小心我的指甲油！”

鲁伊发现理查德在家里。

很奇怪。现在是下午，他在家里做什么？

她意识到，他从来没讲过自己是在什么地方写那些无聊剧本的。

鲁伊在街上的公用电话亭里。“嘿，你怎么会在家？我以为你在某个公司上班呢，和那个谁来着，高大的凯伦？”

他又大笑起来。“大部分时间里，我都是个自由职业者，算是某种独立合约人。”

“我们得去趟布鲁克林。在大西洋大道上。你能开车带我去吗？”

他说：“你现在在家吗？”

“我在办公室里。”

“办公室？”他问。

“我的户外办公室。”

“哦，”他笑了，“公用电话亭。”

“所以，我们能一起去吗？”

“布鲁克林那儿发生了什么吗？”

她把牧师的那则信息告诉了他，并且补充道："我刚给他打了个电话——那个阿曼达找到的牧师。我对他讲了一个善意的小谎。"

"什么谎？"

"说我是罗伯特·凯利的孙女。"

"这不是善意的小谎，这是一个十足的弥天大谎。尤其是对神职人员说谎，你应该感到羞耻。再说了，我以为你把钱的事情给忘了呢。"

"我是忘了，完全忘了。是他找上我的。"她抗议道，"他说凯利先生在找到能住的公寓前，一直住在隶属于教会的房子里。他留了一个旅行箱给牧师，让他代为保管。在安定下来之前，他不想带着箱子到处跑。因为它太——你在听吗？他说它太值钱了，不方便往街上带。"

一阵沉默。

"这太疯狂了。"理查德说。

她又补充道："而且听着，我问他附近是否有墓地——就跟《心跳曼哈顿》里一样。你瞧，达纳·米切尔，那个警察，就把赃款藏到了一个新墓里。而附近就有！"

"有什么？"

"一个墓地。在教堂旁边。你还不懂吗？艾略特先生把教堂告诉了凯利先生，而凯利先生去了，把钱挖了出来。"

"好吧。"他迟疑地说。接着他又问："你在家吗？"

"五分钟就能到。"

他挑逗地问："家里就你一个人吗？"

"桑德拉也在。"

"懒鬼。你不能叫她出去买点东西吗？"

"我们先去趟布鲁克林，然后再找私密时间。"

"我马上过来。"

* * *

鲁伊走到阁楼的楼梯顶部，停住了。

“斯蒂芬妮！”

红发女郎疲惫地笑了笑。她在鲁伊的那半边阁楼里，坐在一堆枕头上。她面色苍白——和往常比要苍白许多——她戴了条围巾，能部分遮住脖子上的淤青。她太阳穴上贴了块大大的纱布，脸颊上有块茄子色的淤青。

“噢，上帝啊，”鲁伊一边仔细检查她，一边脱口而出，“你确实起了淤青，对吗？”接着她轻轻拥抱了斯蒂芬妮，“你看起来……嗯……”

“我看起来很糟糕，你完全可以说出来。”

“我不会对一个刚被出租车撞了的人讲这样的话。”

“嘿，你真好。”

屋里突然出奇的安静。“我不知道该说什么好，斯蒂芬妮。”鲁伊有些不安，她手里一直没停，整理着衣物，“我把你牵扯进了整件事情当中，差点让你丢掉了性命。而这一切又很愚蠢——我们试着摆脱的那位，是名联邦法警。”

“是什么？”斯蒂芬妮大笑起来。

“那个在地铁里的家伙，那个被你打到的——我以为他是为那帮人工作的，最终却发现他是名联邦法警，这难道不讽刺吗？就像《飙风特警》一样。”

她跟斯蒂芬妮讲了哈尔特和艾米丽的事。

“我在医院的时候，听到新闻里讲了。”斯蒂芬妮说，“那栋房子里的枪击事件。但我压根儿没想到你也牵扯在内。”

鲁伊的眼神又变得激动起来。“噢，噢，说到探险……他们想要我做首要目击证人。”

“这很吓人，不是吗？”

“当然啦。但我不在乎，我想让那个臭娘儿们在未来的很长一段内都不要再出现了。他们杀了凯利先生，而且还想杀了我——还有你。”

“嗯，我敢肯定，会有很多警察来保护你的。”

鲁伊晃到书架前，把一些之前打包准备带回家的书又放了回去。“我打电话到音像店，他们说你辞职了。”

“那个托尼，”斯蒂芬妮说，“真是个浑蛋。我没办法跟他相处——没办法接受他对你的态度。”

鲁伊微微露齿一笑。“那么，你想要十万美元吗？”

“什么？”

鲁伊跟她讲了牧师的事情。“还记得红色小母鸡吗？你信任我。要是那儿真有钱的话，你会得到一部分的。”

斯蒂芬妮大笑起来。“你觉得那儿会有吗？”

“我不确定，但你了解我的。”

“乐天派。”斯蒂芬妮补充道。

“你说对了。我——”

啪嗒。

鲁伊竖起耳朵，她又听到了一声。水滴声，很轻柔的啪嗒声。

她往声音来源地瞥了一眼——是桑德拉那半边。

“你不必给我任何东西，鲁伊。”

“我知道自己不必这么做，但我想这么做。”

啪嗒，啪嗒。

该死的！桑德拉把指甲油给弄翻了，地上有一大摊红色的污迹。

“上帝啊，桑德拉！”

鲁伊绕了过去，呆在了原地。她的室友正穿着厚厚的白色胸罩，还有黑色的连袜裤，躺在榻榻米上，眼睛盯着玻璃天花板的中心。她的胸膛上有个小黑点，那是一个弹孔。地上的污迹不是指甲油，而是顺着手臂缓缓流淌下来的鲜血。

斯蒂芬妮站了起来，拿着把枪对着鲁伊。她说："回这边来吧，我们好好聊聊。"

第二十八章

“你才是哈尔特的搭档。”鲁伊低声说道。

她点点头。“我的名字叫露西·赞恩，”她冷冷地说，“哈尔特和我合作有三年了，他是我遇到过的最佳拍档。如今他死了，拜你所赐。”

“那么艾米丽又是谁？”

“仅仅是后援。东海岸的任务，我们有时会叫她帮忙。”

鲁伊坐在垫子上，直摇着头。所有的一切都浮现在她面前——一大锅汤。理查德、钱、帅哥、艾米丽、哈尔特，还有罗伯特·凯利。当绝望再次袭来时，她感觉到自己胸腔内猛烈的心跳。她把头埋在双手之中，嘀咕道：“噢，不，噢，不。”

她太麻木了，流不出眼泪。她头也没抬，说：“但是你在音像店的工作呢？你是怎么得到这份工作的？”

“你觉得呢？我跟托尼干了一炮。”

“我希望那过程很恶心。”鲁伊脱口而出。

“确实令人作呕。但并没有持续很久，就一两分钟。”

“可你是我的朋友……你还帮我挑衣服……为什么？你为什么要那么做？”

“我得跟你走得很近，才能给你下套。哈尔特和我在圣路易斯杀了两个联邦法警，惹了一身麻烦。而在东村射杀斯皮内洛又出了岔子，我们需要找个替罪羊，呃，替罪女。你被选中了，而且我们的计划也几乎要成功了。”

“那辆出租车的刹车太好了，真是不走运。”鲁伊冷冷地说。

“人有时会很幸运，即便是像我这样的人。”

鲁伊既生气又害怕地摇着头。

斯蒂芬妮继续道：“艾米丽联系了我，她说法官拒绝了她的保释请求。但是她让我向你问好，她希望我们俩的会面会很愉快。我也是这么希望的。好了，现在我得确认一件事。你有没有跟任何警察或者法警提起过我？”

金属摩擦的咔嗒声在她们身后响起。鲁伊的眼睛里闪出一道光。

理查德。

斯蒂芬妮朝发出声响的地方瞥了一眼，又转向了鲁伊。

“告诉我，”她说，“我就放你走。”

“胡扯。”鲁伊慌张地爬到很多靠垫中间，仿佛它们能保护她免受黑色手枪的威胁。

“我会放了你，”那女人说，“我保证。”

“我是唯一的目击者，你怎么会放我走？你不得不杀了我。”她看着阁楼外的云朵，龙、巨人、山妖在高高的天空游行，完全不在乎地球上正在发生什么。

摩擦声再次响起，电梯正在上行。

“那起交通意外后，你一定告诉了他们什么。那个被我攻击的法警，他有没有觉得我是他们一伙的？你有没有告诉他们我的名字？”

“你的名字又不是真的。”

“对，但我之前也用过这个名字。他们可以追踪到我身上。”

锁链，咔嗒作响的锁链。金属碰到金属的摩擦声。又是一阵巨大的咔嗒声，十分刺耳。

“是谁，鲁伊？”

“我不知道。”

斯蒂芬妮朝楼梯那儿看了一眼，又转过来看着鲁伊。她说：“你手里拿了什么？”

鲁伊简直无法相信，这女人居然看到了自己刚才的动作。她很厉害，她真的很厉害。

“给我看。”斯蒂芬妮不依不饶地说。

鲁伊犹豫了一下，接着伸出手来，张开满是绷带的手指。“那块石头，来自联合银行大楼，我的纪念品。就是你陪我到华尔街那天捡的。”

“那么，你打算拿它做什么？”

“扔你，”鲁伊回答道，“砸烂你的臭脸。”

“你为什么不把它扔到那边去呢？”露西·赞恩把枪稳稳地架在胸前。

鲁伊把石头扔走。

这时理查德正好跑上楼梯，说：“嗨。”

他顿住了，看到斯蒂芬妮手中的枪。“这是怎么回事？”

斯蒂芬妮挥手示意他进去。“好了，就站在那儿。”她往后退了几步，好同时看住这两个人。她直直地举着枪，枪不大，在阳光下现在出金属黑色，圆柱形的消音器也是黑色的。

她的声音有些激动。“我没有很多时间跟你耗，你都跟谁说了，鲁伊？你跟他们都说了些什么？我要知道，我现在就要知道。”

“让他走。”

理查德说：“这是怎么回事？你们俩在开什么玩笑？”

斯蒂芬妮朝他伸出左手，手心朝上。她的指甲涂成了精致的粉紫色。“闭嘴，浑蛋，你闭嘴。”接着问鲁伊，“你都跟他们讲了什么？”

“上帝啊……”理查德看着鲁伊嘀咕道。

鲁伊陷回靠垫里，用手捂住眼睛，抽泣道：“不，不……我压根儿就不在乎你、艾米丽或是任何人。我不会出庭作证，我会告诉他们，这件事跟艾米丽和你都无关。凯利先生死了！斯皮内洛也死了！不要再来烦我们了。”

斯蒂芬妮耐心地说：“也许我会考虑考虑。你必须得明白，鲁伊，我很喜欢你。是真的，你这人很……有魅力。你说要从那笔荒唐的钱中分出一部分给我，我真的很感动。我差点都哽咽了，但是你必须告诉我，这是我的工作。”

“好吧……我没跟任何人讲过你的事。”

“我不信。”

“是真的！我只是在日记中写到你，我提到过你和艾米丽。”她坐了起来，手放在大腿下，整个人蜷缩着，一副放弃争斗的样子，“我以为你是我的朋友，我在日记描写了你，还写了你是如此友善，帮我挑衣服。”

如果这也让她哽咽的话，斯蒂芬妮可真善于伪装表情。

“它在哪儿？”斯蒂芬妮问，“那本日记。把它给我，我就放了你们俩。”

“你保证？”

“我保证。”

鲁伊思索了一下，接着走到行李箱边，开始翻看起来。“我找不到了。”她抬起头，皱着眉，“我以为把它打包进来了。”她打开豹纹皮包，同样找了一番。“我不知道。我……噢，在那儿。在书架上，第二层。”

斯蒂芬妮慢慢移到书架前，摸着一本笔记本。“这本吗？”

“不，在它旁边，横着的那本。”

斯蒂芬妮把书从书架上拿了下来，迅速翻开。“你在什么地方提到过——”

一阵爆破声。第一发子弹把一块厚厚的墙体从天蓝色的墙壁上打了下来，屋内下起了砖屑雨。

第二枪打碎了一小块玻璃天花板。

第三枪撕碎了一打书本，书页在空中洋洋洒洒，就像刚打了几只鸟一样。

第四枪直直地穿过斯蒂芬妮的胸膛，她正转过身，嘴巴张大，一脸震惊地看着鲁伊。

接着很可能有第五枪，或是第六枪，鲁伊不太确定。她不知道自己到底扣了几下扳机——那把枪是她从先前扔掉的，斯皮内洛的文件夹里掏出来的——她把它扔在了床边的垃圾桶里。

鲁伊眼中看到的是烟雾、灰尘、纸屑、蓝天白云，还有飞舞在斯蒂芬妮周围的碎玻璃片——美丽、苍白的斯蒂芬妮，倒在了地板上。

鲁伊听到的是震耳欲聋的枪声。几秒钟后，当理查德从地板上爬起来，走到她身边时，她才听到一阵撕心裂肺的疯狂尖叫声，她甚至都不知道，这个叫声来自自己。

第二十九章

鲁伊在圣坛前低着头，一动也不动。

她正跪着。她本以为自己还记得所有的祷告词，但那些词完全没能在脑海中浮现，于是她不得不一遍又一遍地低声重复着："我们赞美并且感恩于您，将我们从危险之境解救出来。"

过了一会儿，她站了起来，沿着过道缓缓走向后面的圣所。

她依旧用很低的声音，对一个穿着黑色牧师袍的男人说："这真是座圣洁典雅的教堂，神父。"

"谢谢您，凯利小姐。"

到了门口，她转过身，对着圣坛笨拙地行了个屈膝礼。这位圣泽维尔教堂的牧师好奇地看了她一眼。也许，屈膝礼——鲁伊在一部黑手党电影里看到有人这么做——只适用于天主教徒。但那又怎样？她心想，斯蒂芬妮有件事说得很对：只要不崇拜恶魔，不拿动物作祭祀，牧师们对礼节没有那么敏感。

他们离开了圣所。

“您祖父和我们住在一起时，从来没提起自己有孩子。他说他唯一的亲戚就是一个姐姐，但是她几年前就去世了。”

“真的吗？”她问。

“但是，”牧师继续道，“他不太谈论自己的事。某种程度上说，他这人很神秘。”

神秘……

“是啊，”她过了一会儿才说道，“祖父就是这样的人。我们过去总那么说他。‘祖父真是太安静了，不是吗？’我们所有人都会那么说。”

“你们所有人？我记得你跟我说过，他只有两个孙女，就你跟你姐姐。”

“哦，呃，我是说社区里的孩子们。他就像是大家的祖父一样。”

小心点儿，鲁伊告诫自己，你正在对一名牧师说谎，还是一个记忆力很好的牧师。

她跟着他穿过教区长的住宅区，里面到处是黑木和熟铁。一盏盏黄色小灯为这儿增添了不少教堂的气氛，也许他们使用小功率灯泡只是为了省钱罢了。这儿真的非常……嗯，虔诚肃穆。鲁伊试着想出一部关于宗教的好电影，但一部也想不出来。它们的结局似乎都不太好。

他俩走进一间大寝室，比教堂要新一些，但建筑风格是一样的——彩色玻璃，拱门，华丽的雕刻。她环顾四周，这儿就是老年人的集体宿舍。途径一间屋子时，鲁伊朝里面望了一眼。两张床，黄颜色的墙壁，不搭调的梳妆台。墙上有很多照片，比想象中的更像一个家。房间里有两位老人，她停了下来，往里看。其中一位老人站起来说：“我是个愚蠢、盲目的老头儿，八十开外，一点儿不差，我害怕自己的脑子已经不再那么好使了。”

“我说你的脑子是不好使了，”他的室友呵斥道，“你全都搞错了。”

“哦，你觉得你能做得更好？”

“你听听。”

鲁伊和牧师继续沿着走廊走下去，身后的声音渐渐变小。

“祖父在这儿住了多久？”鲁伊问。

“只住了四五个星期。在找到公寓之前，他需要有个地方住，一位朋友让他来这儿的？”

“劳尔·艾略特。”鲁伊的心脏怦怦直跳。

“是的，您认识艾略特先生？”

“我们见过一面。”

那么，是艾略特搞错了。他没让凯利先生去佛罗伦萨酒店，而是来了这儿——教堂。也许是凯利先生住在佛罗伦萨酒店时，去拜访了这位剧作家，这个可怜人把地方搞混了。

“他人非常好，”牧师继续道，“噢，他一直对教会十分慷慨，而且不仅仅是物质上的……他也是我们董事会的成员之一，一直到他生病为止。真是太可惜了，不是吗？老年痴呆症。”牧师摇摇头，接着又说，“但是我的房间没有多少，罗伯特不想独占一间——他想把房间留给更不幸的人们。于是他搬到佛罗伦萨酒店住了一段。他把手提箱留在了这儿，说等自己找到更安全的住处再回来拿。他很担心会有人上门行窃。他说这个箱子太重要了，不想将它置于被偷的风险之中。”

鲁伊若无其事地点点头。心想着：一百万美元。

她跟着他走进一间储藏室。牧师用钥匙将门打开，鲁伊问：“祖父会花很多时间在教堂里吗？”

牧师消失在了储藏室，鲁伊听到箱子在地上滑动的声音。他大声说道：“没有，没花多少时间。”

“那庭院里呢？那个墓地？他会花很长时间待在那儿吗？”

“墓地？我不知道，可能吧。”

鲁伊回想着《心跳曼哈顿》里的场景，那个人生尽毁的警察躺在牢房中，梦见自己正从墓地里重新挖出那笔赃款。当他醒来时，她记得那个眼部的特写镜头，他意识到自己是在做梦——醒来的瞬间，他用手在挖的黑色泥土，变成了牢房栅栏的阴影。

牧师拎着箱子出现了，他把它放到了地上。“就是这个。”

鲁伊问：“您不要我签个什么收据之类的东西吗？”

“不用，我觉得没这个必要。”

鲁伊拎起箱子。很沉，就是一个皮箱加一百万美元的分量。她又感受了一下分量。牧师笑了，从她手中接过箱子。他很轻松就拎了起来，打了个手势让她走边门。她走在了牧师的前面。

他说：“您祖父关照我要小心安置它，说这里面装了他的一生。”

鲁伊瞥了眼手提箱。她的手心开始出汗。“人们定义自己一生的方式真是千奇百怪，不是吗？”

“我为那些流离失所的人们感到惋惜，这也正是教堂里设有住处的原因。在这儿，你能感受到上帝的存在。”

他们走进他的小办公室里。他弯下腰，从凌乱的书桌上拿出一沓厚厚的信封，开始翻看起来。他说：“我希望罗伯特·凯利能住得长一点儿，我很喜欢他。但他很独立，希望自己一个人住。”

鲁伊决定给教堂一些钱。五万，她决定。接着，一时兴起，她决定加到十万。

他递给她一个厚信封，上面写着“给鲍比·凯利先生”。

“噢，我忘了跟您说了……这个信封是别人让教堂转交给他的。但在我交给他之前，我就听说他被杀了。”

鲁伊将信封夹到手臂下。

到了外面，牧师替她将手提箱放到了人行道上。“我再次向您的家庭表示同情。如果有任何要我帮忙的，请打电话过来。”

“谢谢您，神父。”她说。心想：你刚为自己挣了二十万美元。

红色小母鸡……

鲁伊拎起箱子，走到了车里。

理查德好奇地看着这个箱子。她把箱子递给他，轻拍了一下他的道奇引擎盖，于是他把箱子拎到了车盖上。他们正在一条安静的小巷子里，繁忙的车辆从街角飞驰而过。邪门的是，他们俩都不愿意打开这个磨损的皮箱。他们只是看着街边那一排商店——一家卖地毯的，一家五金商店，一家比萨店，一家熟食店。他们看着树，看着车辆，看着天空。

他们俩都没有去碰那个箱子，而且都没有讲话。

就像骑士们找到了圣杯后，不确定自己是不是想要它。

因为这意味着探险的终结。

故事结束了，是时候合上书本了。得上床睡觉了，第二天还要早起上班。

理查德打破了沉默。“我真没想到，还真有一个行李箱。”

鲁伊看着皮箱上的污渍。把手上绕着十几根皮筋，它们都是在不同的航空公司存放行李时的凭证。“我刚才一直在试图让自己平静。”她承认道。她摸了摸弹簧锁，又退了回来。“我做不到。”

理查德接过箱子。“也许是锁着的。”他按了下去，箱子打开了。

“命运之轮。”鲁伊说。

理查德掀开盖子。

杂志。

圣杯是杂志和报纸。

全都是四十年代的。《纽约时报》、《新闻周刊》，还有《科利尔》。鲁伊抓了几本出来抖了一抖，没有钞票飘出来。

“这一百万是不可能藏在《纽约时报》里的。”理查德指出。

“他的一生？”鲁伊嘀咕道，“凯利先生对牧师说，他的一生都在里面了。”她把手伸到箱子底部，“也许他用这些钱买了标准石油公司的股票，也许会有一张股票凭证。”

但是，没有，箱子里只有报纸和杂志。

她检查着箱子的角角落落，掀开布料里衬，摸着发霉的接缝。她的肩膀耷拉着，摇着头。“为什么？”她若有所思地说，“他保存这些东西有什么用？”

理查德翻看着其中的一些资料，他皱着眉头。“奇怪，它们都出自同一段时间，一九四七年的六月。”

突然的一阵大笑声吓了鲁伊一跳。她看着理查德，他正摇着头。

“怎么了？”

他笑得完全停不下来。

“到底怎么了？”

终于，他喘上气来。他的眼睛斜视着杂志，似乎在看一篇很烂的文章。“噢，鲁伊……噢，不……”

她一把抓过杂志。理查德指着一篇用蓝墨水圈出来的文章，鲁伊随即读了起来。

来自中西部的年轻演员，罗伯特·凯利，在剧中表演出色。他本人先前毫无表演意向，直至黑尔·莱因哈特从人群中发现了他，并为其提供了一个角色。他扮演了达纳·米切尔的弟弟，片中他试着说服这位痛苦的警察，上缴这笔不义之财，但最终以失败告终。凯利在片中展现出了惊人的天赋，尽管他先前只在战时的劳军联合组织里上过舞台，次数很少。电影爱好者将继续关注这位年轻人，看看他能否成为下一个好莱坞之梦的一员：从无名之辈转变成耀眼明星。

他们翻阅了剩余的杂志。每一本里都有《心跳曼哈顿》的评论，每篇都数次提及罗伯特·凯利。大多数文章都对他褒赞有加，并预测他将前途无量。

鲁伊也开始笑起来。她合上手提箱，靠在车上。“所以，这就是他口中自己的一生。他告诉过我，这部电影是他的人生顶点，他后来肯定没再演过别的角色了。”

其中一本杂志里，夹着一封信的复印件，是美国演员工会写给凯利先生的。日期是五年前。

鲁伊大声朗读了起来：“‘亲爱的凯利先生：感谢您上个月的来信。作为一名签约演员，您确实可以拿到《心跳曼哈顿》的剩余演出费。然而，据我们了解，目前该片版权所有的制片厂不打算大量发行录像带。一旦他们发行了，你就能根据合同，得到剩余的演出费了。’”

鲁伊把信放了回去。“当他跟我说，他很快就会变得富有——当他的船只靠岸时——原来就是这个。压根儿跟那笔银行劫款无关。”

“可怜的家伙，”理查德说，“他也许能收到一张几百美金的支票。”他抬头，指指她身后，“你看。”

宿舍外面有块标志，上面写着：圣泽维尔演员之家。“这就是他会在这里的原因，跟那笔钱完全没有关系。凯利只是需要一个住的地方。”

理查德把箱子扔到后座上。“你打算怎么处置这些报纸和杂志？”

她耸耸肩。“我要把它们给阿曼达，我觉得这些对于她而言，很有意义……至于我，我会复印下最棒的评论，然后将它贴在墙上。”

他们上了车，理查德说：“你知道吗，那很可能腐化你。”

“什么？”

“那笔钱。就像《心跳曼哈顿》里的那个警察。你知道有句话叫‘权利导致腐败，绝对的权利导致绝对的腐败[①]’吗？”

我当然从来没有听说过啦，她心想。但是她说：“噢，当然。难道不是史泰龙的又一句名言吗？”

他茫然地看着她，过了好久才说：“呃，换成资本主义术语，这话也同样成立。那么多钱会影响到你的核心价值观。”

怪诞先生又回来了——这次穿的是GAP外衣。

鲁伊想了一会儿。“不会。阿拉丁就没有被腐化。”

“那个有神灯的家伙？你引用童话故事来进行理性的辩论？”

她说：“是的。”

“那么，阿拉丁是怎么回事？”

“他期望有很多财富，并且想要一位美丽的公主做他的妻子，然后法师满足了他所有的愿望。不过很多人都不知道故事的结局。后来他成了苏丹王的继承人，并且最终成为苏丹王。”

“然后遭遇了水门事件。他被变成了一只骆驼。”

“不，他很受欢迎，是位英明的领导者。噢，并且极其富有。”

“所以说，童话故事并非都有快乐结局，”他的口气像个教授，“但有不少结局确实足够完美。”

“如同生活。”

理查德似乎还想着要争辩几句，但什么也想不出来。于是他耸了

①出自英国思想史学家阿克顿勋爵。

耸肩。“如同生活。”他承认道。

他们在布鲁克林的街道中穿行，鲁伊懒散地坐在座位上，把脚搁在了仪表板上。“所以他才会这么频繁地租这部电影，这是他人生中最辉煌的时刻。”

“这真是匪夷所思。”理查德说。

“我不这么认为。”她对他说，“很多人甚至都没有过辉煌时刻。即便有，也可能不会被记录在视频中。我告诉你——要是我能得到一部电影里的某个角色，那我一定会复制一张自己的特写，挂在墙上。”

他戏谑地在她的手臂上打了一拳。

“怎么啦？”

“呃，那部电影，嗯，你起码看了有十遍吧？你在演员表里看到他的名字了吗？”

“他演的是一个小角色，他不在标题前的演员表里。”

“什么演员表？”

“行话叫片头字幕。我们看的那部是我私自翻录的，后面的演员表我嫌麻烦就没录。”

“说起名字，你打算告诉我你的真实姓名吗？”

“路德米拉。”

“你在开玩笑吧？”

鲁伊什么也没说。

“你确实在开玩笑。”他小心翼翼地说。

“我只是在为一个苏荷区的橱窗设计师想个好名字罢了。我觉得伊冯这名字不错，你觉得呢？”

“非常不错。”

她看着牧师给她的厚信封，寄件人的地址是新泽西州伯克利海茨的疗养院。

“那是什么？”

“艾略特先生寄到教堂，给凯利先生的。”

她打开信封，里面是一封信，和另外一个厚信封绑在了一起。信封上是一行老式、参差不齐的打印体：心跳曼哈顿，剧本，一九四六年五月六日。

“噢，瞧，一份纪念品！”

鲁伊大声朗读起那封信来。“‘亲爱的凯利先生：我敢肯定您不认识我，我是劳尔·艾略特先生那层楼的护士。他让我写给您，询问您是否能将里面这包东西转交给一位年轻姑娘。至于她是谁，他有点儿搞不清了——她也许是您的女儿，或是孙女——但您如果能代为转交，我们将不胜感激。

“‘艾略特先生不止一次地提及，她能过来找他聊聊电影，真是太好了。我可以告诉您，她的造访对他有很大的积极影响。他把她买的花放在床头，有不少时候他还能想起是谁送的，这对他而言真是件好事。昨天他在储物柜里找到了这样东西，让我寄给她，感谢她给他带来了快乐。最真挚的祝福。琼·吉尔福德，新泽西州伯克利海茨，博奈尔疗养院。’”

理查德正开车穿行在布鲁克林商业区，他说：“多好的老头啊，太贴心了。”

鲁伊说：“我觉得自己快哭了。”

她将信封撕开。

理查德停下车来，在等一个红灯。“你知道吗，你可以把它卖掉。

我听说某个人的初版剧本——我记得是诺埃尔·考沃德[①]的——在苏富比拍卖行卖了四千还是五千美元。你觉得这部能值多少钱？”

绿灯亮了，汽车继续往前行驶。鲁伊没有立刻回答这个问题，过了一会儿她说：“截止到现在是二十三万。”

“什么？”他边问边不确定地笑了。

“我还在数。”

理查德瞥了鲁伊一眼，接着把车开到了一个停车位上。

鲁伊的大腿上全是一捆捆的钱，一大堆卷好的钞票。它们比当今美联储发的纸币要大些，墨的颜色也深些，正面的印章是蓝黑色的。卷钱的细纸条上印着老式的字体：一万美元。同时还印着：纽约联合银行。

“三十三,三十四……让我瞧瞧。三十八。乘以一万，是三十八万美元。对吗？我的数学烂透了。”

“上帝啊。”理查德低声说道。

他们身后传来汽车的喇叭声。他朝后车窗看了一下，接着把车停到了路边的卡维尔冰淇淋店门口。

“我搞不懂……怎么……”

鲁伊没有说话。她用手抚摸着钱，脑海里回放起《心跳曼哈顿》中很棒的一幕：达纳·米切尔在银行里，打开放着巨款的手提箱——镜头切到他的脸和那堆钱中间，箱子里闪出耀眼的光芒，就像是一个珠宝箱。

“劳尔·艾略特，”她回答道，“当他在研究这部电影时，一定发现了赃款的藏匿地点。也许就藏在了那儿——”她回头朝教堂的方向点

---

①诺埃尔·考沃德（Noël Coward，1899—1973）英国剧作家、导演、作曲家、歌手，以独特的华丽风格而闻名。

点头，“于是他捐给了教堂一笔钱，好让他们建起一个演员之家。牧师说过，他对教会相当慷慨。劳尔拿着剩余的钱，退休了。”

两位穿着 T 恤和牛仔裤的孩子走过他们身边，他们面相不善，朝车里瞧了一眼。理查德看到他们，于是伸手越过鲁伊，把她那边的门关了，还把玻璃窗摇了起来。

“嘿，”她抗议道，“你在干吗？热死了。”

“你现在深处布鲁克林中心，腿上还放着四十万美元。你打算就这么坐着？”

“不，事实上，”她朝卡维尔冰淇淋店点了一下头，“我正打算去买个蛋筒。你要来一个吗？”

理查德叹了口气。“我们去弄个保险箱怎么样？”

“但我们正在冰淇淋店门口。”

“先去下银行，”他问，“好不好？”

她又开始用手摸钱，随手拿出了一捆，很沉。“去完银行后，我们能去吃冰淇淋吗？”

“很多很多的冰淇淋。如果你想要，还能加很多很多的配料。”

“嗯，我要。”

他发动汽车。鲁伊靠回到坐椅上，开始大笑起来，并且腼腆又顽皮地看着他。

他说：“你现在看起来好邪恶。什么东西那么好笑？”

“你知道红色小母鸡的故事吗？”

“不，我不知道。你跟我讲讲怎么样？”

理查德把他的旧车转到布鲁克林大桥上，前车盖直直地对着曼哈顿的城垛与炮塔，整座城市在午后的阳光下变成了火红色。鲁伊说道：“故事是这样的……”

图书在版编目（CIP）数据

心跳曼哈顿／（美）迪弗著；兰尼译．—北京：新星出版社，2015.5

ISBN 978-7-5133-1717-7

Ⅰ．①心… Ⅱ．①迪… ②兰… Ⅲ．①长篇小说－美国－现代 Ⅳ．①I712.45

中国版本图书馆 CIP 数据核字（2014）第 309372 号

午夜文库

谢刚 主持

心跳曼哈顿

（美）杰夫里·迪弗 著；兰尼 译

责任编辑：邹 瑁
责任印制：韦 舰
装帧设计：周伟伟

出版发行：新星出版社
出 版 人：谢 刚
社　　址：北京市西城区车公庄大街丙3号楼　100044
网　　址：www.newstarpress.com
电　　话：010-88310888
传　　真：010-65270449
法律顾问：北京市大成律师事务所

读者服务：010-88310811　service@newstarpress.com
邮购地址：北京市西城区车公庄大街丙 3 号楼　100044

印　　刷：北京京都六环印刷厂
开　　本：910mm × 1230mm　1/32
印　　张：9.75
字　　数：146千字
版　　次：2015年5月第一版　2015年5月第一次印刷
书　　号：ISBN 978-7-5133-1717-7
定　　价：35.00元